集英社文庫

キャノン姉妹の一年

ドロシー・ギルマン
柳沢由実子・訳

集 英 社 版

キャノン姉妹の一年

登場人物

ティナ・キャノン……………キャノン姉妹の次女
トレイシー・キャノン………キャノン姉妹の長女
マーサ叔母……………………ティナをひきとった叔母
ハーマン………………………マーサの夫
リンダ叔母……………………トレイシーをひきとった叔母
ネッド・キャノン……………姉妹の叔父
ウェントワース………………弁護士
エイモズ・オートン…………雑貨屋の主人
ジェッド・カルホーン………ティナの友人
リッチー・ボーフォート……トレイシーのボーイフレンド
ヒース…………………………郵便配達人
セイラ・ブリッグス…………隣家の婦人
ニール・コンラッド…………医者
グレース・エンスリー………宿泊客
チャールズ・オドナヒュー…宿泊客

始まり

1

夕やみの中で、湖畔の木々は湖に長く紫色の影を落としている。ぶどう色のその影は、空の色と同じ銀色の湖面に広がっていた。湖のほとりにはところどころに明かりが見えた。それはトウヒとツガの木々の間からのぞいている薄黄色の目のようだった。ティナ・キャノンは、北方の暗い空にたった一つ光る星の下から岸辺に向かって進んでくる濃い霧を見ていた。太陽が沈んだいま、霧は入り江や湖水の注ぎ口の一つひとつの穴にしのびよりながら急に勢いを増して進んでくる。

長い一日だったわ、と彼女は思った。そして声に出して言った。

「まだですか？」

「もうじきだよ」タクシーの運転手の声が後部座席に座っていた彼女たちのほうに響いた。

「もうすぐだよ、お嬢さんたち」

空気は霜が降りたかと思わせるような寒さだった。濡れた松の木の匂いがした。満員の汽車に揺られた後の彼女たちには、ここの空気は新鮮でさわやかに感じられた。

ティナは疲れていた。あまりにもたくさんのことを一度に決め、あまりにも感情が大きく揺さぶられたため、そしてあまりにも長い汽車の旅にすっかり飽きていたためだった。わたしはわがままだわ、と彼女は唇を噛んだ。でも、この先になにが待ちかまえているかわからない。だから怖いんだわ。彼女は隣に座っている姉のトレイシーを盗み見た。その横顔は緊張していて、外の白い景色を背景に、とても弱々しく見えた。まるで繊細なカメオのようだった。

「あり合わせのもので暮らすのよ」と今朝トレイシーは冗談めかして言った。「貧乏になるけど、いままでがぜいたくすぎたのよ、ティナ。でもなにかが起きるでしょう。きっとなにかいいことが」

「おっと」突然道を曲がると運転手が言った。「ここだ、ここがキャノン家の館だよ。明かりがないもので、もう少しで通り過ぎるところだった」

「ここにはこの二か月だれも住んでいないので、明かりがついているはずはないのです」トレイシーは落ち着いて運転手にそう言った。「ドライブウェイがあるかしら」

「もうドライブウェイに入っているよ」運転手はそう言うと、後部座席の客を見るために体をひねった。「ネッド・キャノンの親戚かね？」

トレイシーは彼をちらりと見た。

「わたしたち、彼の姪《めい》です。叔父を知ってましたか？」

「そうだなあ」運転手はゆっくりと答えた。「知っていたと言ってもいいかもしれない。彼のコラムは最初から全部読んでいたからね」

「コラムですって？」

　ティナが声を上げた。

「どんなコラムでした？」トレイシーが訊いた。そして申し訳なさそうに付け加えた。「あの、わたしたち、叔父をぜんぜん知らないのです。叔父はわたしたち姉妹の法的後見人でしたけど、実際には叔母たちに育てられたので」

「いやあ、それは」と運転手は言った。「とてもいい記事だったよ。一週間に一回新聞に載った。たいていは釣りの話だったが、一度ビーバーについて書いたことがあったな。あの記事は素晴らしかったよ。女房に読んでやったのを覚えている。ところで、お嬢さんたちはここに住むつもりかね？」

　声に驚きの響きが加わった。

「ええ」トレイシーが答えた。

「さてと、家の前まで運転してやりたいのは山々なんだが、道が凍っていて滑って危ない。ここで停めて、スーツケースを運んであげよう。それでいいかね？」

「いいえ、わたしたち、ふたりで運びますからだいじょうぶです」トレイシーはそう言うと、ティナをそっとつついた。ティナは、運転手の妻という人はビーバーの話をどう思ったのだろうかと、ぼんやりと話の続きを待っていた。

車を降りると、ティナはあたりを見まわした。湖は鬱蒼《うっそう》とした木立の背後になってここからは見えない。森の中を通っている道路はバーモントの方向に灰色のリボンのように曲がりくねって消えている。地面に降りた霜は銀色に光っていた。左手の木立の中に、風雨にさらされた大きな古い納屋がぼうっと浮かんで見える。

「家って、どこにあるの？」ティナははぐらかされたような気がして訊いた。

運転手は車窓に顔を近づけた。しわの深い、地の精《ノーム》のような顔だった。

「納屋はハイウェイに面しているが、家は湖のほとりだよ」それから彼は彼女たちの薄い衣服に目をやった。「ズボンをはいて、セーターを着るがいいよ。ここは春が遅くて、六月にならないとやってこない。それじゃ、幸運を祈るよ」

「ありがとうございます」

トレイシーはすでに歩き出していた。

足もとの草が濡れていた。湿気を含んだ冷たい風が吹いてきて、ティナは震えないように唇をきつく嚙んだ。今朝はまだ、彼女は学校にいたのだ。たしかに退屈してはいたが、安全なところで安心していた。まさか、今日という日が彼女の生活を一変させるとは思ってもいなかった。今朝彼女は顔を洗い、歯を磨いて髪をとかし、『ジェーン・エア』の二章を読み終わったところで、電話が鳴った。ヘイスティングス・ホール校の寮にはどの部屋にも電話が備え付けられていたが、彼女の電話はいままで鳴ったことがなかった。交換台の女性はティナの耳に大声であくびをし（まだ七時前だった）、お姉さんが下にお見えです、と言った。

「わたしの姉が？」ティナが驚いて聞き返した。

「ええ。図書館で、待っておいでです」

「ほんとうにわたしの姉？　トレイシーと言ってますか？　トレイシー・キャノンと？」

だが、交換嬢はもう電話を切っていた。受話器を戻すときに初めて、ティナは自分の手が震えていることに気がついた。その手をウールのスカートで拭きながら、彼女は何度も、姉が会いに来ている、いま下で待っていると自分に言い聞かせた。彼女はしかし、一瞬たりともそれが信じられなかった。この六年間、姉に会ったことは一度もなかったからだ。離ればなれにされてから、長い時間が経っていた。

きっと結婚するんだわ、だから、それを伝えに来たのにちがいない、とティナは思った。それから急いで鏡の前に行った。顔色があまり悪くないといいのだけれど、と思いながら。

ティナは階下の図書館まで一気に走った。トレイシーはヘイスティングス・ホール校に朝早く着くために、ニューヨークを夜中に出発し、ボルチモアで二時間待ってから乗り継ぎの列車に乗ってやってきたにちがいない。

なにか恐ろしいことが起きたのだろうか、とティナは心配になった。だが、いちばんひどい経験をしているのは自分だとティナは思っていた。彼女の生涯で最悪の時間をここで過ごしていると。

図書館のドアを開けると、そこにトレイシーがいた。昔どおりだが、少し大人になって、少し細くなって、新聞記事の社交欄に載っている写真よりもずっときれいな姉だった。トレイシーはネッド叔父が亡くなったので、自分がティナの法的後見人になったと話した。

ティナはストンと腰を下ろした。ネッド叔父が自分の後見人だったことなど、すっかり忘れていた。叔父には一度も会ったことがなかったので、亡くなったことを聞いて、悲しいよりもこれでマーサ叔母から解放されるという気持ちのほうがずっと大きかった。ティナはマーサ叔母のことをおそれ、嫌っていた。

「それじゃ、結婚するわけじゃないのね、トレイシー?」ティナはおずおずと訊いた。

「もちろん、ちがうわよ、おバカさん」トレイシーがおかしそうに言った。「あなた、ぜんぜん見当ちがいなことを考えてたのね」

「でも」ティナはトレイシーの視線を避けながら、無気力に言った。「べつになにも変わらないでしょ」

「あなたが変えようと思わないかぎりは、ね」

「やっぱりこれからも」ティナは自分の思いを探りながら言った。「マーサ叔母さまがわたしの授業料を払って、服装や成績について厳しく注意し続けるんでしょう?」

「それはそうよ」トレイシーが言った。「お金を持っているのは叔母さまですからね」

ティナはため息をついた。

「そう、そうよね、もちろん」

トレイシーの顔から笑いが消えた。真面目な顔をして彼女は身を乗り出して言った。

「ねえ、覚えてる？　何年か前に、いっしょにメキシコへ逃げようと言ったこと？」

「ああ、あのこと」

ティナはふんと鼻の先で言った。だがその顔は真っ赤だった。もちろん彼女ははっきり覚えていた。

「あのね」トレイシーの顔に笑いが戻った。「ネッド叔父さまは、わたしたちのために家を一軒残してくださったの。これからその家に逃げ込まない、ティナ？　わたしたちふたりだけで。メキシコではなくてバークシャーだけど。もちろん、あり合わせのもので暮らすのよ。貧乏になるけど、いままでがぜいたくすぎたのよ。どう思う？」

ティナは呆然として姉を見た。

「トレイシー、あなたがニューヨークを離れるというの？　でも、あなたはもう社交界の有名人じゃないの？　わたし、毎週のようにあなたのことを社交欄で読んでいるわ。それにリンダ叔母さまはなんとおっしゃるかしら？」

トレイシーはにっこり笑った。

「叔母さまは一年間の旅にお出掛けになったわ。いわゆる派手な社交生活のことに関しては……」トレイシーの顔が曇った。「他の生活をしてみるほうがいいような気がするの。さあ、ティナ、あなたはどうしたいの？」彼女はここで声をひそめた。「もしボルチモア行きの九時の汽車に乗れれば、今晩バークシャーに着くことができるのよ」

十四時間後のいま、ティナはこれまで一度も見たことのない、それでもおかしなことに彼女たちの土地である、ネッド叔父の遺産の地所にトレイシーといっしょに立っていた。

「トレイシー」

ティナが姉に呼びかけた。

「うん？」

「トレイシー、あなたはぜんぜん怖くないの？」

「怖いなんて！」トレイシーは心底びっくりしたようだった。「いったい何が？　わたしたち、いま、生まれて初めて自由になったのよ。このすがすがしい空気を吸ってごらんなさいよ！　素晴らしいじゃない？」

ティナはため息をつき、スーツケースを持ち上げた。

「ええ、でも、素晴らしすぎるから」と言った。「寒いわ。ほんとうにどこかに家があるのかしら」

「こっちよ」

トレイシーは凍った地面を歩き出した。

湖のどこかでモーターボートの音がしたかと思うと、波が岸辺に押し寄せる音が聞こえた。道幅は中庭に向かって広がり、霧の向こうに低い屋根のかかった家の姿がうっすらと見えた。

「さあ、着いたわ」

トレイシーはそう言って、玄関前の木製のステップを駆けのぼり、ドアの鍵穴に鍵を差し込んだ。彼女の姿が中に消え、がさごそと動きまわる音が聞こえたと思うと、突然ドアがぱっと開いて、光がステップを明るく照らした。ティナの心配は少し薄らぎ、彼女もまたステップをのぼって家の中に入り、ドアを後ろ手に閉めた。そのしぐさにはどこかあきらめが混じっていた。もはや、戻ることはできなかった。彼女たちはいま、ここにいた。マーサ叔母から五百キロも離れたところに。

「まあ、すてきなところじゃない？」ティナは目をしばたたかせてつぶやいた。

トレイシーはテーブルから身を乗り出すようにしてティナをうかがった。天井からの明るい光がトレイシーの細い顔に新たな個性を加えていた。亜麻色の髪が波立ち、細長い銀色の目をした繊細な少年のように見えた。その姿を見て、トレイシーはカメレオンみたいだわ、とティナは思った。汽車の中では、トレイシーはまさに、ニューヨークの社交界にデビューした華やかな若い女性そのものに見えた。いま彼女はまったく別の人間に見える。

「これがわたしたちの家よ」トレイシーが言った。声が興奮してうわずっている。「まさか、幽霊屋敷だと思っていたわけではないでしょう？」

ティナは笑い出した。

「べつに、なにも想像していなかったわ」ティナはホッとして言った。体がリラックスし、旅の終点に到着したという実感があった。「あんなに疲れていたのに、どうしてかしら、わたし、もう疲れていないわ」

彼女たちが立っていた小さな台所は、かすかにクローブの香りと石油ストーブの匂いがした。鉄の鋳物《いもの》の流しにはペンキが塗ってあって、片隅に手押しのポンプがついている。流しの上の棚にはハーブを貯蔵するための昔風のガラス瓶がずらりと並んでいる。黒い巨大な木炭レンジのまわりには手すりがある。そして小さな石油ストーブが一個。ティナはこれらのものを一個一個まじまじと見た。まるで博物館でスタンリー・スティーマー（伝説となった有名な蒸気自動車）の展示を眺めているような気分だった。これらはいったい何に使うものかしらと困惑していた。だが、トレイシーは居間を探して、インド更紗《サラサ》のカーテンを開けていた。

「ティナ、見てごらんなさい」トレイシーが驚きの声を上げた。「ボウリング場ほど広いわ。そしてボウリング場の十倍も寒い。さあ、火を焚《た》きましょうよ」

ティナはトレイシーの後ろから、垂木《たるき》の低い、長い部屋に入った。焚き口に雲母が張ってある鉄のストーブが二個、目に入った。それぞれがしゃがんだアステカの彫刻動物を模倣したもののように見えた。暖炉は薪《たきぎ》を丸ごと一本そのまま焚けそうなほど大きく、部屋の壁には簡単な本棚やベンチがいくつも取り付けてあり、大きなソファが部屋を二つに分けていた。トレイシーは薪を入れた箱のそばに、暖炉で焚くための古紙や木片をどこからか抱えてきた。火が燃え始めると、ティナは火の前に立って手をあぶり、凍った指を温めた。薪が燃える音と、トレイシーが手に息を吹きかける音だけがあたりに響いた。

「ほかにもきっとまだ、見るものがあるわよ」トレイシーが待ちかねて言った。「この二重ドアは……」彼女は居間をすばやく横切った。「ティナ、見て、玄関にポーチがついているわ！」

ティナは嫌々ながら火のそばを離れた。数歩歩いただけで、また冷たい空気が彼女を包んだ。外のポーチに出ると、靴の下で冷たい床がきしみ音を立てたが、彼女は景色に思わずため息をもらした。ポーチは湖に向かって開いていて、岸辺に打ち寄せる波の音がすぐ足もとで聞こえた。

「聞こえる?」ティナはささやいた。「水の音が。鳥の声も。遠くで犬が吠えているけど、あとはしずまり返っているわ」

「夜はきっと眠れないほど静かよ」トレイシーがほほえんだ。「ティナ、これでいいの? まだ学校に戻れるわよ」

ティナは首を振った。

「今朝の十時以来、もう戻れないと思っているわ」

あなたがわたしを学校から連れだしたときよ、とティナは心の中で言葉をつなげた。トレイシーは校長先生に向かって、わたしたち姉妹は長い間離ればなれにされていたけれども、もうそれも終わりだと説明したのだった。ティナはトレイシーの言葉をこれからもけっして忘れないだろう。

「そう、よかった」トレイシーはきっぱりと言った。「それじゃ、ネッド叔父さまが二階をどんなふうに作ったか見ましょうよ。二階があるならば、ね」

二人は狭いらせん階段を上って、二階の三部屋の寝室を見た。どの部屋にも備え付けのベッドがあって、片流れの屋根だった。彼女たちはなんでも面白く観察した。この古い家は魔法のようにひょっこりと自分たちに与えられたものなのだ。この四つの壁と屋根がこれから雨と風から自分たちを守ってくれるのだと思うと、うれしさがこみ上げてきた。

「湖に向いたこの表の部屋二つをわたしたちの部屋にしましょうよ」ティナが熱心に言った。

「きっと素晴らしいながめだわ」ガラス窓に額をつけて外をうかがったが、まっくらで何も見えなかった。映っているのはただ、暗い影の差し込んだ目をした、茶色い髪の毛の小さな尖った顔をした女の子だった。

トレイシーは肩をすぼめた。

「今晩はそうしてもいいわ。でも明日からは裏手の大きな部屋を二人で使うほうがいいと思うの」

ティナは驚いて姉の顔を見た。

「どうして？　こんなにたくさん部屋があって、全部がわたしたちのものなのに」

「夏の避暑客のために、部屋を貸し出そうかと思って」

「部屋を貸し出す？」

トレイシーは手を伸ばして電気を消した。

「いいじゃない？　夏になると大ぜいの人が避暑にやってくるわ。一週間十ドルで貸し出すのよ。もし食事も、と言う客がいたら、もう少しお金がもらえるわ」トレイシーはにっこりと笑った。

「料理ができなければダメだけどね」

ティナはトレイシーの後ろについて黙って階段を下りた。トレイシーの言葉にショックを受けていた。部屋を貸し出すということは、朝から晩まで他の人が自分の家にいることだ。プライバシーもなく、マーサ叔母のように口うるさい人に文句を言われるような生活になるかもしれない。トレイシーはそんなことを本気で言っているのだろうか。

「わたしたち、いまいったいどのくらいお金持っているの？」ティナが突然訊いた。「たしかに、あなたはここに来たら貧乏な暮らしをするようになると言ったわ。でも、わたしたち、二人なんだから、部屋を貸すなんて、そんなにひどい生活をしなくても、何とかなるんでしょう？」

トレイシーはまっすぐにティナを見た。

「いいこと？　まず大きく息を吸って」と明るい口調で言った。

ティナはにっこり笑った。

「はい、いいわよ。さあ、いったいいまいくら持っているの？」

「一文無しよ」

ティナは息を呑んだ。

「そんな！　冗談でしょう、トレイシー！　おねがい、冗談だと言って！」

「ミルクが一缶とココアミックスがバッグの中にあるわ」トレイシーが言った。「缶切りを見つけたら、そして石油ストーブにどうしたら火をつけることができるかがわかったら、あったかいものが飲めるわ」

「トレイシー！」

トレイシーは妹を見つめ、いつもどおりのクールな、謎のような笑いを浮かべた。

「まだ戻れるのよ、ティナ」

「でも、わたしは戻りたくなんかない！」ティナが叫んだ。押し寄せるパニックを何とかコントロールしようともがいた。「いま言ったこと、ほんとうなの？」

トレイシーはうなずいた。

「ええ、ほぼほんとうと言っていいわ。お小遣いが三十ドル残ってる。でも、それがなくなったら、ほんとうに一文無しよ」

ティナは震える手で椅子を引き、腰を下ろした。

「そうなったら、どうなるの、わたしたち？」

緊張した声だった。

「それは」とトレイシーはこともなげに言った。「いま、検討中というところよ」

そう言って、彼女はひざまずいてストーブを調べた。光が当たって、ドレスが金色に輝いた。ティナは何の脈略もなく、マーサ叔母ならこのような服装は決して認めないだろうと思った。あまりにも新しく見えるから。まるでたったいま、ニューヨーク五番街のブティックの仕立室から届いたばかりのようだ。マーサ叔母はオーソドックスを誇る金持ちだった。それはツイードのスーツに昔ながらのフェルト帽というでたちで、すべてずっと前に買われたもので、その古い持ち味はそのまま大事に保たれているのだった。

「この容器に灯油がまだ半分あるわ」トレイシーが機嫌よく言った。「さて、この小さな開けロを開けて、芯に点火すればうまい具合に燃えてくれるかしら。ティナ、マッチをちょうだい」

むっつりとしたまま、ティナはマッチを渡した。

「トレイシー、税金も払わなければならないでしょう？　電気の請求書も来るでしょうし、灯油も食べ物も買わなければならないわ。あなたが誘ったからわたしはここに来たのよ。あなたは二十二歳の大人だわ。だけど、わたしはあなたの力なしではやっていけない。でも、学校に戻ることはもうできないの、それだけはどうしてもいやよ」

マーサ叔母のやっかいになることだけはもういやだった。叔母にとってティナはいつも失望の元で、一つの学校でうまく行かなくなると次の学校へ転校させられ、夏休みのキャンプ先も次々と変わり、ティナにとっては人生はぐるぐる回るメリーゴーラウンドのようなものになっていた。マーサ叔母が選ぶ学校はどれも似たような学校だった。テニスコートとプールがあって、個室、ゴシック建築のチャペル、そして学校案内には、学生は一人ひとり真面目で進歩的な考えの娘に育てられると約束する言葉が並んでいた。わたしだけが例外、とティナは思った。順応できない人。だから何度も再教育のために新しい学校に送り込まれたのだわ。

トレイシーは驚いて妹を見返した。

「だれも戻れとなんか言っていないわよ、ティナ。おねがい、泣かないで。ほら見て、ストーブに火がついたわよ。わたし、点火するこつがわかったと思う。温かいココアを飲んだら、きっと気分がよくなるわ」

ほうろう引きの鍋でココアの粉とミルクを混ぜ、味見をしてから、ひびの入った白いマグ二つに注いだ。その一つをティナに渡して、「はい、ゆっくり飲みなさい。そんなにみじめな顔をしないで。わたしたち、ここできっとすてきな暮らしができるわよ」

「どんなふうに？　なにをして？」ティナは胸が張り裂けたような声を出した。「お金がなくては生きていけないわ」

トレイシーはテーブルの向かい側に腰を下ろして、湯気の立っているココアをすすった。

「でもね、ティナ」トレイシーは妹に語りかけた。「たくさんの人が、お金なしでもなんとか生きているようよ。わたしたちもなんとかそうできないものかと、いまわたしは考えているの。貧乏暮らしになるということは、最初に言ったでしょう？　忠告はしたはずよ。こんなに長い間離ればなれにされた後でわたしたち二人がいっしょに暮らそうというのだから、貧乏は叔母さまたちから自由になるために払わなければならない代償よ」

「でもトレイシー、いくらなんでも三十ドルじゃ……」

「ロビンソン・クルーソーになればいいのよ。わたしたちは幸運よ。頭の上には屋根があるし。しかもぼろぼろのものじゃない、立派なものよ。この家全部がわたしたちのものなのよ。わたしたち、いっしょに冒険をしようとしているの。それも素晴らしい冒険よ。そんなふうに考えることはできない？」

ティナはそうしてみようと思った。なんと言っても、彼女の最後の砦、人々が〝ゴージャスなトレイシー・キャノン〟と呼ぶ実の姉がそう言っているのだから。でも、考えるのは明日にしよう、と彼女は思った。いまは疲れすぎている。それにあまりにも無謀な話だ。

彼女は声に出して言った。

「トレイシー、わたしお財布に十ドル持っているわ」

「ほらね、何かが起きるものなのよ。何かきっといいことが。これで四十ドルになったわ」

「ええ、ぜいたくな暮らしができるわね」

ティナは疲れた笑いを浮かべた。

「ええ、すごくぜいたくな暮らしができるわよ」

そう言うと、トレイシーはこれからの新しい、不安な二人の生活のためにマグを上げて乾杯のしぐさをした。

マットレスは眠りを誘うものではなかった。ちょうどトレイシーの背中が接するところにくぼみがあった。それは眠っている犬の形をしていた。トレイシーはネッド叔父がどんな種類の犬を飼っていたのだろうかと思いをめぐらせた。一時間もそこに横たわっているうちに、その犬の外見も性格もわかったような気がした。小型の犬で、掘るのが好きで、どこかすぐ近くにまだ犬用の骨が隠されているのではないかと思った。しばらく横たわったのち、トレイシーは眠れないままベッドサイドランプの明かりをつけた。

それはそれまでのトレイシー・キャノンのいる場所としては、意外な場所だった。質素で旧式の、横たわっている簡易ベッドから片流れの屋根の垂木に手が届きそうな、真っ白い屋根裏部屋。リッチーがいま彼女を見たら、面白がるだろう。でも、彼のことは考えないことにしたのだった、と彼女は唇を噛んだ。わたしがここに来たのは、ふたたび強くなり、自分に誇りを感じることができるようになるためだった。わたしはこの家が好き。とても好き。この質素さは、魅力の大盤振る舞いをするリッチーのいい解毒剤になる。リッチーの魅力に三年間振り回されて、わたしは魅力という魅力を知り尽くした。魅力についてエッセイが書けるほど、いいえ、本が一冊書けるほど……。ストップ、と心の中で声がした。また彼のことを考えているじゃないの！

すべてはあの朝に始まったのだ。あの朝、彼女はパークアベニューのアパートメントでリッチーのことを考えながら目を覚ましたのだった。自分が役立たずで無能だという思いに打ちひしがれていた。リンダ叔母はヨーロッパ旅行に旅立ったあとで、アパートメントはまるで人影のない墓場のように見えた。朝食をベッドに運んでもらい、ぐずぐずと食べながら、片手でスケジュールノートをめくっていた。その日の予定はあまり面白そうなものはなかった。買い物、十一時に弁護士のところでネッド叔父の遺言状を読む、チャールズ・ロメデューとランチ、午後のお茶のあと、ディナーはアリスの家で……。それは社交界にデビューした若い女性が過ごす典型的な一日だった。しかし、トレイシーはそのとき、これは無益な時間の過ごし方だ、という気がしたのだった。

このように毎日を過ごすこと、それを続けていくことは、わたしにはできないわ、とトレイシーは思った。もちろん彼女の毎日は、ホーボーケンに住む忙しいタイピスト——毎月債券を買い、適当な男性を惹きつける毛皮のコートを買うために貯金する——の生活と同じほどの意味はあった。社交界にデビューしたトレイシーには、ホーボーケンのタイピストには時間的な余裕がなくてできない仕事も二、三あった。たとえば病気が快復に向かっている軍人のために本を読んであげること、赤十字の活動で包帯を巻くこと、チャリティー事業を企画することなどなど。

だけど、この想像上のタイピストとわたしのちがいは、時間的な余裕の問題ではない、とトレイシーは思った。タイピストは幸福でなにかに夢中だというふりができる。彼女はハンサムな若い男の人に足もとからさらわれるのをじっと何もせずに待ってはいない。でも、わたしは？　特別な男性が現れると、女はじつは自分がペネローペ（ギリシャ神話のオデュッセウスの妻。夫の二十年間の不在中貞節を守り続けた。転じて貞淑な女のこと）であることを思い知らされるのか？　リッチー、あなたのおかげでわたしはとてもシニカルな人間になったわ。

彼女はふたたびスケジュールノートに向かった。魅力的で有能な男性の名前がずらりと書き記されていたが、リッチーの名前はなかった。火曜日にはガーデン・パーティーがある。これは楽しそうだ。木曜日のインタビュー、これも面白いかもしれない。しかし、リッチーがいなくなった後に残された胸の痛みは消えはしない。

ゆっくりと彼女は着替えはじめた。ダークブルーのスーツ、ぱりっと糊の利いた白いブラウス、ぴったりマッチする手袋と靴、それに毛皮のジャケット。なんと言っても、彼女はタイピストたちの羨望《せんぼう》の的、〝ゴージャスな〟トレイシー・キャノンなのだ。もっとも彼女たちにはリッチー・ボーフォートと恋に落ち、そして彼を失うことがどういうものかわからないだろう。

その日の郵便物が、玄関ホールの磨かれて黒光りのするテーブルの上に置かれていた。今日もまた、リッチーからの手紙はない。リンダ叔母からの封筒には走り書きのメモが入っていた。叔母はきちんとした手紙を書くのは苦手だったが、走り書きのメモを送ってくる。船旅はとても豪勢なものよ、とあった。クロテンの襟巻きをいつでもお使いなさい。いっしょに来なかったのを、後悔していないこと？

そうね、行くべきだったかもしれない、とトレイシーは思った。こんなふうに、永遠に彼を待っているのはみじめなだけ。わたしはもともと、ちゃんとした見識のある人間だったのに。

だが、リンダ叔母の今回の用事は、妹のティナのスナップ写真をトレイシーに送ることだった。それはリンダ叔母がマーサ叔母から受け取ったもので、最近のティナの写真だった。トレイシーはその写真をなにげなく見た。それからもう一度見直した。マーサ叔母はいつもスナップ写真を送ってくる。それは庭の写真、犬、ハーマン叔父の写真だったりした。だが、妹の写真はずいぶん長いこと見ていなかった。その写真を見て、トレイシーの心は鋭く痛んだ。ティナがこんなふうに見えるなんて、いったいどんなことがあったのだろう？　ティナは普通の制服を着ていたが、まるでその辺にある出来合いの服を着せられた浮浪児のように見えた。その精気のない顔つきから、彼女はむりやりカメラの前に立たされたのだとわかる。

また、これにかぎらず、嫌なことにむりやり従うようにしつけられていることも明らかだった。写真のティナはしかめっ面でも笑顔でもなく、単にそこに立っていた。行儀よく、従順に、忍耐強く、肩を下げ、腕をだらりと垂らして。

でも、ティナはもう十六歳のはずだわ、とトレイシーは思った。こんな姿でいるなんて、どういうこと？　わたしたちは彼女のことを小悪魔と呼んでいた。にぎやかでいたずら好きで、ほんとうに可愛い子だった。放浪の民ロマの子のように黒い髪と輝く肌をしていて、とても活発な子だったのに。

トレイシーは久しぶりに自分たちが育ったコネティカットの家のことを思い出した。デカルコマニー（特殊な用紙に描いた図案・絵などをガラス・陶器に写す方法で描いた絵）が飾られた子ども部屋が姉妹の部屋で、幼いティナは姉のトレイシーの身振りをなんでも真似したものだ。しかしそんな生活は両親の突然の事故死によって終わり、叔母たちが二人を引き取るためにやってきた。そして、ティナはマーサ叔母とともにフィラデルフィアへ、トレイシーはリンダ叔母とともにニューヨークへとばらばらになったのだ。わたしはあのころがりがりにやせた、薄茶色の髪をしたおてんばな女の子だった、とトレイシーは思い出して笑った。医者か考古学者になるという夢を持っていたっけ。近所の子どもたち全部を敵に回していつもケンカをしていたわ。いまでもわたしは闘う人《ファイター》だけど。でも、リンダ叔母は、なんでも許してくれて、わたしの暮らしはすべてがとても穏やかになった。

彼女はまた写真に目を戻し、眉をひそめた。そして、気のせいだと思い直した。この写真が悪いのだ。きっとティナはこのとき陽射しが目に入ってまぶしかったにちがいない。

だがトレイシーは、五番街のブティックで仮縫いをしてもらっている間、不安を感じていた。そしてタクシーを拾って弁護士のミスター・ウェントワースのオフィスに飛び込み、やっと落ち着きを取り戻した。

「やあ、トレイシー」とミスター・ウェントワースは机越しに手を差し出した。「いつもながら元気そうだね」

「今日はマーサ叔母さまもいらっしゃるのかしら?」トレイシーが訊いた。

彼は首を振った。

「よんどころのない用事ができて来られないそうだよ。だが、われわれだけで話を進めていいと思う。とくに今日はきみと話し合いたいことがあるからね」

トレイシーはうなずいて腰を下ろした。

「悩みごとでもあるのかね? リッチーは元気かい?」

トレイシーは縮み上がった。だれでもリッチーのことを知っているのかしら? 彼に会ってから、トレイシーは二回婚約を発表している。二度とも、他の男性とだった。でも、だれ一人、ミスター・ウェントワースさえも、いや、もしかするとリッチーでさえ、ごまかされなかったらしい。

「いまはリッチーのことを話すときではありませんわ」

さらりと言ってから、ここで自分がリッチーに失恋したと言ったら、ウェントワースはどう反応するだろう、と思った。ミスター・ウェントワースはまだ古い道徳観念の人だ。もしかすると、昔の人のほうが失恋の意味がもっとよくわかるかもしれない。社交界にデビューしたばかりの若い女性が逃げ込むことができる修道院を知っているかもしれない。その考えがあまりにも滑稽《こっけい》だったので、トレイシーは思わず笑ってしまった。そのとたんに気分が軽くなった。ミスター・ウェントワースはリッチーの航空会社について話していたが、トレイシーは不躾《ぶしつけ》にも話を中断させた。

「ミスター・ウェントワース、ティナはどうしていますか？」

彼は驚いた様子だった。

「きみの妹のティナのことだね？ さあて、彼女はマーサにとっては頭痛の種だと思うが、そのうち落ち着くだろうとわたしは思っているよ」

「頭痛の種？ どういう意味ですか？ わたしはとても忙しかったもので……」浅はかだったので、と彼女は心の中で言い直した。

「正直に話すほうがいいらしいな」ミスター・ウェントワースは言った。「ティナは、その、四つの学校から退学処分にされている。それもいわゆるいい学校からね」

「まあ、なぜですの？」

ミスター・ウェントワースは言葉を慎重に選びながら話し出した。

「いたずらが過ぎたのだよ。とくに最近ではね。それに彼女は落ちこぼれなのだ、トレイシー。彼女には助けが必要だ」

トレイシーは体を硬くした。

「助けって、どんな？」

「つまり、あの子には愛情と理解が必要なのだ」

「ちゃんと話してください」

トレイシーは椅子にかけ直した。

ミスター・ウェントワースは咳払いした。

「詳しいことは他の人に訊いてほしいが、わたしの記憶していることによれば、こういうことだ。最初の学校で、ティナは五回も逃げ出した。だれの言うことにも耳を貸さなかった。学校関係者が言ったのは、また逃げ出したら退学処分にするということだった。彼女はそれにもかかわらず、逃げ出した。これはたしか彼女が十歳のときのことだ」

十歳。それは彼女が長い手紙を書いてきて、メキシコにいっしょに逃げようと言ってきたときのことだ。あのとき以来、彼女に会っていない、とトレイシーは思った。復活祭でラジオシティのミュージック・ホールに行ったときだ。でも、彼女は元気そうに見えたけど？ロビーで立ち話をしたっけ。わたしは十六歳で、出席したパーティーの話をしたのを覚えている。あの子が一人で逃げ出したのは、あの後かしら。わたしがあの子のことを忘れたと思って？　正直言って、たしかにわたしはあの子のことを忘れていた。ニューヨークのパークアベニューで暮らすことはとても楽しかったから。

「そのあとの退学処分は」とミスター・ウェントワースは話しにくそうに続けた。「もっと反抗的な態度によるものだった。まるで放校されるのを待っているような態度だった。規則を破り、悪意に満ちた匿名の手紙を教師や生徒に送りつけたり。変わった子どもだよ」と言って、彼は顔をしかめた。「完全に自分の殻に閉じこもり、だれも近づかせない」

「でも、ほんとうに何か悪いことをしたわけではないのでしょう？」トレイシーは慎重に訊いた。「試験でカンニングしたり、人のものを盗んだり、そのようなことは？」

ミスター・ウェントワースは首を振った。

「いや、そのようなことはしていない。ただ、だれにも何を考えているのかわからないような無表情な顔と、ときどき爆発する激しい怒りが問題なのだよ」

「でも、どうしてでしょう？」トレイシーは情けなさそうに聞いた。

「覚えておかなければならないのは」ミスター・ウェントワースは優しく言った。「ティナは非常に感じやすい年頃に両親が亡くなって、たった一人のきょうだいからも引き離されたということだ。それはとてもショックだったにちがいないからね」

「でも、マーサ叔母さまがいたのでは？」

ミスター・ウェントワースはほほえんだ。

「わたしが見るところでは、マーサはティナに年二回会うだけだったと思うよ。会えば必ず激しく叱ったのではないかな。マーサのところへはきみが行けばよかったのだよ、トレイシー。きみは年長だったし、きみならあの気難しい叔母さんともなんとか折り合いがつけられたかもしれない」

トレイシーはうなずいた。マーサ叔母の人に対する態度を思い出しながら。まるで船尾甲板から大声で命令を下す船長のような口調。異なる意見には耳を貸さず、少しでも反抗的な態度を見れば、頭から潰《つぶ》してしまうのだ。マーサ叔母の会話は常に独話だった。ちょっとでも考えれば、また、時間が経てば、だれでも彼女の意見が正しいということがわかるという態度だった。

「わたしに何かできることがあるでしょうか？」トレイシーは言ってから、自分は本気でそう言っているのかと自問した。

「ああ、あるとも」ミスター・ウェントワースは言った。「それじゃ、さっそく仕事に取りかかろうか。きみたちの法的後見人はネッド叔父さんだったことは知っているね？」

「ええ、知っています」リンダ叔母がいつも生粋のナチュラリストと呼んでいた人だ。マサチューセッツ州西部の山の中で一人暮らしをしていて、キャノン家の変わり者と、一族のみんなが冷笑をまじえておもしろおかしく呼んでいた人だ。

「ネッドはきみたち姪になにもしてあげていないことに心を痛めていたのだ。彼には叔母さんたちの財力はなかったが、いつもきみたちの成長を見守ってきた。これからわたしが読むこの書き付けの内容を知ったら、きみにもきっとそれがわかるだろうよ」

ミスター・ウェントワースがネッド叔父の遺言状を読み上げたとき、トレイシーは困惑を覚えた。ティナに同情の気持ちをもってはいたが、彼女の後見人になるというのは別のことだった。もしさっき聞いたミスター・ウェントワースの話が正しければ、ティナの後見人になったら、しょっちゅう学校に出向き、ティナに関する大から小までのたくさんのことに決断を下さなければならない。自分の生活にも問題があるというときに。

「きみがなにを考えているか、わたしにはわかる」ミスター・ウェントワースは優しく言った。「きみはティナの後見人になる義務はまったくないのだよ。ネッドはティナの世話をするのにいちばんいい人をきみが指名することを望んでいたのだと思う」

「ほんとうにそうお思いになりますか？」

トレイシーはいくぶんホッとして訊いた。

「もちろんだよ」ミスター・ウェントワースは驚いたように言った。「きみの叔父さんはほとんど一文無しで死んだし、きみにはティナをサポートする経済力はない。なんと言っても養われている身分だからね」

ミスター・ウェントワースの言葉を聞いて、トレイシーは奇妙な気分になった。いままでこのようにはっきり言われたことは一度もなかった。たしかに彼女は養われている身だった。自身は一文もないまま、非常に裕福な若い女性の暮らしをしている。まったく散々だわ、とトレイシーは思った。わたしが砂上の楼閣《ろうかく》に暮らしていることを思い出させる、集中砲撃を受けているようなもの。

「ネッドの家がある」ミスター・ウェントワースが親切な声で続けた。「それはきみとティナに譲られた。そのまままきみたちの家として夏休みを過ごしたりするところとして使うか、あるいは売りに出すかね？」

「それについては、考えたいと思います」トレイシーは慎重に答えた。「その家は、ちゃんとした家ですか?」

「ああ、ちゃんとした家だよ。四つの壁と煙突のある、湖畔に面した家だ。バークシャーの丘陵地帯にある、なかなかいい家だ」

のどかそう、とトレイシーは思った。信じられないほどのどかに聞こえる。ああ、リッチー、どうしてわたしと結婚してくれなかったの? そうすれば、あなたとわたし、力を合わせてティナの世話をすることができたのに。だが、リッチーはまた旅に出かけてしまった。今度はメキシコだったか、プエルトリコだったかさえ、トレイシーには思い出せない。もちろん彼は戻ってくる。戻っては来るのだ。なんと言ってもニューヨークは彼のホームだし、そこでトレイシーが彼を待っているから。だけど、とトレイシーは考え続けた。彼が次に戻ってきたとき、自分が遠くにいたらどうだろう。リッチー・ボーフォートと彼の魅力から離れて、新たな、シンプルな生活を始めたら?

それは衝動的なアイディアだった。もしかすると愚かなものだったかもしれない。もし退屈していなかったら、けっして身をゆだねることがなかったにちがいない。もしその日の朝にあれほど自分が役立たずで無能だという思いに陥っていなかったら。

「奇妙な偶然ですね」とトレイシーはミスター・ウェントワースに言った。「今朝、わたしは何もかも新しくやり直したいと思っていたところでした。おそらくティナに必要なのもそれではないかと思います。わたし、それを彼女に与えたい。いま彼女がどこにいるか、教えてくださいますか？」

いま、手作りの簡単なベッドに横たわり、トレイシーは過去よりも、これから先のほうがずっと大事だということに気がついた。そして、自分は決してニューヨークには戻らないということも。決して決して戻りはしない。

この言葉を繰り返し自分に言い聞かせたかと思うと、彼女はぐっすりと深い眠りに落ちた。

2

朝、ストーブに火がつかなかった。昨日この家に到着したときにはちゃんとついたのに、今日はトレイシーがどんなにがんばっても芯に点火することができなかった。ストーブは夜中に火が消えてしまっていた。トレイシーは真新しいブルージーンズをはいた姿で床に座り込み、ストーブを分解し始めた。ティナは朝食用の固くなったパンを指でつついていた。ああ、最初の日の朝からこれでは憂鬱《ゆううつ》だわ、とティナは思っていた。昨夜は一晩中雨が降り、湖は不機嫌な灰色で、家の中はすっかり冷え切っている。ホットココアが待ち遠しかったのに。ティナはすっかり気落ちしていた。

「なあんだ、こんなことだったの！」トレイシーの声が台所に響き渡った。

「どうしたの？」ティナがふてくされた顔で訊いた。

「やっとなにが悪いのかがわかったわ。さっきから一時間も調べていたのよ。でも原因がわかったわ。灯油が切れているのよ」

「トレイシーったら！」ティナが爆発した。

「おかしいわよね」と言って、トレイシーは妹を見、それから急に真面目になって言った。

「もっと笑わなくちゃダメよ、ティナ。どうしていつもそんなに不機嫌なの？」

「だって、おかしくないもの」ティナは憮然《ぶぜん》として言った。「寒いし、おなかも空いているし。もしあなたが初めにストーブの灯油の目盛りを見ていたら、いまごろはピッツフィールドで買い物をしていたでしょうよ」

　トレイシーは妹に背を向けた。

「それで思い出したけど、わたしはこの家がどこにあるのか正確な位置がわからないのよ。ピッツフィールドはここからずいぶん遠いんじゃないかしら」

「マントルピースの上に地図があるわ」ふてくされたままそう言うと、ティナは居間に地図を取りに行った。戻ってきて地図を開くと、「ピッツフィールドはここよ」と指さした。

「わたしたちはピッツフィールドに住んでいるわけじゃないのよ」トレイシーが言った。「湖を探して」

　ティナの指がうろうろと地図の上をさまよい、ぴたりと止まった。

「ここよ」と彼女は言った。「近くにグリーンデイルという小さな村があるわ。ここから二、三キロのところよ」

「それよ」トレイシーがうなずいた。「遺言状にその名前があったのを覚えているわ。そう。わたしたちのいるのは、グリーンデイルのはずれだとわかった。それで、その村の人口は？」

　ティナは地図を動かして、隅の書き込みを読んだ。

「三百五十人」

「グリーンデイルにはなんの文句もないけど、今日はピッツフィールドへ行ったほうがいいと思うの。スーパーマーケットとデパートに行きたいわ。文明に接したいもの。グリーンデイルはまた後にしましょうよ」

「わかった」ティナは言って、地図をもっと高く掲げた。二人はお互いをこっそり盗み見た。大きな都会を見たいという願望を二人とも持っていることに驚いた。その目はお互いを探りあい、ほんとうにここの生活が好きになるかどうかを知ろうとしているようだった。

「それじゃ、出かけましょうか」トレイシーが張り切って言った。「今朝、家の前を通るバスを二台見かけたわ」

「わたしも見た」と言うと、ティナは急いでコートを取りに行った。

ピッツフィールドは大きな町で、広い快適な道路があり、ショッピングにふさわしい店が立ち並んでいた。だが彼女たちはまもなく、これはめったにできないぜいたくだとわかった。まず十キロも離れたこの町に来るために、二人で五十セントものバス代を払わなければならなかった。茶色の買い物袋に十五ドル分の買い物を抱えて家についたとき、二人の興奮はすっかり冷めていた。

「でも、買い物してきたものは、一週間も経たないうちになくなるわ」

台所のテーブルの上に缶詰や瓶を置きながらティナが言った。

「トレイシー、あといくらお金が残っているの？」

「二十四ドル五十二セント」トレイシーが苛立った声で答えた。

「町でランチなんか食べるべきじゃなかったわ」

「そんなこと言ったたって、もう食べたのよ、ティナ。お食事はどこかでしなければならないわ。さ、仕事を始めましょ」

しかしティナはこんなに少ないお金で二人の人間がどれだけ食べていけるものか、考えていた。買い物してきた品物を見ながら、気持ちが沈むのを抑えることができなかった。お金がなくなると、ヘイスティングス・ホール校とマーサ叔母がぐんぐん近づいてくるような気がした。トレイシーを信頼していないわけではなかったが、かと言って彼女の言葉を鵜呑《うの》みにすることもできなかった。ティナには、トレイシーがあまりにも楽天的に見えた。

ティナはおずおずとトレイシーに話しかけた。

「トレイシー、あの……あなたは働けない？」

「働くところよ」ピーナツバターの瓶を戸棚に入れながらトレイシーは言った。「ほら、いま指を働かせているじゃないの」

「いえ、働くって、つまり……外で仕事に就けないか、ってこと」ティナはすまなそうに言った。

戸棚の中に頭を突っ込んでいるトレイシーの声がくぐもった。

「そして、学校が始まるまであなたをひとりぼっちにしておくってこと？」

「ああ、そうか」ティナは肩を落とした。「それは考えなかったわ」

「それじゃ、考えてちょうだい」トレイシーはさらりと言った。「秋になったら、わたし、どこかのお店で店員になるか、レストランのウェイトレスになって働くわ。約束する。でも今日は、そしていまは、掃除をしなければならないし、食事も作らなければならないわ。でもコインを投げて、どっちが料理するか、決めましょうか？」

「いいわ」ティナは元気なく言った。「表」

「それじゃわたしは裏ね」

こともなげにそう言うとトレイシーは財布からコインを取り出して宙に投げ、手の甲で受けた。

「表だわ」

ティナは姉をにらんだ。

「でも、わたしはお料理のことなんか、なんにもわからないのよ！」

「わたしだってわからないわ」トレイシーは平然として言った。

ティナはまるで追いつめられた動物のように背中を流しに当てて身構えた。時計のねじを巻く鍵のように、いつもの憎しみと反抗心がゆっくりと彼女の神経を締め付けてくる。トレイシーといえども自分を自由にさせてはくれないのだ。

「料理なんか、習うつもりはないわ」

とティナは嚙みつくように言った。

「まあ、お気の毒な、お金持ちのお嬢様」トレイシーの言葉は冷たかった。「なにを期待していたの、ティナ。あやしてもらうこと？」

この言葉にティナの心が揺らいだ。この六年間、彼女はトレイシーとさえいっしょになれれば、すべてがふたたびうまく行くと信じてきたのだった。

「ふん」その声は弱かったが、なんとかカラ元気を出して続けて言った。「そんなに格好つけないでよ。あなたは簡単にそう言えるかもしれないけど、わたしはだれにもかまわれなかったんだから。わたしは可愛くないし、人気者でもない。女の子の間でさえ好かれていないわ。みんながわたしを憎んでいるのよ。あなただって同じでしょ。でなければ、そんなところに立ってわたしのことをバカにしたりしないでしょう？」

トレイシーは疲れていた。ピッツフィールドから戻ってからは、とくに家の中が陰鬱に見えた。だから彼女の口から出た言葉は冷たかった。

「なるほどね。あなたはいままでそうやって自己憐憫《れんびん》を楽しんで素晴らしい時間を過ごしてきたのね」

「なに言ってるの！」ティナはいまいましそうに言った。「あなたの同情なんかほしくないわ。ここにわたしといっしょにいることに耐えられないとどうして認めないの？　ただ、ものめずらしいからここに来ただけだと、こんなことはぜんぜんしたくないとなぜ……」

「そんなことはないわ」トレイシーは硬い表情のまま言った。「もし、まったく楽しめなくなったら、言います。それにあなたがこれを聞いて少しでも気が休まるなら言うけど、なにか新しいことをするとき、わたしはすっかり夢中になる癖があるの。出来上がってしまうと退屈するということはあるけど。なにもかもでたらめな状態だということは認めるわ。でもティナ、わたしたち、まだここに着いてから二十四時間しか経っていないのよ。お金がないということについてあなたがこんなに文句さえ言わなければ、なにかできるかもしれないわ。夏の避暑客のためにこの家を準備するとかね」

トレイシーはそう言ってモップとほうきを手に取ると、ティナを見た。

「料理用のストーブはそこよ」

そう言うと、彼女は台所を出ていった。

ティナの目に涙が浮かんだ。この瞬間まで、トレイシーは信頼できる同志として自分を大事に扱ってくれた。そのトレイシーが腹を立てたのは、ショックだった。彼女らしくなかった。それにもっと悪いことに、ティナには他に頼れる人がいなかった。それは、それまで人間関係といえば教師やクラスメートとしかつきあいのなかった彼女に、突然に、びっくりするような対等の立場を与えた。人間はだれも、意図的にそうすることなしには、永遠に悲しんで生きることはできない。この数年間、心から悲しんできたティナは、悲しみというものに一種の愛着を感じるようになっていた。それは自分でも気がついていたのだが、トレイシーに自己憐憫を楽しんでいると言われるまで、それと真っ正面から向き合ったことはなかった。いま初めて彼女は、自分がいままで一度も順応する努力というものをしたことがなかったことに気がついた。

　でも、そんなことはしたくなかったのだ、と彼女は弁明した。いままで彼女は、変化に逆らってじっと動かないでいれば、両親が姉といっしょに戻ってきて、ふたたび自分たちはみんないっしょに暮らすことができると想像するのが好きだった。ときどき、彼女の頑《かたく》なな殻を破ろうとする人々もいたが、彼女はそんな人が大嫌いだった。たまに退屈して、他の生徒たちに近づいたりすることもあったが、それはもう遅すぎた。友情は気の向いたときに声を掛けるだけでは育たないのだ。読書に逃げ、孤独に閉じこもってばかりいた彼女は、気持ちを分かち合うすべを失っていた。拒絶されると、それはいまではほとんどいつもだったが、彼女は不機嫌になって、トレイシーだけはわかってくれる、彼女だけは自分のことを思ってくれると自分を慰めてきたのだった。

　だがいまそのトレイシーが自分に同情的ではなくなっている。したこともないむずかしい仕事を押しつけて、その目を光らせ、できるの、できないの？　と迫っている。

　わたしは一人のままにしておいてほしかったのに、とティナは振り返って思った。これからは外に向かって、世界に向かって目を向けなければならない、自分の中に閉じこもってはいられないのだ。それでも、料理だけはいやだ、と彼女は心の中でつぶやいた。これが最初の仕事だ。ひどくむずかしいことではないようにと祈った。ああ、いやだ、いやだ。

　不機嫌なまま、彼女はハムの缶詰に手を伸ばした。

「缶詰を開けて、肉を取りだし、薄切りにしてフライパンで焼く」とラベルの調理法を読んだ。これは簡単そうだった。唇をきっと結んで、ティナはフライパンを探しに戸棚に向かった。


火曜日、納屋を掃除していたトレイシーはボートを見つけた。そしてまるで金の鉱脈でもみつけたように興奮して母屋《おもや》に走ってきた。

「ティナ！　いましている仕事をすぐにやめて、こっちに来て！」

卵をかき混ぜていたティナは、前髪を腕でかき上げて、うるさそうに姉を見た。

「いまミートローフを作るところなのよ」

「でも、わたし、すごい発見をしたのよ！」

「わたしもよ！」ティナが言った。「つまり、うまくいけば、今晩ミートローフが食べられるってことよ！」

トレイシーは首を振った。

「それは少し待って。これからグリーンデイルへ行かなければならないから」

「グリーンデイルですって！」

冷やかすような口調で言ったものの、ティナは先のケンカのあと、まだ姉に対して気まずい気持ちを持っていた。そこで、怒っているふりをしてこう言った。

「まだ今日は飲み水を井戸から汲んでいないわ。それに、もしあなたが今日の分の薪《まき》を割ってくれないと、今晩はきっと凍え死んでしまうわよ」

「でもわたしはもう、薪を割るのは飽き飽きしたわ。だから納屋に行ったら、ボートがみつかったのよ、ティナ。三隻も！　ちゃんと修理すれば、この夏貸し出すことができるわ」

ティナは泡立て器を置いた。

「どうしてそれを先に言わなかったの？　どうしたらいいか、わかる？」

「きのう、郵便配達の人がグリーンデイルに雑貨屋があると言っていたわ。だから行ってみましょうよ」

急いでセーターを手にとって、二人は道路のほうへ駆けだした。そして納屋に入ってボートを調べた。ボートはたしかに三隻、木製の台の上に底を上にしておいてあり、防水布が掛けてあった。彼女たちは決心してグリーンデイルへ向かった。二人とも静かだった。外出できるのは特別なことだった。しかも、グリーンデイルへ行けるのだ。わたしのホームタウンなのだわ、とティナは胸中つぶやいた。もし二人とも叔母さまたちのところへもどらなければならなくなっても、この家はわたしたちのものなのだから、この町はわたしのホームタウンなのだ。いままでそう呼べるものをわたしはもっていなかった。

いっぽうトレイシーのほうはボートのことを考えていた。ある夏、ジョニーという男の子とボートに乗ったことがあった。しかし彼女はどうしてもその子の苗字も、彼があれほど熱心に説明してくれたボートに関する知識も思い出せなかった。ただ、あの子の話がとても退屈だったことだけは覚えている。

グリーンデイルに着いたとき、トレイシーはまだそのときのことを考えていた。グリーンデイルの町は彼女たちの家から三キロほどのところにあった。ひもに通したビーズのように、家が道路沿いにまばらに立っていた。緑地帯に町の中心部があって、家が立ち並んでいた。教会が二つ、ガソリンスタンドが一つ、レストランが一つ、それに役場らしい建物があった。郵便局、図書館、そして雑貨屋。その店を見たとき、トレイシーの顔が輝いた。そしていままで頭の中にあったジョニー・なんとかという男の子のことはその瞬間に消えてなくなった。

「ほら、あったわ。さあ、畑栽培の種、肥料、まいはだ（古い麻綱をほぐしたもの。舟底の隙間に詰めて漏水を防ぐ）――これよ、わたしが思い出せなかった言葉は――そして食料品を買いましょう」

トレイシーはドアを開けて、薄暗くひんやりした店の中に入り、キャンディーが山と積まれたトレイがいくつもおいてあるガラス製のカウンターの前までできた。カウンターの端に帽子の縁を目まで下げた男が座っていた。ティナとトレイシーはそっと目を合わせた。ティナが大きな咳払いをした。

男はさりげなく帽子を上げて、彼女たちのほうを見てうなずいた。

「やあ」男の目が好奇心をのぞかせている。

「やあ、いえあのう、こんにちは」トレイシーが応えた。

「キャノン家の娘たちだね？」

二人ともぎくりとした。

「わたしたちのこと、知っているの？」ティナが訊いた。

男はくすくす笑った。

「いいや。だが、先日お宅の郵便受けに旗が立っていて、郵便物があったからね。うわさは早く人の耳に届くものさ」

そう言うと男は椅子からよいこらしょ、とかけ声を立てて立ち上がった。そして大きな手を差し出した。

「エイモズ・オートンだ。なにをお探しかね？」

トレイシーはていねいに三隻のボートのことを説明し、修理したいのだと言った。エイモズ・オートンはときどきうなずいて彼女の話を聞いた。そして話を聞き終わると言った。

「その三隻のボートのことなら説明しなくとも、わしは知っている。なにしろ何十年もあのボートに乗ってあんたたちの叔父さんと魚釣りに出かけていたのは、わしだからな。なんでも知っているよ。ネッド・キャノンのボートはどこも腐ってはおらん。ただ水が浸み込んでこないように、ボートの底にまいはだを詰めるだけでいい」

「それじゃ、それを少しください」トレイシーが言った。「家にあるのかもしれないけど、どこにあるのかわからないから」

エイモズ・オートンは顔をしかめた。

「買うだと？」そう言って首を振った。「家にあるのにかい？　家に帰ってよく探したらいい。わしだったら、台所の戸棚を見るよ。右手の二番目の棚、釣り針の入っている箱の後ろだ」

「たしかに戸棚に釣り針の箱があるわ」ティナが思い出した。

「そうだろう？」ミスター・オートンが鼻高々に言った。「見てごらん。きっとあるから」

トレイシーはこれからも買い物する予定の品物がすべてミスター・オートンに検閲されるのかしらと、少々うんざりした。

「それはどうも」と彼女はつっけんどんに言った。「ほんとうにあなたが正しいといいんですけど。ここまでの道のりはけっこう……」

「たいていの場合、わしの言うことはまちがっとらん」

そう言うと、ミスター・オートンはふたたび腰を下ろし、カウンターに両足を上げると、帽子を目までかぶってそっくりかえった。だが彼の言葉はそれで終わりではなかった。

「今日は図書館の開いている日だ」

ティナの目が輝いた。

「ほんとう？　トレイシー、本が借りられるわ！」

だが、トレイシーはミスター・オートンをにらみつけ、挑むように言った。

「他にもなにか？」

ミスター・オートンはくすくす笑って言った。

「そこにあるキャンディーを少し食べてくれんかね。とくに緑色のを食べてくれ。ちっとも売れないんだよ」

「きっと古いのよ」トレイシーが小声で言った。そしてミスター・オートンの大声につかまらないうちに店のドアを押して出た。

しかし、全体的に見れば、グリーンデイルへ出かけたことは十分に収穫があった。家路についたとき、彼女たちはミスター・オートンの店のグリーンのキャンディーをなめながら――それはトレイシーが思ったとおり、古くて固くなっていた――料理と畑作りとボートの修理についての本を抱えていた。なによりも大事なことに、二人にはいっぱい話題ができた。家に着いてからも、トレイシーはスツールに腰掛け、ティナはミートローフを作りながら、話し続けた。夜十時、ベッドサイドランプを消すときになってもまだ二人はしゃべっていた。

「ねえ、それにしても驚いたわね」廊下の向こうからトレイシーが声を掛けた。「まいはだがほんとうにあの人の言っていたところにあったなんて」

ティナの笑い声が聞こえた。なんて可愛い子なのだろう、とトレイシーは思った。

「すべてあの人が正しかった、というわけじゃないわ」ティナの眠そうな声がした。「だって、まいはだは塩の容器の後ろにあったもの。釣り針の箱の後ろじゃなく。ということは……」

そのあと言葉が続かなかった。トレイシーとのおしゃべりと笑い声に包まれ、この建物がついに自分たちの家になったと感じながら、ティナは眠りに落ちた。

1　春

「いちばん安い肉は……」と言いながら、ティナはページを読み上げた。「シチュー用の肉と牛肉」

しかしよく読むと、肉の値段には骨の分まで含まれていることがわかり、彼女は書き出したリストに疑問符をつけて、顔をしかめた。そしてしまいに、シチュー用の肉、牛肉?、ハムと豚肉のバラ肉、ミートローフ用、牛のチャックロースト用の肉が安い肉と納得した。これらに彼女は意識的にレバーを付け加えた。レバーは安いわりにビタミンの宝庫だからだ。

「はい、今日の勉強はこれでおしまい。あしたはチーズと魚の勉強をしようっと」

えんぴつをおいて玄関わきのポーチに出た。湖が明るく目の前に開けていた。強い風が山にかかった雲を吹き散らしている。太陽はまだ暖かくはなかったが、波頭を銀色に光らせ、湖を横切る雲を真っ白に照らし出していた。北側の湖面はガマを背景にして湖水の注ぎ口で水の色が見えなくなっていた。山には霧がかかって、岸辺の道には密生したトウヒが水辺まで生えていて黒い影を水面に映している。湖岸の石と細い流れ、とつぶやきながら、ティナはまったくちがうことを考えていた。今日は金曜日。今日でちょうどここに来て一週間になる。あっという間だったわ。

家中の床をほうきで掃いて拭き清めた。マメがつぶれて血がにじむほどストーブ用の薪を割った。皿を洗い、持ってきた服をスーツケースから出し、アイロンを掛けた。そして自分たちの食べるものを料理した。朝食が終わりベッドを作り終わると、またすぐに井戸の水を汲み、新しく火を焚き、夕食を作る時間がやってくるような気がした。湖のほとりに長い散歩に出かけたり、朝の太陽でゆっくり日光浴するようなひまはなかった。田舎をゆっくりと楽しむことができるのは、車でやってくる都会の人たちだけなのだ、とティナは思った。

「おなかが空いたわ」とティナは突然気がついた。いまではすっかりひとりごとに慣れていた。きっと人はみんなひとりでいるときは、自分に話をしているのではないかという気がした。台所に行くと、できたてのコーンブレッドを大きなオーブンから取り出した。片方の端が崩れていたが、奇跡的にじょうずに焼けていた。

「おめでとう」と自分とオーブンを同時にほめると、彼女はふわふわした金色のパンを大きくカットして、バターを塗って口に放り込んだ。山の空気はおなかを空かせる。彼女たちの経済はもう破滅状態だった。あの初めてのショッピングのあと、ティナは自分たちの犯した失敗に気づいた。例えばバター。マーガリンを買えば半分のお金で済んだのに。大エビの缶詰一缶を買う値段で、鮭とマグロの缶詰がいくつも買えた。このようなことをまったく知らなかったために、彼女たちはいま切りつめた生活をしていて、毎日缶詰のハムとコーンブレッドを食べていた。缶詰のハムは、食べても食べてもなくならなかった。永遠に食べ終わらないような気がした。

「ティナ！」外からトレイシーの声がした。「ボートの修理が終わったわ！」

ティナはばつが悪そうにコーンブレッドをパンケースに入れて、急いで外のポーチに出た。

「これ、湖まで引っ張ろうと思って」ペンキの刷毛《はけ》を手にトレイシーが言った。「うまく修理できたかどうか見たいのよ。ドキドキするわ」

「わかるわ」ティナが笑った。「わたしだってドキドキするもの」

ティナはトレイシーと三隻のボートのある納屋に近づいた。

「どう？」トレイシーが期待に胸を弾ませて言った。「説明書にあったとおりにしたわ。まぁ、いはだを詰めて色を塗った。これで腐ったところは全部修理できたと思うわ」

ティナは笑い出した。ボートは三隻とも消防車のように真っ赤に塗られていた。内側は目の覚めるようなブルーだった。それはまさにパークアベニューのボートだった。

「これ、デザインし直したの？」と彼女は笑いながら聞いた。

マーサ叔母さまは間違っていたわ、と彼女は思った。ネッド叔父さまはたしかにお金はまったく残さなかったけれども、いろいろな田舎の宝物を残してくれた。この三隻のカビだらけだったボートもそうだし、鍋の後ろに隠れていたトウモロコシ粉の大袋もそうだし、手巻きの毛糸の玉もそうだ。そして地下室に山のようにある古新聞と雑誌、それにこわれた家具も。これらをどうするかは、トレイシーの言うとおり、自分たち次第なのだ。

「これ、浮かぶと思う？」トレイシーが心配そうに訊いた。

「ぜったいに浮かばなくちゃ困る」ティナが言った。「だってわたしたちのお財布には四ドル六十七セントしかないんだから」

「そうなのよね、ぜったいに浮いてくれなきゃ困るんだわ」トレイシーはボートを見てため息をついた。「でも、重そうに見えるわね」

「そうね。ところで、このボートを水際まで引っ張っていってくれる人を雇う計画はおありですか？」ティナがふざけた。

トレイシーはティナをにらみつけた。それから船尾へ行くと、ボートの下にころ（重いものを転がすための丸太）を入れた。それでも手間取って三隻のボートを水際まで運ぶのに一時間以上もかかった。二人はそこで靴を脱ぎ、氷のように冷たい水に足を入れ、ボート三隻を水辺の木につないだ。そしてがたがた震えながらボートがいま自分たちの見ている前で沈みませんようにと祈った。

「ねえ」とトレイシーがものほしそうな顔で言った。「一時間二十五セントというのはどう思う？　安すぎるかしら？」

「いくらで貸そうと、わたしはかまわないわ。とにかく食べ物が買えるだけのお金が入れば。わたしはこれからミミズをえさにして魚を釣ってみようと思っているの」

「それじゃ、わたしは看板を道路から見えるように掛けるわ。ティナ、あなたも変に曲がってしまったこのSの字が嫌い？」

ティナは真っ赤な看板を見てほほえんだ。〈ボート貸します〉と右肩上がりの字が大きく書かれている。一隻につき一時間で二十五セント、一日で一ドルとあって、その下に小さく〈部屋貸します〉と書かれていた。

「貸しボートに貸し部屋」とティナが言った。「マーサ叔母さまが見たら、なんと言うかしらね」

「ま、叔母さまがわたしたちのお客さまになることはないでしょうよ」トレイシーが皮肉を言った。

岸に上がる前に二人は小石を拾って水切りをした。家に向かって歩き出したとき、トレイシーが急に小声で言った。

「ごらんなさい、お客さまがきたわ。魚釣りに行かないで。わたしを一人にしないでちょうだい。わたし、あの女の人を見るだけで怖くなるんだから」

ティナはトレイシーの視線をたどって、その先に幽霊のような女の人がいるのを見て驚いた。

「まさか、わたしたちの家に来たわけじゃないわよね」

「でも、これで少なくともあの人がだれなのか、わかるわ」

毎朝八時になると、その女の人は湖畔を歩き、二人の家をいまいましそうな顔でにらみつけ、敷地の中に入らないように気をつけて道路のほうに向かって歩いていく。そして八時十五分にピッツフィールド行きのバスに乗り、かならず午後三時のバスで戻ってきて、また境界線の小道を歩いて戻って行くのだ。いつも二人の家との間に一定の距離を置いている。決して近づかない。この家に移ってから、彼女たちはこの女性と郵便配達のおじさんしか見かけたことがなかった。そして二人の間では、もちろんそれは、グリーンデイルで見かけた人間たちを除いての話である。そして二人の間では、郵便配達のおじさんのほうがずっとかわいいということになっていた。

いまその女性は家の敷地内を通る道の真ん中を闊歩《かっぽ》してくる。二人の娘たちの姿が目に入ったとき、彼女は立ち止まった。

「こんにちは」

トレイシーが声を掛けた。

「むむむむ」というような音が、きつく結ばれた口元から漏れた。なにか言いたそうな音だった。トレイシーとティナはだまって待った。ゆうに一分は過ぎたころ、唇が開いた。

「わたしはあなたがたの隣人です」苦虫をかみつぶしたような表情でその人は言った。「すぐそこのバランス・ロック・ロードに住んでいます」

「寄ってくださってありがとうございます。わたしたち、キャノンといいます。わたしはトレイシーで、これは妹のティナです。きっとお宅は、窓の多い、あのグリーンのコテージですね？」

あの帽子に飾られている花と果物は、ずいぶん昔の帽子から選りすぐって集めたものにちがいないわ、とティナは心の中でつぶやいた。真ん中の輝く硬いチェリーがいちばん新しそう。耳のほうのしなびたピンクのバラは、昔使った、陽気な若い女性用のボンネットから取ったものにちがいない。高い帽子の下の顔は小さく、意地悪そうに引き締まって見えた。でもきっと昔はギブソン・ガールズ（十九世紀末から二十世紀初頭にかけてチャールズ・デイナ・ギブソンが描いたおとなしくて可憐な女性像）のようにかわいかったのだろうとティナは思った。

「入り江の向こう側にある？　ええ、それがわたしの家です」とその女性は言い、ティナをのぞき込むように見た。「ブリッグスといいます。セイラ・ブリッグスです」

ウィッグ《かつら》スみたい、とティナは吹き出しそうになった。きっといつか、まちがってこの人をウィッグスさんと呼んでしまうわ。

「叔父さんを知っていましたよ」ミセス・ブリッグスは厳しい顔をしたまま言った。「欠点のある人でしたが、他の人より多くはなかったわ。ボートを貸し出すんですって？」

「ええ」ティナが応えた。「でもあなたは……いえ、あの、あなたもボートを貸していらっしゃるわけでは……？」

ミセス・ブリッグスの口元がまたきゅっと締まった。

「いいえ。わたしはキャンディーとパン、灯油、それにかぎ針で編むレースを売っています」そう言ってから彼女はさりげなく付け加えた。「わたしの作品、ごらんになる？」

トレイシーはティナのほうをちらりと見た。お茶？　ティナがうなずいた。

「コーンブレッドもあるわ。片方の端が失敗しちゃったけど」と小声で言った。

二人はミセス・ブリッグスを家の中に招き入れた。ストーブの上にはまだやかんが掛けてあった。ネッド叔父が箱の中にいれて大切にしていたガラス製のグリーンのティーカップを取り出し、暖炉の前に折りたたみのテーブルの脚を開いた。

「これはどうも」ミセス・ブリッグスの顔がやわらいだ。「おいしそうね。きっとおいしいにちがいないわ」

彼女はいちばん大きなスライスを取り分け、満足そうに椅子にもたれた。

ティナはさっきの話を続けた。

「あなたの、その、作品を見たくないというのではないんです。でも、わたしたちにはとうてい、なにも買うことはできないと思うので。つまり、わたしたちはとても、とても……」

ミセス・ブリッグスはうなずいた。

「わかりますよ。この辺の人はだれでもそうですから」

彼女は申し訳なさそうな顔をした。しかし同時ににらみつけるような目になった。ティナは、これでもしわたしたちが貧しくなかったら、この人は絶対に許さないだろう、と思った。

「でも、わたしたち、見せていただきたいんです」

トレイシーが行儀よく言った。

すぐさまミセス・ブリッグスはバッグを開け、中からレース編みのものを取りだしてティーカップの間に並べ始めた。ティナは感激すると同時に好奇心を持った。ミセス・ブリッグスが注意深く並べた作品は、どれも入念な、そして繊細な手作りのものばかりだった。しかしそれはまるでどこか別の時代のもののように思われた。だれがいまどき、ソファや安楽椅子にレースのカバーをつけるだろう？　そしてレースの縁飾りのハンカチーフ、枕カバー、付け襟、ドイリー（花瓶などの下に敷く丸いレース編み）……。

「冬になると、一軒一軒訪ねて回るのよ」ミセス・ブリッグスが言った。「室内着、部屋着の型紙を売るのですよ。冬はお客さまがいませんからね。夏は別よ。避暑客から注文が来ますから」

彼女は、そんな自分の商売の状況を当たり前のことのように話した。お客さまというとき、彼女にとってかけがえのない大事な人々というニュアンスさえあった。ティナは、この人は自分を職業婦人とみなしているのだと気がつき、驚きを感じた。

「きれいですね、ほんとうにきれい」トレイシーがほめた。「例えばこのハンカチはおいくらですか？」

彼女は赤いレースで縁取りした四角いリネンを手にとって言った。

ミセス・ブリッグスはガラスのカップ越しに答えた。

「それは七十五セントです」そう言うと、ふたたび唇をぴしっと閉め、椅子に背を当てた。

トレイシーはティナをぱっと見て、すぐに目をそらせた。

「これいただきたいわ」と静かに言った。「ティナ、あなたがお財布を持っているわ。七十五セント、お支払いしてくれる？」

ティナは恐ろしいものでも見るように目を見開き、のけぞった。

「お願い、早くして」トレイシーが言った。

ティナは腹を立てながら財布を取り出した。中身は四ドル六十七セントしかない。わざわざお金を全部取り出し、七十五セント数えるのに時間をかけた。七十五セントあれば、ジャガイモを一袋、それにマーガリンを一箱買える。それと比べていまその代わりに手に入るレースのハンカチは実用的でないばかりか、食べることもできないではないか。

「はい、それではどうもありがとう」

ミセス・ブリッグスはもらったお金を、ティナの財布と同じくらい小さく、同じくらい薄い財布に入れた。彼女は急に陽気になったように見えた。

「あなたがたもわたしのところにいらっしゃいね。ぜひ近いうちに。わたしとボビーしかいませんけど。ボビーというのは猫ですの。たいていの人間よりも頭が良くて、彼は自分の食事は自分で手に入れてきますよ。魚をね」

「わたしもそうできるといいんですけど」ティナが憂鬱そうな声で言った。

「湖水の注ぎ口で釣ってみたらいかが?」ミセス・ブリッグスが親切にティナに言った。

「あそこがここの湖でいちばん釣れるところだと聞いていますよ」

彼女はバッグを手に持ち、傘と紙袋を持った。

「もう行かなければならないわ。お店にも寄らなければなりませんしね」

ああ、ジャガイモとマーガリン、とティナは思った。ミセス・ブリッグスの姿が見えなくなったとき、彼女はトレイシーに怒りをぶつけた。

「どうして？　どうしてあんなことができるの、トレイシー。利己的だとは思うけど、わたしたちにはこれしかお金がないのよ。ミセス・ブリッグスには少なくともドイリーがあるじゃないの。それに自分の食べるものを捕ってくる猫もいる。あの人はただ、わたしたちにものを売りつけに来ただけだったのよ。それはあなたにもわかったでしょう？　それなのに、彼女のトリックにまんまと引っかかってしまって。わたしたちだって貧乏なのよ。わかっていると思うけど」

「でも、ティナ」トレイシーが言った。「パンを水の上に投げるという表現を聞いたことがない（他の人に惜しみなく親切にするの意）？　もちろん、あなたに訊いてからするべきだったわ。でもね、ティナ。あの人はもう何年もああやって暮らしてきたにちがいないのよ。わたしたちにとってはまだこれは新しいライフスタイルだけど。あ、ティー・コージー！　ティー・コージーを作ったらと教えてあげよう。作るのも簡単なはずだし」

ティナは腹を立てていたのも忘れて笑ってしまった。

「わかったわ。あなたの勝ちよ。わたしは魚釣りに行ってくるわ」

「それじゃ、湖水の注ぎ口でやってみなさいよ」

トレイシーが後ろから声を掛けた。

その晩、初めて嵐になり雷が鳴った。春が近いということよ、とトレイシーが言った。土をいじって庭を作ろうか、と二人は話し合った。裏のポーチにあるアイスボックスに今日釣ったパーチ（ヨーロッパ産の淡水魚）が三匹冷凍してある。明日ティナはもっと釣るつもりだった。雷が落ち、稲妻が空に光っている中で、トレイシーは図書館から借りてきた畑作りの本を読んでいた。二人とも、過去と現在のコントラストをおもしろいと思っていた。新鮮な空気のために、心地いい疲れが全身に感じられて、二人とも火のそばを離れて寒い二階のベッドに行く気がしなかった。この地にやってきてから初めて、ティナは自信を感じた。ボートは湖のほとりまで運んである。看板は掛けた。そして初めての魚釣りでパーチを釣った。

うまく行くわ。きっと。

2

湖のほとりにネコヤナギが銀色に光り、淡い緑のベールが湖畔に点在するコテージの鋭角をやわらげている。南風が三日吹いて、太陽は出ないけれども暖かい日が続いた。湖の岸辺に大きな波が打ち寄せて、流木や死んだ魚、湖底から波にさらわれた藻草を残していった。ティナはそれまで流木を地下室に並べて乾かしていたが、今日は太陽の下で乾かそうと家の横に並べた。春が羞じらいながら近づいている。むき出しの寒々とした景色が端から溶けはじめ、そっと春の到来を約束していた。

家から数百メートル離れたところでティナが釣りをしていた。またもやえさが喰《く》われてしまい、彼女は苛立ちながら新しくえさをつけていた。そばのバケツにはすでに三匹の魚がはねていた。その中の一つは雑魚《ざこ》だったが、ティナはまだその魚を捨てかねていた。もし十分に釣れなかったら、どんな魚でも食べなければならないからだ。新しくえさをつけた竿を持ったとき、外に出てきたトレイシーが庭を行ったり来たりする姿が草の間から見えた。

畑ねえ、ティナはトレイシーを見てちょっといじわるく思いをめぐらせた。野菜が生長するのにどれだけ時間がかかるかを思うと、ちょっとばかげて見えるからだった。トマトは生育するのに七十五日かかると本にあった。ビーツとタマネギは六十日、レタスと絹さやは四十日。それもうまく実ればの話だ。畑を襲う病気の数の多さは驚くほどだ。もし病気を奇跡的に免れたとしても、ウサギやリス、その他どんな動物が作物を狙っているかわからない。それに、食べ物が必要なのは、いまなのだ。何十日もあとではなく。

まあ、何とかなるわ、とティナは思った。またなにかを売ればいい。ラインストーンの旅行用時計は電気代に化けた。トレイシーの鰐《わに》革のバッグは牛乳代を払うために、いまピッツフィールドの質屋に入っている。ティナの教科書は肥料と野菜の種になった。二人はいまここに移ってきたときと同じほどなにもない状態だった。そのうえ家にあった食糧の蓄《たくわ》えはなにもなくなった。コーンフレークスとスープのキューブがなくなったら、朝から魚を食べなければならなくなる。昼も夜も魚だ。

そしてその間にもわたしはどんどん太るのだ、とティナは不機嫌になった。ジャガイモばかり食べているせいだわ。しかし、ほんとうはいままで感じたことのない不思議な幸せ感に包まれているせいだと彼女にはわかっていた。ティナはもはややせた女の子ではなかった。毎日魚釣りに出かけているせいで顔色がよくなり、朝、鏡の前で髪の毛をブラシするとき、毎日ちがう女の子が鏡に映るのだった。ときどき昼ご飯のあと二階に駆け上がるのも、その日の新しい顔を見るためだった。

釣った魚を売ればいいんだわ、と彼女は思った。でももしかすると、この辺ではみんなが自分の食べる分は釣りをしていたりして？　それじゃ、野生のイチゴは？　でも、どこに生えているか、知らない。ベッドを売って床に寝ればいいんだけど、ネッド叔父さんは作りつけにしたから、売ることはできない。そのとき急にあることを思い出した。

「やってみるだけの価値はあるわ」

ティナは声に出して言った。そしてオールを水に入れてトレイシーに向かって漕ぎ始めた。

「ああ、ティナ」

と垂直計を垂れ下げながら、うわの空でトレイシーが声をかけた。

「ティナ、このコーナーを畑にしたらどうかしら？」

「本ではなんと言っているの？」

トレイシーは本を取り出した。

「水はけがよく、日当たりのいい平坦地をえらべ、とあるわ」

二人は地面をながめた。

「水はけがいいって、どういうこと？」ティナが訊いた。

「水がよくはけるってことよ」

トレイシーがわかったようなわからないようなことを言って、手をひらひらさせた。水が流れているようにも、さよならと手を振っているようにも見えた。

「それじゃ日当たりは？」

「んん」トレイシーはうなってから、気を取り直したように言った。「ここに太陽が当たるのを見たことがある？」

ティナは首を振った。

「とにかく平坦ではあるわ」トレイシーが言った。二人とも笑い出した。

「なんにもわからない都会者ね、わたしたちは」ティナが言った。「ねえ、トレイシー、地下室に叔父さんが残していってくれたものがたくさんあるの、あれ、どうしよう？」

「こわれた家具とか古新聞の山のこと？」

「まだほかの箱を開けてもいないでしょう？」

「でも、なにも価値のあるものはない。みんなガラクタだと思うわ。古い鍋とか、台所用の椅子とか」

「それじゃ、売っていいんじゃない？」

トレイシーは驚いたようだった。

「だれが買うというの？」そう言って首をきっぱりと振った。「お金を払わないで回収してくれる古道具屋さんがいたらありがたい、というところよ」

「でも」ティナが辛抱強く話し続けた。「回収したあと、古道具屋さんはそれをどうするの？　売るんでしょう？」

トレイシーも辛抱強い性格だったが、そろそろ苛立ってきた。

「もちろんよ。でもわたしたちにはなにも払いはしないわよ」

「それじゃ」ティナは譲らなかった。「古道具屋を通さないで、わたしたちが直接売ればいいじゃないの？　なにがあるか、まだ箱を開けて見てもいないのよ。いまわかっているのは石油ランプが二つと、鍋とポットというラベルが貼ってある箱があるということだけ。もしそういうものがもっとあれば、避暑客が喜ぶかもしれないわ。夏の家のために新しい家具が買えるという人はそう多くはないと思うの。だから、古道具屋からじゃなくてわたしたちから古道具を直接買うようにするのよ」

トレイシーは懐疑的だった。

「それで、どこでどんなふうに売ろうというの？」

「うちの納屋で」ティナが待ってましたとばかりに言った。

トレイシーは一瞬黙った。顔から笑いが消えて、目に謝るような表情が浮かび、真剣になった。

「鍵はどこにあるの？」トレイシーが訊いた。

「鍵はかかっていないわ」ティナが答えた。

二人は干している薪の上をあわただしくポーチの下まで走った。大きな木製の扉があった。家の地下室と言っても、それは単に家の下の地面を掘った大きな穴で、奥のほうは浅くなっていた。そのスペースの半分ほどに、ネッド叔父が作ったと見られる木製の足場ができていた。そこにボックスや木箱が天井まで積み上げられていた。

「見て、こんなにあるわ！」トレイシーが指さした。

「紙とえんぴつを用意して」ティナが言った。「なにがあるか書き留めておくのよ。石油ランプが二つと……ほらここに、こわれた人形の家があるわ」

「それ、めずらしいものよ」トレイシーが人形の家に目を向けた。「接着剤がどこかにないかしら」

ティナはその間にも、ボックスを一つ開けていた。

「製氷皿が二つ」と言って顔をしかめた。「きっとどこかに使う人がいるでしょう。製氷皿二つと書いて」

木箱を開けると、中からやかん、洗い桶、表面がでこぼこのシロメ（スズと鉛などの合金）のカップが五個、フライパン二個、ティナには使い道のわからない料理の道具がいくつか出てきた。

「箱のふたになにかしるしがあるわ」ティナの声に驚きが混じった。「ネッド叔父さまは、これをマサチューセッツ州のペルーでわざわざ買ってらしたんだわ」

「たくさんお金を払ったのかしら。そうでないといいけど」トレイシーが眉をひそめた。「オークション（骨董品の競売）が趣味だったのかもしれないわ。それとも慈善のために買ったとか？」

「慈善だと思うわ」ティナが言った。「台所には古い洗い桶や、やかんも二つあるし」

「次の箱を開けて」トレイシーが探検家のような口調で言った。

次の箱には調理用品とジャムの保存用のガラス瓶が入っていた。

「さて次はなんでしょう」ティナが手を進めた。「これは毛布が入っているわ」

「何枚？」

「んんん、六枚。虫除けの玉が入っているけど、あまり役に立たなかったみたい。ほら、これとこれが虫に喰われているでしょう？　あ、いいものを見つけたわ。キルトよ、トレイシー。これ、手作りかしら？」

トレイシーは〈メイド・イン・USA〉と書いてあるラベルを皮肉っぽく指さした。ティナが次の木箱の後ろに回った。

「うわあ、すごい！」と声がした。

「どうしたの？」

「テーブルが六つもあるわ！　それに椅子も！　椅子は全部で二十脚以上ありそうよ、トレイシー！」

「この地域の葬式屋さんにでも貸し出していたのかもよ」トレイシーがふざけた。

「でも同じサイズのものが一つもないわ」とがっかりしたように言って、ティナが箱の後ろから出てきた。

「こう書いて。テーブル六個。一つひとつちがうもの、と。さて、今日はこれくらいにする？　それとも続ける？」

トレイシーが肩をすぼめた。

「続けてもいいわよ」

夕食時には、在庫目録ができあがった。昼間数えたものに加えて、すぐに使える椅子が十六脚、古いタンスが二つ、そして古新聞や古本の詰まった箱が四つ、リストに加えられた。

「ホレイショ・アルジャー（一八三四〜一八九九。米国の小説家）の本が三冊出てきたわ」ティナが声を上げた。

そして『タタード・トム（ボロ着のトム）』（ホレイショ・アルジャーの少年冒険小説）をポケットに入れた。「読むのが楽しみ！」

目録はとても立派なものとは言えなかった。ティナの釣ったやせた魚をグリルして、そそくさと食事を終わらせると、彼女たちは納屋へ急いだ。

「まあ、思ったよりきれいね」トレイシーが言った。

「そして、みごとに空っぽだわ。それで、屋根はだいじょうぶかしら？」

「漏らないと思うわ。もし雨が漏ったら、ボートの修理をしていたときに気づいたと思う」

「いちばんいいことは、この納屋がいまにも崩れそうなかっこうで道路に向いて立っていることだと思うわ。〈ガラクタ納屋〉と看板を書いてくれない？」

トレイシーは考えた。

「それじゃお客はだれも来ないわよ。〈キャノンの納屋〉というのはどう？」

夕暮れの薄青い光の中で、彼女は妹にほほえんだ。

「これはあなたの思いつきよ、ティナ。とてもいいと思うわ。そして、わたしはあなたのことが大好き」

「寒くなってきたわ」ティナがはにかんで言った。「家の中に戻らない？」

「そうね。寒いけど、体の芯から冷えるようではないわ。ここに来たころのように」

「そうね。そのとおりだわ」

ここに来たころというのが、もうずっと昔のように感じられた。納屋の上に青白く光る新月が上がっていた。レモンの一切れのよう。そして手を伸ばせば届きそうだった。

「比べることもできないわ」

ティナは人生の山や谷をくぐってきたベテランのような口調で満足そうに言うと、トレイシーの後ろから母屋に入った。

その晩、彼女たちはコオロギの鳴き声と、ゲロゲロというウシガエルの声を聞きながら眠りに落ちた。

隙間のある床の上に、薄くなったラグを広げると、二人はその端にテーブルや椅子やタンスをおいて固定した。台所用品は壁にぶら下げたり、ミカン箱の上に並べた。納屋のすぐそばのニレの木の枝には二つ目の看板を掛けた。〈キャノンの納屋：古い家具、台所用品、毛布売ります〉

「さあ、これでわたしたちは、ほんとうに一歩踏み出したことになるわ」トレイシーが言った。

「ボートを湖に出したときも、たしかそう言ってたわよ」ティナが応じた。「でも、だれもまだ借りに来てないわ。それじゃ、わたしは魚釣りに行ってくる」

トレイシーの目つきがうらやましそうになった。彼女はまだ一度も魚釣りに出かけたことがなかったし、自分が修理したボートにも乗ったことがなかった。二人の間には、ほとんど初めから自然な役割分担があって、ティナは台所、トレイシーは畑を担当することになっていた。薪割りは交代だったが、トレイシーのほうがじょうずで、いっぽうティナはベッドメーキングがきれいに早くできたし、暖炉に火をおこすのもじょうずだった。いつか、時間に余裕があったら、遊びでそれぞれの分担を交換してもいい、でもいまはまだそんな余裕はなかった。

湖水の注ぎ口付近はおだやかで、ティナは碇《いかり》を降ろした。えさをつけ、釣り竿を伸ばして針を垂らした。そしてボートに座り、『ボロ着のトム』を取りだして読み始めた。第三章に入り、夢中になっている自分に気がついて腹を立てたちょうどそのとき、糸がぐんと引いた。ティナは驚いて飛び上がり、その拍子に片一方のオールを湖に落としてしまった。

「まったく、いやになっちゃう!」

思わず叫びながら、こんなことでせっかくかかった魚を逃がしてしまうなんて、台所を預かる者のプライドが許さないと思った。ボートの縁をつかんで、水に体をのりだしてオールを探した。オールは手の届かないところに流されていた。もう一つのオールでそれを引き寄せようとしたが、かえって遠くに押しやることになってしまった。

ティナはすっかり打ちひしがれて、ボートに座り込んだ。家からは八百メートルほど離れていて、トレイシーの姿は見えなかった。片方だけのオールで漕ぐこともできるかもしれない。だが、彼女はボートに慣れていないので、強い風が吹いたら、たちまち湖水の注ぎ口にある木の切り株などに引っかかってしまうにちがいない。そうしたら、トレイシーからはまったく見えなくなってしまう。湖には、三百メートルほど離れたところに赤いカヌーが一隻浮かんでいた。だが、乗っているのは若者のように見え、ティナはためらった。彼女のためらいは、さまざまなことが原因になっていた。まず、彼女は知らない人と話をするのが大の苦手だった。どうしようもないほどばかげた振る舞いをしてしまうのだ。こんなところで悩んでいるのがどんなにばかげて見えるかと思うと、恥ずかしく、彼女はなに喰わぬ顔つきでふたたび釣り糸を垂らした。

太陽が高く上がって、ティナはおなかが空いてきた。だが、助けを求める最初の衝動をこらえてしまったので、いまさら助けを求めることができなくなっていた。カヌーに乗っている若者は釣り糸をゆっくりと引き上げると、そのまま岸辺に向かって漕ぎ始めた。ティナはためらった。腕を上げかけたとき、若者がオールを拾い上げたので、動きを止めた。若者はちらりと彼女のほうを見て、カヌーの方向を変えてやってきた。

「これ、きみのじゃない?」そう訊く若者の目が笑っている。

「ええ」ティナは消え入りそうな声で答えた。

「いつ助けを求めるのかな、と思っていたよ。ここに一日中いるつもりだったの?」

ティナは真っ赤になった。オールを受け取ると固定位置につけた。

「前にもきみが魚を釣るのを見かけたことがあるよ」と言って若者は軽く頭を下げた。「きみはキャノン姉妹の一人だろう?」

「ええ」ティナは答えたが、少しでも早くこの若者の前から、そしてこの恥ずかしさから逃げ出したかった。

「それじゃきみがティナだね？」若者はさりげなく訊いた。

まだ立ち去る気配がないので、ティナはそっと彼を盗み見た。怖そうなタイプの男の子ではなかった。顔が滑稽なほどまん丸で、頭髪はこれまたおかしいくらい真四角なクルーカットに刈られていた。鼻に薄いそばかすが並んでいて、目がいたずらそうに輝き、その笑いは悪魔のようだったが、おびえさせるタイプではなかった。

「きみのことならなんでも知ってるよ」と彼はまたさりげなく言った。「みんなが知ってる。それがグリーンデイルのような小さな村のいいところなんだ。ここではきみは自己紹介する必要はないよ。まあ、きみがものすごく礼儀正しい人なら別だけど。もしかして、そうなのかな？」とからかうように訊いた。

「金曜日だけ」とティナは答えたかったが、勇気も快活さもなかったので、かわりにおずおずとまったくちがうことを言った。

「あなたはグリーンデイルの人？」

彼はにっこり笑った。

「うん、ぼくはグリーンデイルに住んでいる、ジェッド・カルホーン。十八だけど、どうしようもないことが起きて、というか、去年足を複雑骨折したせいで、この秋からまた高校の三年生を繰り返すことになったんだ。きみも三年生だろう？」一気にそう言うと、彼はほほえんだ。「これでぼくがだれかわかった？」

「足を折ったと聞いてお気の毒に思います」とティナはカチカチになって言った。最悪。なにかもう少し気の利いたこと、ましなことが言えないものかしら。彼女が心から軽蔑していた寄宿舎学校の同級生たちは、まるでブレスレットにつける飾りを集めるように簡単に男の子たちを集めていたっけ。彼女たちをうらやましく思うことは、いままで一度もなかったのに。

「いや、そんなこと、ぜんぜんかまわないんだ」と彼は真剣な面持ちで言った。「ぼくも真面目になったしね。ぼくの父は牧師で、足を骨折するまでぼくは父に反抗してけっこうワルだったんだ」

ティナは木々の梢《こずえ》の先を見た。

「あの白い塔の？」

「そう、あれがぼくの家」ジェッドと自己紹介した少年は快活に言った。「きみだれかに、ルノワールの描く子どもの絵に似ているって言われたことない？　そんなに驚かないで。ぼくいつもこういう話し方をするんだ。だれももう驚かないけど。慣れているからね。ぼくは画家になるつもりなの。これも足を折ってわかったことだけど。それじゃあ」と彼はカヌーの向きを変えた。「またこの辺できっと会うよ」

カヌーを漕いで行く姿を見て、彼女はこれ以上時間をかけて話すだけの価値が自分にはないと思われたのだと思った。木々の間に彼の姿が見えなくなると、ティナは太陽が輝きを失い、空が曇ったように感じた。

あの人、嫌いだわ、と勢いよくティナは決めつけた。あの人なんか嫌い、嫌い、大嫌い。だが、彼女の中で新しく生まれたなにかが、もう自分は大人なのだ、不安を感じる人に会うたびに嫌ってはいられないとささやいていた。それは自分が欲しいものがもらえないときに傷ついた子どもが、その傷を癒すためにすることだ。そして、もしかするとそのために自分はいつも未熟だと言われてきたのだ、と思った。トレイシーといっしょに暮らすことを学ぶだけでは十分ではないのだ。世の中には他にもたくさん人がいる。ティナは、これからもう一度自分と向き合わなければならない、その際には、自分の子どもっぽさを隠すためのじょうずな逃げ口上や、理解できないふりなどは通用しないのだと思った。

わたしが彼を嫌いなのは、彼が怖いからだ。それに、彼にいい印象を与えたかったのにそれができなかったからだ。よく考えてみると、なんと簡単なことだろう。そう気がつくと、彼女は、少し時間が経てば彼を嫌いだと思わなくなるかもしれないと思った。

家に向かってボートを漕ぎながら、次に図書館へ行くときはルノワールの絵を見てみようと思った。

3

敷地内の道のまわりにはライラックの花が咲き乱れている。北風が吹くと、家中が花の香りに包まれる。納屋のすぐ近くにチューリップの花が一本咲いている。風雨にさらされて銀色に光る板を背景に真っ赤な花が立っている。太陽はもはや弱々しくもなく湿気も帯びていず、朝ぱっちりと咲き開いたイチゲサクラソウのように黄色かった。春がやってきた。黄色いつぼみをつけた木の枝が揺れている。キャノン姉妹は、生きているのがこれほど素敵なことだとは、いままで思ったこともなかった。

そんなある日、〈キャノンの納屋〉に初めて客が訪れた。ティナはそのときタンポポの葉っぱを摘んでいた。たくさん読んだ本のどこかに、タンポポの葉っぱは栄養があるとあったとトレイシーが教えてくれた。おなかがいっぱいになるわけではなかったが、味気ない魚料理ばかりの食事にいろどりを添えてはくれた。食事中、タンポポの葉っぱから虫がテーブルに落ちるようなことがあっても、ティナもトレイシーも落ち着いて払いのけるのだった。それはわずか一か月ばかり前の二人からは想像もできないようなことだった。

車は小型の乗用車で、こぎれいに身繕いした中年の婦人が運転席に座っていた。ティナは立ち上がってその婦人が納屋のほうへ歩いていくのを呆然として見ていた。まだ目の前で起きていることが信じられなかった。それから思わず「ウワオ！」と叫び声を上げると、小道を走って納屋の奥にある小さな扉から中に入り、何気なさを装ってトレイシーのそばに立った。

「たったいまお名前をうかがったばかりなのよ」トレイシーが息をはずませた。「こちらはミセス・メレディスとおっしゃって、ご近所のかたよ。道の向こうの、湖水の出口のところに住んでいらっしゃるんですって。わたしたちの看板が目に入ったと、立ち寄ってくださったのよ」

「いらっしゃいませ」ティナが万感を込めてあいさつした。

ミセス・メレディスはあいまいな笑いを浮かべて、納屋の中を探るような目つきで見た。

「中をちょっと見せてくださいな。あなたがたの叔父さまにはときどきオークションでお会いしましたよ。オークションに出かけるのは、わたしの趣味のようなもので」

「わたしたちのもとても古いものです。ずいぶんひどい状態ですけど、でもきっとなにか……」

「ええ。ちょっと見せていただきますわね」そう言うと、夫人は二人に下がってよろしいというようにまた軽くほほえんだ。中に入って数歩進むと、今度は右に行った。首を傾げ、目を大きく開いて。ティナもトレイシーも、熱心に説明しそうになるのをじっとこらえてその姿を目で追った。夫人が椅子を持ち上げると、二人は期待を込めた熱い目を交わした。夫人がそれを下に置いて歩き続けると、彼女たちの心も下に落ちるような気がした。もしかするとシロメのキャンドルスタンドを……いや、もう通り過ぎた。興味なさそうな視線を投げかけただけだった。それからタンス……。いや、夫人はそれもお気に召さない様子だった。

たった三ドルでいいからなにか買ってくれれば……とティナは心から願った。小さいハムが買える。三食分に使える。そしてジャガイモも少し。そして新鮮なミルクと、畑のための種を少し。魚を三日間食べなくてすむかもしれないと思うと、期待で胸が張り裂けそうだった。なにかを、どれでもいいから買ってくれさえすれば、それができるのだ。ティナはかたわらのトレイシーにささやいた。

「通り過ぎるネズミを見る猫の気持ちがわかるわ」

「そっくりの顔をしてるわよ」トレイシーも小声で応えた。

ミセス・メレディスが振り返った。

「そうねえ、わからないわ……。このテーブルはおいくら?」

ティナは息を呑んでトレイシーを見た。

「五ドル?」勇気をもってささやいた。

「それは」トレイシーがぐんと力を込めて言った。「七ドル五十セントです」

ティナの心臓が飛び上がった。そのテーブルはそんな高い値段を付けるにはみすぼらしすぎるような気がした。これじゃきっと売れないわ。

「そう」と言ってミセス・メレディスは批判的な目でもう一度テーブルを見た。

ティナは必死になってトレイシーの袖を引っ張ったが、トレイシーはゆずらなかった。もう一度声をはりあげて言った。

「七ドル五十セントですわ」

「そう……それじゃ、いただきましょう」ミセス・メレディスが言った。

ティナはホッとして腰が抜けそうだった。

「すてき！」と思わず叫んでしまった。「これはわたしたちが初めて売ったものなんです」

「そうですか？」ミセス・メレディスは礼儀正しく相づちを打った。

「そうなんです。わたしたち、もうお金がすっかりなくなって、とても……」

「ティナ」トレイシーが抑えた。ティナははっと気がついて口を閉じた。

「そうですか……」ミセス・メレディスが言って、またあいまいな笑いを浮かべた。

「それじゃ、このテーブルを車まで運んでいただきましょうか……」

トレイシーが機敏にテーブルを持ち上げ、車のほうに運んでいった。ティナはお金を財布にていねいにしまい込み、そのあと、ミセス・メレディスの運転する車が走り去るのを見送った。その姿が見えなくなったとき、二人は顔を見合わせた。

「わたし、ハムのことを考えていたのよ」ティナが声をはずませた。「いちばんいい買い物だと思うわ。こんなにお金があれば、ジャガイモを大きな袋で買ってストックすることができるわ。たくさん買うと安いから、お金を節約することができるのよ」

トレイシーは近くの石の上に腰を下ろして紙とえんぴつを取りだした。

「まず、オレンジね」トレイシーが言った。「わたし、ずっとオレンジのことを考えていたのよ。大きくてジューシーなオレンジ。ビタミンもたっぷりよ。わたしたち、長いことデザート食べていないものね」

ティナがものほしそうに言った。

「パイとかアイスクリーム、生クリームがたっぷりかけてある大きなプリン」

トレイシーが驚いてティナを見た。

「おかしいわね。そういうデザートにはぜんぜん魅力を感じないわ」

二人は真面目に買い物リストを作り始めた。いまなら畑のために種を買うというぜいたくをすることもできる。卵、スキムミルク、ココア、コーンブレッドを作るためのトウモロコシの粉。

「わーい、わたしたちお金持ちになったのよ！」ティナが叫んだ。「トレイシー、わたしたちお金持ちよ！」

今度はトレイシーがものほしそうな顔になった。

「わたしがいままで浪費してきたお金のことを考えてしまうわ。考えてもみてよ、香水に七ドル五十セントくらい平気で払っていたのよ。どういうこと？」

そう言って、彼女は考え込んだ。

「わたしに言えるのは、神さまがミセス・メレディスを祝福してくださいますようにということだけよ。トレイシー、あなたがお買い物に行く？　わたしが料理してあげるから」

　トレイシーは反対した。

「いいえ、あなたがこの家のシェフなんだから、あなたが行くべきよ。わたしが行ったら、無駄遣いをしてしまうかもしれないじゃない」

　ティナが立ち上がった。

「それじゃ、ボートで行くわ。歩くよりも速いと思うの」

「バスじゃなく？」トレイシーがいたずらっぽく言った。

「バス？　十二セントの無駄遣いになるわ！　ボートを漕ぎながら、釣り糸を垂らしてみようっと。一匹や二匹、釣れるかもしれないわ。これから魚を毎日食べなくてもいいということになったら、また魚が好きになったような気がするの」

　その晩、ベークドポテトにボイルドハムとほうれん草のおいしい食事をすませてから、二人は貸部屋広告の原稿を作った。それを最後の所持金といっしょに封筒に入れて、宛先をピッツフィールド新聞広告欄と書いた。それが終わると、二人は家の戸締まりをして納屋に鍵をかけ、今日の大いなる成功を分かち合いたい気持ちから、ボートで隣人のセイラ・ブリッグスを訪ねることにした。

　ミセス・ブリッグスはキャノン姉妹と共通の入り江の一角に住んでいた。そこは湖の入り口の浅い沼地だった。彼女の家は険しく高い崖に埋め込むように建てられていた。家が立っている環境の特殊性から、それはたぶん土地が沼地であるということからかもしれないが、家の半分はほかの半分よりも下がっている。そのために後ろの崖がいまにも家の中に崩れ落ちてきそうな印象があった。いまにも災難が起きるかもしれないという外観であることを除けば、その家は素晴らしく、湖のビーチまでなめらかな芝生が続き、花壇があちこちに造られていた。ティナとトレイシーは厳しい専門家のような目で芝生をチェックしながらボートをカバの木に結わえた。

「こんばんは」ミセス・ブリッグスのぱきぱきした声がすぐ背後から響いた。ティナは、やっぱり、湖で起きることは何一つミセス・ブリッグスの注意を免れることはできないのだと思った。

「こんばんは」トレイシーは、いつミセス・ブリッグスからあいさつの声をかけられても、用意があったので驚かなかった。

「どうぞ、中にお入りなさい」ミセス・ブリッグスが言った。「外で話すには空気が冷たくなりましたから」

ミセス・ブリッグスの台所はキャノン姉妹のとよく似ていたが、アルコーブがあって、キャンディーなどの売り物が並べられていた。ミセス・ブリッグスのショウガ色の猫が石炭ストーブの前にうずくまっていた。急いで入り江をボートでわたってきたので、ティナは猫といっしょにそこに座り込みたかったが、ミセス・ブリッグスはお客さまには別の扱いを考えているらしかった。彼女たちは二階の冷たい、ひとけのない部屋に通された。

「さあ、どうぞ」ミセス・ブリッグスが電気をつけて言った。「わたくしは冬はあまりこの部屋では過ごさないのですよ。ベッドルームへ行くときに通る以外にはね。ここが居間です」

ティナはそれまでこのような部屋はあまり見たことがなかった。壁は黒っぽい板で、支柱はむき出し、古いカレンダーやカバの皮のカヌーに乗ったアメリカ先住民の少女たちの鮮やかな写真が数枚、そしてそちこちに古い家族のアルバムから剝がしたと見られるアングロサクソン系の親族と思われる写真がかけられていた。古いランプシェードには重いシルクの飾り《フリンジ》がついていて、居間から通じる二つのベッドルームの入り口にも、ビーズののれんが空気の動きにかすかに揺れていた。湖に面した窓からは湖面から冷たい光が差し込み、シルクのランプシェードの光をピンクに見せていた。

ミセス・ブリッグスがラジオをつけた。

「なにをお聴きになりたい？」

ティナとトレイシーはすばやく目を合わせた。ティナは一瞬、ミセス・ブリッグスのこの〈おもてなし〉に笑い出しそうになったが、考えてみると、彼女たちは長い間ラジオを聴いていなかった。

「なんでも」と言って、ティナはロッキングチェアに深く腰かけた。

「面白い連続ドラマがあるのよ」

絶対にこれ、という口調で言うと、ミセス・ブリッグスは古いラジオを調節して、膝にレース編みをのせて椅子に沈み込んだ。

いまマーサ叔母さまがわたしを見たらなんと言うかしら。くだらないメロドラマに耳を傾けて面白いと思っているわたしを。これこそマーサ叔母に欠けているものだった。もちろん、マーサ叔母は温まるために薪を割るなどということはしたことがない。雨が降ろうと天気になろうと、三食を食べるために魚を釣りに行くということもしたことがない。すっかり裸にされてみると人生はじつにシンプルなもの、とティナはぼんやりと思った。それは人を……どう言ったらいいかしら、そう、感謝させる。

コマーシャルの時間にミセス・ブリッグスは立ち上がり、階下へ行った。しばらくして生ぬるいジンジャーエールを三本持って戻ってきた。部屋は暖かくなり、ミセス・ブリッグスは番組のいままでのストーリーを、マーサ叔母が社会的責任を説教するときと同じような威厳をもって説明した。飲み物を飲んで眠くなったティナはその声を打ち寄せる波の音のように心地よく聞いた。ラジオから現実の世界の争いのミニチュア版を語る声が聞こえ、また部屋の中からはミセス・ブリッグスとトレイシーのやわらかい話し声がした。トレイシーの金髪はまるで光輪のようで、ランプからそそがれるピンクの光よりも明るかった。かぎ針編みをするミセス・ブリッグスの指の動きが壁に映った。

「天井でかぎ針編みをしてるみたい」

そう言ってくすくす笑ったかと思うと、彼女は眠りに落ちた。夢の中で、マーサ叔母がヘイスティングス・ホール校の校長に話していた。「ばかばかしい。あの子はどこも悪くありませんよ。ビタミン不足ですよ。あの子はスポイルされてわがままになっているだけです。

オレンジをあげてください。皮を剝いたオレンジを。それと一日にリンゴ一個を。一日にリンゴ一個を、一日にリンゴ……」

「ティナ、起きなさい」トレイシーの声がした。「帰る時間よ。九時を過ぎたわ。家に帰りましょう」

ティナは目を開けた。ラジオはもう聞こえなかった。ミセス・ブリッグスとトレイシーが上から同じような表情を浮かべてのぞいていた。小さい子どもを甘やかすようなやさしい笑顔だった。わたしが眠っている間に、二人は友だちになったのだわ、と床に足を下ろして立ち上がりながらティナは思った。残念、わたしはそのチャンスを逃してしまった。

「またきっと来てくださいね」ミセス・ブリッグスが言った。「五百（トランプのゲーム）をご存じ？」

「いいえ、知らないと思います」

「それじゃ、教えてあげましょう」ミセス・ブリッグスは請け合った。「三人いればまあまあできるわ。もちろん四人いれば文句ありませんけど、でも三人でもよろしいわ」

そう言うと、ミセス・ブリッグスはほんの少し右に傾いている階段を先に立って案内した。

「またいらっしゃいね」玄関ドアのところでもう一度そう言ってから、付け加えた。「ここは夜がとても長いのよ」

彼女の家の光が届かないところまで来て、湖のほとりでボートにつまずいて転びそうになった。真っ黒で星もない空に、それよりも少しだけ濃い色の山が西のほうに見えた。湖に浮かんだ島の上空に、星が一つ輝き、湖面に細い一本の黄色い道が揺れていた。まるで底のない井戸のような静けさだった。

「わたし、幸福だわ」トレイシーが突然、自分でも驚いた発見であるかのように言った。

「わたしもよ」ティナがへさきのほうから言った。

「いい晩だったわね」

「ええ、とってもいい晩だった」

「ねえ、ティナ」ボートが後ろに白いリボンをつくって、岸辺に沿って走り出したときにトレイシーが言った。

「わたし、あのラジオドラマの続きがどうなるのか、ほんとうに知りたいわ」そう言ってから、彼女は声を立てて笑った。「来週もあの番組を聴きに行かなくちゃね」

だが、彼女たちの夜はそれで終わりではなかった。家に着いて、裏のポーチから上がろうとしたとき、トレイシーの持っていた懐中電灯の光の中に、見慣れぬものが浮かびあがった。

「なに、これは……？」ティナが驚きの声を上げた。

懐中電灯がタンスを照らし出した。引き出しが一つ欠けている。金塗りの額縁、洋服仕立て用のボディ、ひびの入った鏡。その上に紙が一枚貼り付けてあった。

「なにか書いてあるわ」ティナが小声で言った。「いったいなにかしら。読んでみて。なにかの冗談としか思えないわ！」

トレイシーがたたまれた紙を開き、よく通る声で読み上げた。

「外出中らしいので、ここに物を置いていく。これは女房が今日屋根裏部屋を整理したときに出てきた物。ガラクタを集めていると聞いたので、持ってきた。お代はけっこう。サミュエル・H・フーバー、ダービー・ロード、グリーンデイル」

一瞬の沈黙をおいてから、ティナが笑い出した。

「この土地には廃品回収って、ないのかしら？　救世軍がこのようなものを集めるってこと知らないのかしら？　どういうこと？」

「笑わないで、ティナ」トレイシーが顔をしかめて言った。「この地方のありとあらゆるガラクタがわたしたちのところに送られてくるような、嫌な予感がするわ」そう言って、トレイシーは暗い道路のほうを見た。「いまのこの瞬間にも、町中の人が屋根裏を整理しているのが見えるような気がする」

4

「トレイシー、起きて。だれか人が階下に来ているわ」

「ガラクタを持って？」トレイシーが眠そうに言った。

「ううん、そうじゃない。男の人よ」

トレイシーが起きあがった。

「郵便配達の人じゃなくて？」

「ううん、ぜんぜん知らない人。わたしたち姉妹二人に話したいことがあるんですって。なんだか、不思議な感じの人よ」

「それじゃ、セールスマンに決まってる」トレイシーがぴしゃりと言った。「なにもいりません、と言いなさい」

「セールスマンではぜったいにないわ。そんなに陽気じゃないもの」

「こんな雨の日に、陽気な人なんていないわよ」トレイシーが唇を突きだして言った。「しようがないわね。五分ちょうだい」

トレイシーは洗面器に水をそそぐ途中で手を止めて、ティナに声をかけた。

「ボートを借りたい人じゃないの？　訊いてごらんなさい」

「わかったわ」ティナは不承不承言った。「でも、外はどしゃぶりよ」

ティナは階段を下りていった。足音は屋根に降りかかる雨の音で消えている。しかし、雨が降ろうとも、魚は釣れるのだ、たとえ昨日テーブルを売ったお金があっても。下まで下りて、ティナは立ち止まった。なんと、訪問者は入り口のカウチの上で、ちっとやそっとの音では目が覚めないほど深く眠りこけていた。並はずれて背の高い人で、クッションの中に埋まって寝ている彼の膝はあごの近くにあった。

初めにティナが印象を受けたのは彼の目だった。だが、いまそれは閉じられている。眠っているその端正な顔から表情は読めなかった。ティナはつま先立って部屋を横切って彼の向かい側の椅子に腰を下ろした。

「この部屋、好きだな」とその人は目を閉じたまま言った。「とても居心地がいい」

ティナは神経質に咳払いした。

「あの、ボートを借りにいらしたのですか？」

彼の目がぱっと開いた。面白そうな表情を浮かべている。

「きみたち、ボートも貸しているの？」

階段の下にトレイシーが現れたので、ティナは返事をしなくてもよくなった。トレイシーはブルージーンズにタートルネックのセーターを着ている。活発なかっこうをしているのにエレガントにも見えた。若者の目が大きく見開かれるのを見て、ティナはオリンピアの神さまのような顔をしていても、この人も人間なのだと思った。トレイシーが近づいてくると、彼は立ち上がった。そして座ったあとも、彼はトレイシーから目を離さなかった。

「コンラッドです。ニール・コンラッド」と彼は落ち着いた口調で言った。「朝早く近くに来る用事があったので……医者なので、こちらに寄ったのです。一つには好奇心から、もう一つには警告するために」唇がユーモラスに曲がった。「古い家具で納屋をいっぱいにして骨董屋を開いたという若い女性二人がどんな人たちか見たかった。起こしてしまって申し訳ない」

トレイシーは驚いた様子だった。彼のあいさつの言葉などには耳を貸さず、心配そうに訊いた。

「わたしたちがなにか、悪いことをしたのですか？　なにか、法を犯すようなことでも？」

彼は肩をすぼめた。

「それはぼくの関係することじゃない、と思います。ぼくは単に医者ですから。しかもまだなりたての」そう言ってから、彼はためらった。「また、ミセス・メレディスの甥《おい》でもある」

ティナが眉をひそめた。

「だれの？　ああ！」唇を噛んで、姉に向かって心配そうに言った。「あの女の人、お金を返してと言うのかしら？　もうわたしたち全部使ってしまったわ。返してくれと言われても、次にいつ七ドル五十セントも稼げるか、わからないわ！」

ドクター・コンラッドの目が見開かれた。

「そんなに困っているの？　いや、もし気分を害されなければ、隣人ですから、次のお小遣いが送られてくるまでお貸ししますよ」

トレイシーが笑い出した。

「お小遣い？」

「わたしたちの着ているもののせいよ」ティナが小声で姉に言った。

「ご親切はありがたいのですが」と彼女は新たな自信をもって彼に向かった。「わたしたち、どこからもお小遣いなど送ってもらっていません。自分たちだけで暮らしているのです。自分たちでビジネスをしているのです。ボートを貸し出し、部屋を貸し、ガラクタを売って」

ドクター・コンラッドは驚いたようだった。

「それじゃほんとうに、二人だけで……？」

「わたしたち、逃亡者なんです」と言って、ティナはにっこり笑った。

「もちろん、合法的な」とトレイシーがあわてて言葉を付け加えた。

ここまで説明を聞いても、ドクター・コンラッドは安心したようには見えなかった。それどころか、話を聞けば聞くほど心配げに見えた。彼は立ち上がって、腰の後ろで両手を組んで、部屋を行ったり来たりし始めた。突然彼は振り返った。

「どういうふうに話を切り出したらいいのかわからない。もしきみたちがほんとうに一文無しなら、この話を聞いたら、すごく気分を害すると思うし。こんな話はしたくないのだけれども、話さなければ、きみたちはこれからも続けてしまうだろうし」

トレイシーがきっぱりと言った。

「いったい何のことなのか、はっきりとおっしゃって！」

ドクター・コンラッドは足を止めた。背中を伸ばしたら、きっと一メートル八十センチはあるだろう、とティナは思った。やせている外見のために、風変わりな功利主義者のように見える。まるで、無駄なことに時間を費やす暇はないような人に。

「どうぞ、わかってほしいのです」と彼は話し出した。「グリーンデイルは地理的には大きく広がっていますが、町そのものはとてもきつく結びついているのです。精神的に。つまり、この町の人はたいてい、直接的に、あるいは間接的に夏の避暑客とツーリストを相手に商売をしているのです。そしてその人たちをときにはだまして、してやったり、と笑っているのです。きみたちはこの町の人たちのことをなにも知らない。でも、この町の人たちを知って、友だちになったら、彼ら以上によい友人はいない。しかしそれまでは……。いや、なんと説明したところで、彼女のやったことを弁解することはできない」

彼はくるりと体を回した。

「いいですか」と怒ったように話し出した。「ここでご託を並べながらぼくが言おうとしているのは、ぼくの叔母のミセス・メレディスがこの湖の反対側で骨董屋を営んでいて、きのう、こちらでほんとうは四百五十ドルもする両脚開きのメープルのテーブルを安く買った、ということなんです」

沈黙が流れた。それからトレイシーが調子外れなことを言った。

「叔母さまがお金を返してくれとおっしゃってるのかと思ったわ」

ティナはドクター・コンラッドがわざと最悪の事態を予測させておいて、衝撃を少なくさせようとしたのだと思った。だがいま真実を知って、いま彼の言葉を自分の中で受け止めてみると、最悪の事態と同じように思えた。

ドクターは言った。

「叔母のしたことを謝ります。きみたちの損失は叔母の利益になる。この種のことが骨董品あさりをスリルのあるものにするというわけなんです」

「あのう」とトレイシーが言葉をはさんだ。「それじゃ叔母さまは、家であのテーブルをご覧になるなり、その価値がわかったというのですか？」

ドクター・コンラッドはうなずいた。まあ、なんてお芝居がじょうずだったの、あの女性は、とティナは思った。あの人はぼんやりとして、なんだかよくわからないような様子をしていた。それに、値段がもっと下がらないかと訊かんばかりだったではないか。

トレイシーが悲しそうに言った。

「何かほかにも価値のありそうな物があるかどうか、言ってらっしゃいました？　叔母さまは」

「もしそのような物があったら、彼女は買っていたでしょうよ」そう言うと、ドクター・コンラッドはコートに手を伸ばした。「まったく、ぼくはいいニュースを持ってきたでしょう？　でも、ぼくになにかできることがあったら言ってください、グリーンデイルに住んでいますから。とにかくいまは、グリーンデイルのポナガヘラ湖にようこそ、と言わせてもらいましょう」

ティナがもぞもぞと動いた。

「なにか召し上がる？　わたしたちはこれから朝食なんですけど。わざわざわたしたちにこのことを知らせに寄ってくださって、ほんとうに……」

「叔母の悪行を告げるためにね」と言って、ドクター・コンラッドは笑った。「そうしなければならないときもある。信じられないかもしれませんが、あれでも彼女はたいていの場合はやさしくていい人なのですよ。いまの招待、別の機会まで取っておいてもいいかな？　もうれつに眠いんです。ゆうべは一晩中、お産の手伝いをしていたもので。あ、そのまま、立たないでください」

「ありがとうございました」トレイシーが彼の背中に声をかけた。

「ほんとうに、どうもありがとう」ティナも声をかけたが、二人とも椅子から立たなかった。

彼の車が道路に乗り出す音がした。ティナが立ち上がり、明るい声で訊いた。

「ココア？　それともコーヒー？」

「いらない。ちょっとのあいだ、不機嫌なままでいさせて」トレイシーが手をあげて言った。目がおかしそうに笑っている。「覚えている？」その声は不機嫌ではなかった。「だれがミセス・メレディスにここには価値のある物はないと教えたか？」

ティナは思わずにっこり笑ってしまった。

「古くてひどい状態と言ったのは、あなただった。でも、わたしはあのテーブルを五ドルで売ろうとしたのよ」

トレイシーが首を振った。

「あんなに古いテーブルがそんな値段で売れるなんて、信じられないわ。ティナ、わたしたち、もはや無邪気なんてものじゃないわ。無知よ」

立ち上がって、彼女はマントルピースのほうへ行き、棚に並んでいる図書館の本をながめた。

「『庭作りのすべて』」とタイトルを読み上げ、すぐにそれをソファの上に放り投げた。「『アマチュアのための縫い物教本』、『読書の楽しみ』、『作物の輪作』、『栄養の不思議』、『料理のコツ』、『渓谷釣り』、『サマンサ叔母さんの簡単料理二百品』」彼女は一つひとつ放り投げた。「これからは、遅ればせながら骨董家具の収集と評価について勉強しましょう」

そう言って、彼女はティナに背を向けた。ティナには、姉が四百五十ドルあったらどんなに助かったかと考えているのが痛いほどわかった。トレイシーのような生活をしてきた人が、この数週間、どんなにほしいものを我慢してきたか、いまティナはあらためて考えてみた。新しい服、香水、本、雑誌、それに社交生活……。ティナはトレイシーに話してほしかった。いま彼女が言うことは、重要な意味を持つという気がした。

トレイシーが振り返った。その目には悔し涙と怒りが浮かんでいた。

「そのお金があれば、流しに電気ポンプを買うことができたのにね」

とだけ言うと、彼女は外に出ていった。

1　夏

マーサ叔母が突然なんの前触れもなく戦没将兵記念日（米国の戦没者追悼記念日。五月の最後の月曜日）の翌週やってきた。トレイシーはミセス・ブリッグスの猫にバケツいっぱいの魚の頭をあげるためにボートで出かけたあとで、ティナだけが納屋に残っていた。その長い車体が目に入ったとき、ティナは裏山に逃げてモグラのように土の中にもぐり込みたいと思った。しかし、その代わりに彼女はむりな笑いを浮かべて、納屋から出て叔母を迎えた。

　マーサ叔母は一人ではなかった。夫といっしょで、彼は妻といっしょの旅ではお伴《とも》役になることにすっかり慣れていた。やせているが元気で、丸い健康そうなピンクの顔に小さな黒い口ひげを蓄えている。長年の職業生活が引き起こしたものらしく、表情にぴくぴくという動きが走る癖があった。財界人で、その世界では有能な、先見の明のある大立者でさえあった。だが、ティナはもちろんのこと、だれも、彼の人生観を知らなかった。個人生活ではめったに口を利かない人だった。

いっぽうマーサ叔母はめったに口を閉じない人だった。その声は大きく断定的で、疑問符がつくような話し方は決してしなかった。というのも、彼女はつねに一方的宣告しかしないためだった。非常に積極的な人で、男性十人分ぐらいのエネルギーをもっていて、平凡なことにもそのエネルギーを止めることができなかった。それはつねにあふれ出る傾向があり、いまでは生活のあらゆる場面がそのエネルギーの対象となっていた。

「ティナ」と彼女はいきなり名前を呼んだ。将軍が一兵卒にあいさつするような口調だった。

「こんにちは、マーサ叔母さま、こんにちは、ハーマン叔父さま」ティナはていねいにあいさつした。「休暇でいらしたの?」

マーサ叔母が硬直した。

「そんなことじゃありませんよ。あなたのお姉さんが、あなたの面倒をちゃんと見ているかどうかをチェックするのは、わたしたちの義務だと感じたから来たのです。姿を消してから、あなたからはたった二枚の絵はがきしかきていませんからね」

ティナは気分が滅入った。ヘイスティングス・ホール校を離れるとき、叔母には電話で自分の気持ちをできるかぎり説明したつもりだったので、いまはもうなにも話すことはなかった。

「わたしはずっと元気でやっています」と彼女は肩を落としたまま言った。「わたし、叔母さまたちに感謝が足りないように思われないようにと……」

「それじゃ今回のことで学習して、わたしたちといっしょに帰る用意ができているということですね」

ハーマン叔父がのどの奥で妙な音を立てた。ティナは、叔母が準備してきた結論をこれほど早く宣言することに叔父は異論があるのだと察した。車の中で話し合ってきたんだわ、と思った。そして、夕食後に話を切り出すことにしていたのだと推測した。そこまできて、はっとした。なにを夕食にお出ししたらいいのだろう？

「さあ、いらっしゃい。家の中に入りましょう」マーサ叔母がきびきびと動き出した。「お姉さんはどこなの？」

ティナは説明しかけたが、マーサ叔母はすでにハーマン叔父とティナを後ろに従えて小道を母屋に向かって歩き出していた。まるで叔父とティナが客で、自分が女主人であるかのように。

「こちらが裏の入り口よ」とマーサ叔母は主人の威厳をもって二人に示した。それから「さて」と言って手袋を脱ぎながら、あたりを品定めするように見まわし、「ここのどこがそんなにいいのか、わたしにはわかりませんね」とぴしゃりと言った。

「お夕食までいらっしゃるでしょう？」とティナは勇気を出して訊いた。「わたしたちの食事はとても質素ですけど、どうぞ……」

「あなたがたが食事をすると聞くだけで、驚きますよ」マーサ叔母は皮肉を言った。そしてティナのほうに振り返った。その威圧的な姿にティナは縮み上がった。

「いまも言ったように、わたくしはあなたがヘイスティングス・ホール校にずっと前に戻るだろうと思っていました。ですからミネハハ湖での夏のキャンプの参加を取り消していません。ティナ、帰ってきなさい。それ以外のことはすべてナンセンスです」

ティナは本能的に体を後ろに引いた。

「トレイシーがいまわたしの後見人なので……」

「そんなことは簡単に変更できます」マーサ叔母が冷淡に言った。「あなたのお姉さんは単にわがままで、衝動的で、気まま勝手に振る舞う若い女性にすぎません。あなたのような子どもを預けるのにはまったく不適当ですよ。ミネハハでは……」

ティナが突然笑い出した。

「ごめんなさい」と謝った。「なんだかとてもおかしい名前なんですもの、ミネハハって……」

マーサ叔母は鋭い視線をティナに向けた。

「とてもいいサマー・キャンプですよ。いちばんいい、と言ってもいいほどです。そこではさまざまな手芸教室が開かれるはずです。革で財布を作ったり、ビーズ細工をしたり。トレイシーの気まぐれなど、この夏いっぱいもつかどうか、わかったものじゃない」

そのとき戸口のほうから、太陽を背にしてトレイシーがやってきた。

「だれかわたしのことを話しているの？　まあ、マーサ叔母さま、いらしてくださってうれしいわ！　ハーマン叔父さまもお元気そう！」

トレイシーが入ってきた。ブルージーンズ姿だが堂々としていて、叔母と叔父にあいさつのキスと抱擁《ほうよう》を交わした。

「そう、あなたは出かけていたのですか」

「そうです」トレイシーはジーンズのポケットに両手を入れて、叔母の視線を挑戦的に受け止めた。

「どうぞ、話をお続けになって」とうながした。「ティナにお会いになるのがどんなにうれしいか、わかりますから。たしか、クリスマス以来ですよね？」

トレイシーに一本！　とティナは心の中で叫んだ。自信が戻ってきた。マーサ叔母に対して失礼な態度をとるつもりはなかったが、立ち向かう勇気が出てきた。彼女はほとんど大胆になった。叔母さまはミネハハという名前をおかしくさえ感じないんだわ、とあらためて驚きを感じた。ユーモアのセンス、ゼロなんだ！　ビーズ細工ですって、まったくね！

「夕食までいてくださるんでしょう？」トレイシーが言っている。「わたしはマーサ叔母さまのお相手をしますから、あなたはハーマン叔父さまに魚をおろすのを手伝っていただいたら？」

トレイシーの顔には明らかに意地悪な表情が浮かんでいた。ティナはにっこりうなずいてハーマン叔父に向かった。

「よろこんで」ハーマン叔父はすぐさま返事をした。「魚をおろすなんて、子どもの時以来のことだよ。ティナ、ずいぶん顔色がいいね」

「わたし、いままでこれ以上元気だったこと、ないと思います」ティナは真面目に答えた。

彼女は叔父を湖のほとりまで案内し、ボートの中から魚の入っているバケツを取りだした。「今日は十一匹釣れたわ」誇らしげに言った。「叔父さま、魚、お好き?」

「もしここでわたしが上等のビフテキが好きだと言ったら?」ハーマン叔父の目がいたずらそうに笑っている。

叔父の眼力に、ティナの頬が赤くなった。

「わたし、自分からぼろを出したようですね」

「いいや、気にしなくていい。ここはわたしにまかせて」ハーマン叔父が言った。「台所を手伝いに行きなさい。ところでティナ……」

「はい?」

「この家を離れたくなかったら、離れなくていいのだよ。わたしは本気で言っている。この世には、不幸はすでに十分にあるのだから。人間は……」と言いかけて、彼は首を振った。「わたしは人間相手でなく、金を相手に働いてきてよかったと思っている」

ティナはティモシーやクィーン・アンズ・レースの生えている土手に上がりながら、思いがけずハーマン叔父に対する感謝がこみ上げてくるのを感じた。台所に入ると、彼女はトウモロコシの粉と最後の卵を混ぜてコーンブレッドを作り始めた。魚に味を付けるためにベーコンの切れ端をきざむと、ベークドポテトを作るためにジャガイモを四個オーブンに入れた。野菜はタマネギ三個しかなかった。しばらく迷ってから、彼女はそれをきざみ、その上にパン粉を振りかけてミルクを流し込んで、これもまたオーブンに入れた。納屋の後ろの茂みに生えている野イチゴをデザートにしよう。でも、マーサ叔母はいつもサラダを召し上がる。新鮮なサラダを毎日食べることに関しては、ぜったいにゆずらない人だ。ティナは迷いなく裏庭に出て、タンポポの若い葉っぱを摘み始めた。

六時、金色に輝く夕陽のなかで、表ポーチのテーブルに四本のキャンドルを立て、四人は席に着いた。

「なんてめずらしい食事でしょう」マーサ叔母が控えめに批判した。「これはいくぶんでんぷん質の多い食事だとは思いませんか？」

「そんなことはありませんわ」トレイシーがすぐに否定した。

「食事というものは」マーサ叔母が生まれつきの講演者よろしく話し出した。「すべての分別ある人間の関心事であるべきです。わたしは毎日どのくらいビタミンを摂《と》っているか、計算しているのですよ。冷たい野菜サラダを昼食に、脂身のない肉を十分に、パンなどの小麦粉の食物を少なく、糖分を摂らない。そんな食事は頭脳をはっきりさせ、清新な生活に人を導くのです。これは純粋に選択の問題ですよ。あなたがたは骨董品についての本を読んでいるようですね。それはいいことですが、わたしとしてはそんな気まぐれなものではなく、ちゃんとした料理や栄養についての本を読むほうがいいと思いますよ」そこまで言うと、彼女は顔をしかめた。

「この緑の葉っぱは、なんですか？」

トレイシーは眉を上げてティナに目配せした。ティナは大きく息を吸った。

「タンポポです。それはとても……栄養があるんです」

彼女はマーサ叔母の疑わしげな視線の下でもがいた。

「これはほんとうのことですけど」彼女はあごを高く上げて言った。「タンポポの葉っぱはドクター・コンラッドに強くすすめられたんです。ほんとうよ。タンポポを食べるのは、彼の食餌《しょくじ》療法の重要な部分なんです」

「変ねえ」マーサ叔母がつぶやいた。「わたくしは聞いたことがありませんよ。新しい発見ですかね？」

「ええ、とても新しいことです」ティナはトレイシーの視線を避けながらきっぱりと言った。

気がついてみると、この説明で、マーサ叔母の専制君主的訓示はしぼんでしまっていた。

ティナは驚きと同時に気抜けした感じがした。紙のお面をかぶった人を怖がっていたような、だまされたような気分だった。だが、彼女は勝ち誇った気持ちにはならず、叔母に対して気の毒に感じた。マーサ叔母には子どもがたくさんいたらよかったのだ、と思った。そしたら、故意にではなくとも、姪を脅かしたりしないでいられたのに。

「さて、わたくしたちがここに来たのは」とマーサ叔母は新たに意気込んで言った。

「ごめんなさい。だれかが戸口に来たようだわ。ノックの音が聞こえます」トレイシーが叔母の話をさえぎった。「ティナ、お玄関に行ってみて」

ティナは姉に感謝しながら立ち上がった。戸口に人がいるなどとはまったく信じていなかった。だが、行ってみると、そこにドクター・コンラッドが立っていた。

「まあ！」彼女は仰天して声を上げた。

彼はくすくす笑った。

「ぼくがそんなに恐れられているとは知らなかったな！」

「そうではないんです」ティナが大急ぎで言った。「ただ……」

言いかけて、彼女は口をつぐんだ。タンポポサラダのことが言い出せなかった。

「入ってもいいですか？」

「でも、いえ、あの、どうぞ」と言って、ティナは一歩下がった。「いま食事中なんです。ポーチで」

「たまらなく魚釣りに行きたいんだ」

ポーチに向かいながらドクター・コンラッドが言った。

「水曜日はこの辺の医者は休診日なので、ボートを予約しておこうと……これは、失礼、初めまして」

マーサ叔母とハーマン叔父が目に入ると、彼は気さくにあいさつをした。

「お客さまとは知らなかった。お邪魔するつもりはないのです」

ティナが後ろからやってきて、彼を紹介した。

「そう。それじゃほんとうにボートを貸し出しているのね」マーサ叔母が言った。「まったくわたしには信じられませんね。あの看板はこの辺の人のものだとばかり思いましたよ」

「マーサ」ハーマン叔父がなだめようとした。

「こちらのかたが現れるまでは、少なくともそう信じていました。お名前はなんとおっしゃるの？　ティナの声がはっきりしなかったもので」

「コンラッドです。ドクター・ニール・コンラッドです」

長い沈黙があって、マーサ叔母が眉を上げた。

「そうですか。では、タンポポのサラダをすすめるというドクター・コンラッドというかたはほんとうにいらっしゃるというわけね」

ティナが真っ赤になった。だが、ドクター・コンラッドはテーブルの上に目をやるとにっこりと笑った。

「いや、ほんとうの話、それは悪くないアイディアなのですよ。タンポポの効用は医学的にも証明されているのです。例えばロマの人々はタンポポの根を煎《せん》じて坐骨神経痛やリューマチの治療に使っています」

トレイシーはなにか言いかけたが、口を閉じた。当惑している。マーサ叔母は驚きを隠せなかった。

「なんて興味深いこと！　ちっとも知りませんでしたよ」

「そうでしょう」ドクター・コンラッドは笑いながら言った。「さて、それでは失礼します。お邪魔しました。長くご滞在なさいますか？」

「いいえ」マーサ叔母がきっぱりと言った。

「どうぞ、こちらから」ティナが戸口を示す身振りをしてドクター・コンラッドをうながした。

　台所まで来ると、彼は面白そうな顔で言った。

「それで、ほかにどんな面白いものを食事に出したの、きみは？　チョークチェリーのフライ、アキノキリンソウの根とか？　あの人たちはだれなの、いったい？」

　ティナはしかたがなく説明した。

「そして、あなたがさっき言ってらしたこと、あれ、ほんとうなんですか？」

「そのとおり、一言一句ほんとうだよ。でも、ボートについてはまずいことを言ってしまったようで、悪かった」

「いえ、いつかはわかることですから。いちばんいいボートに予約済みのサインを掛けておくわ。あのう……ほんとうにどうもありがとう、ドクター・コンラッド」

　彼はほほえんだ。

「それで、このごろはどんな具合？」

　ティナは考えた。

「戦没将兵記念日の週末は、かなり実入りがあったの。ボートは三隻とも貸し出したし。でも一つのボートにひびが入って水漏れがしたのよ。それに霜でトマトがダメになったわ」

　彼はうなずいた。

「ぼくのところのトマトもダメになった。それじゃ、水曜日にまた」

　ポーチではマーサ叔母が教会と家庭と政治についての訓話を垂れ始めていた。彼女はなんであれ詳しい情報に通じていた。ただ、一度これという意見に達すると、だれも、なにごとも、その意見を変えることはできなかった。

ティナが戻ってくると、マーサ叔母が言った。

「ティナ、もうそろそろわたしたちは帰らなければなりません」

その声は冷たく、氷を浮かべた水のように角があった。

「今後どんなことがあっても二度とここには来ません。わかっていますか？　こんなばかげたことを続けたら、わたしはぜったいに援助はしませんよ。これは最終的な言い渡しです。いいですか、繰り返しますが、これは最後通牒《つうちょう》ですよ。ここまで聞いたうえで、どうですか、わたしといっしょに帰りますか、それともこのばかげたことを続けますか？」

「ええ、続けます」ティナは穏やかに言った。「ただ、これはばかげたことではありません、マーサ叔母さま。助けはいりませんが、わたしたちのことを理解していただきたいのです」

「トレイシーに忠実であることは感心ですが、ちっとも実際的ではありませんよ」マーサ叔母は意地悪く言った。「冬は長く寒いでしょうよ、ここは」

ティナは意地を張って首を振った。

「それはもう経験済みです」

「それはけっこう」

マーサ叔母が立ち上がると、パンくずが床に落ちた。ハーマン叔父が急いで立ち上がった。

重苦しい沈黙の中で、マーサ叔母は車の鍵や手袋を手に取ると、夜の寒さに備えて厚手のコートを着込んだ。

「それじゃ、行きますよ」と言うとマーサ叔母はティナがキスできるように頬を突き出した。「もし気が変わったら、今晩わたしたちはピッツフィールドのホテルに泊まっていますからね」

ハーマン叔父はティナに近づいたが、キスはしなかった。代わりに彼女の手を取って握手した。

「いつでもおまえのことを思っているよ」と彼はわざわざ言った。ティナは手を引いたときに初めて、その手に十ドル札が押し当てられていることに気づいた。返すべきかどうか迷ったが、叔父はもうとっくに車に乗り込んでいた。車が道路から見えなくなったとき、ティナはため息をついた。

「ハーマン叔父さまも叔母さまを少し怖がっていらっしゃるのよ」と彼女は残念そうに言った。「だって、これをないしょでくださるんですもの」

そう言って、彼女は十ドル札を取り出した。

「ミセス・ブリッグスがおつりを持っているかどうか知らないけど、あんなに栄養についてのお話があったあとで、チョコレート・バーを食べるのもいいと思わない？」

しかしトレイシーは、今回はお金を見てもぜんぜんはしゃがなかった。

「いいの？　ほんとうに。これはあなたの最後のチャンスだったのよ」とティナに真剣に言った。「叔母さまたちはあなたを許してくださるつもりだったのよ。いままでの安全がぜんぶ指の間から逃げていってしまうのを見ても怖くないの？」

ティナはドアに寄りかかって考えた。彼女はもはやここにやってきたときのように世間知らずではなかった。次の十ドルを手に入れることがどんなにむずかしいか、あるいはそんな日が決してこないかもしれないと想像することさえできた。それでも不思議なことに、彼女はトレイシーの言葉にまったく心を動かされなかった。

「わたし、安全という言葉を辞書で調べてみたことがあるの」と彼女はゆっくりと話した。

「安心すること、保護されること、恐怖と不安のない状態と書いてあったわ。でもトレイシー、ほんとうに変なのだけど、わたしはいままで一度も、いまほど安全と感じたことがないのよ」

トレイシーは大きく息を呑み込んだ。

「ありがとう、ティナ。それを祝いましょうよ。でもチョコレート・バーはダメ。一ペニーのキャンディーのほうがもっと尊いわ」

2

夏はそれ自体独特の世界だった。緑の木陰、日の光、森からはスイカズラと松の木の香りが運ばれてくる。朝の湖は、眠っているように静かだった。太陽が山々の最後の尾根から空のてっぺんへ動くまで、湖は白い霧のなかで眠っているようだった。朝の湖のほとりは紫色の影が濃く、十一時頃になると、最初の風が湖面にさざ波を立て、まるでハンマーでうち砕かれた鏡のように、湖の穏やかさを破ってしまうのだった。午後は暑く物憂《ものう》かった。モーターボートの音や水浴びをする人々の甲高い声が遠くからぼんやりと聞こえてくる。トレイシーは冬のウールのスラックスを思いきって箱に入れた。そしてやっと黒い大きなかまどの火を消したのだった。

納屋の近くの芝生の上に寝転がって、ティナは読みかけの本をおいて、湖からしずくを垂らしながら上がってくるトレイシーを見た。

「水が冷たいわ！」と叫びながら、タオルに手を伸ばした。「ああ、このありがたい太陽。もったいないような気がするわ」

トレイシーはティナのそばに倒れると、濡れた髪の毛をこすり始めた。

「どう、なにか面白いことが書いてある？」

「いつものとおりよ」ティナが答えた。「わたしはもう、骨董品を喰う虫の跡や合わせ釘のことはあきあきしたわ」

「それじゃもう読むのをやめなさいよ。どのみち家には価値のある骨董品はもうないんだから。見て！　わたし、皮が剝けだしたわ」トレイシーは自分の腕を見て声を上げた。「まるでヘビみたい。あなたはすごくきれいに日焼けをしているのに、わたしはぜんぜんダメ。すぐに剝けてしまうんですもの」

ティナはうつぶせになったまま、面白そうに姉を見上げ、ぐるりと寝返りを打った。トレイシーはかたわらの段ボール箱から鏡とハサミを取り出すと、ティナの脚に鏡を寄りかからせて髪の毛を切り始めた。ハサミはためらいなく毛を切っていった。毛の房が肩の上に落ちた。この毛を使って、わたしだったらすてきなヘア・シャツを作ってみせるわ、とトレイシーはユーモアたっぷりに心の中で思った。しばらくして彼女はハサミをかたわらに置いた。

「ボートはもう戻ってきたの？」

ティナは首を振った。

「ポナガヘラ湖が魔法をかけてくれたのよ。ボートを借りた男の人はもう一時間以上も出かけたままだわ。きっと一日分支払ってくれるわ。そのお金で、わたしはもう今晩のおかずはレバーと決めているのよ」

「ネッド叔父さまを知っているという人ね」トレイシーがうなずき、腕を折り曲げて枕にした。「いまこんなことを言うのはおかしいかもしれないけど、わたし、もっと叔父さまを知っていればよかったと思うわ」

トレイシーはときどき、セイラ・ブリッグスやボートを借りる見ず知らずの男から、ネッド叔父に関する面白いニュースの断片を聞いた。ネッド叔父はがっしりした大きな体軀《たいく》で、鋼《はがね》のような灰色の髪をしていた。何日も行方がわからないことがよくあった。ピッツフィールドの新聞に、地方の暮らしのニュースを書いていた。彼の自然観測記事は遠くノーサンプトンあたりでも読まれていた。トレイシーは最近よく、叔母たちが話していたことと比較したりして、叔父のことを考えていることがあった。性格がまったくちがう四人のきょうだい――ネッド、トム（彼女たちの父親）、リンダ、マーサ――はどんなふうに同じ屋根の下で暮らしていたのだろうと想像した。ネッドは隠遁者《いんとん》でエキセントリックな人、マーサは硬くてぎこちない性格で、重要な人物になりたくていつも野心があった。リンダはきょうだいでいちばん美しい子どもで、裕福な人と結婚し、三十歳になる前に未亡人になった。彼女たちの父親のトムだけが、おかしな力に翻弄されなかったのだろうか？　彼女はいままであまり家族のことを考えたことがなかった。しかしいま、芝生の上に横たわりながら、いかにたくさんの人間が自分とティナの誕生に関わっているかを思い、自分には名前もわからない何世代もの男女の血が自分の血管の中を流れていることを考えた。いまティナは本を読みながらいつもの癖で自分の髪の毛を撫でているが、これは家族の中の何世代も前のシャーウッドの森で鹿を追いかけ、海賊ドレーク船長と航海しただれかの癖かもしれない。もしかすると、とトレイシーは夢想した。もしかすると、いまから百年後、一人の子どもが金髪で灰色の目をしていて、自分と同じような考え方をする、そんなことだけが唯一の予測できる恒久の生命であり永遠なのかもしれない。

「トレイシー、あなたがなにを考えているのか、わからないわ」姉を見ながらティナが言った。「あれ？　郵便配達のおじさんだわ。わたしたちの家に向かっているみたい」

「まあ、いやだ」トレイシーが夢想をやめて起きあがった。郵便配達人は彼女たちにとってはつねに怪しい存在だった。というのも、リンダ叔母からのきれいな絵はがきをのぞけば、彼はいつも請求書を届ける人間だったからだ。いまは石油ランプを使って、電気を節約しているとは言え、郵便配達人は彼女たちにとっていまだに恐るべき存在だった。彼にはなんの責任もないのだが、彼女たちはドラキュラかフランケンシュタインのように彼を恐れていた。いままで彼が運んできた請求書がこんな形で心に痕《あと》を残していた。

「おはよう、お嬢さんたち！」その恐ろしい存在が声を張り上げてあいさつした。「今日はあんたたちあての手紙があるよ」

トレイシーはその形のいい長い脚からアリを払い落とし、聞こえないふりをした。

「わたしはこわくないわ」ティナが平然として言った。「わたしにちょうだい！」

ミスター・ヒースが面白そうに封筒の差出人を読んだ。

「へえ、こりゃ、ニューヨークからだ」と言って二人を見た。「C・O・オドナヒュー、五十四番街だとさ」

ティナがトレイシーにちらりと目を走らせた。

「だれか知っている、そこに住んでいる人を？」

ティナは緊張した声で言った。

「いいえ、だれも。あなたは？」

「もしかすると、部屋を借りたいという人かも！」ティナは声を張り上げた。

「部屋を借りたい人？」ミスター・ヒースが訊いた。「おたくは部屋を貸すのかね？　外の看板にはなにも書かれていなかったと思うが？」

「書いてありますよ」トレイシーがそっけなく言った。「ティナ、手紙はなんと言ってきたの？」

「いま封筒を開けるところよ、ちょっと待って」ティナがあせった。

ミスター・ヒースは耳を掻きながらぼそりと言った。

「いや、おたくが部屋を貸し出すとは知らなかったなあ。知っていればミス・エンスリーに教えてやったのに。ブルックリンで学校の先生をしていて、ここ三年毎年夏になると、この湖の反対側にあるうちの息子と嫁の部屋を借りていたのだが……」

「ねえ、なんと言ってきたの？　教えて！」トレイシーがティナに懇願している。

「ただ、今年にかぎって」ミスター・ヒースが続けた。「一か月前に息子のところに赤ん坊が生まれたために、どうしても部屋を貸すことができないのだよ。彼女は湖の見える部屋が好きだというから、ここならきっと気に入るだろう。今年はダメだと聞いてとてもがっかりしていたが、わしらがきっといい部屋をみつけてあげるからとなぐさめていたのだよ。それじゃさっそく知らせてあげよう。今晩にでも手紙を書こう、もしまだ代わりの部屋がみつかってなければ……」

「うわあ、すごい！　トレイシー、部屋を借りたいって！」ティナが叫んだ。「ミスター・オドナヒューはかなり年配のかたのようよ。でもよさそうな人。借りられるかどうか返事をすぐにくれって。六週間借りたいんですって。弁護士で、魚釣りが大好きだそうよ。立派なところじゃなくていい、とあるわ。そういうところを探してるって。朝食付きでということよ。他の食事はいらないと……。さっそく来週から借りたいそうよ！」

「まあ、驚いた！」トレイシーの顔が輝いている。

「部屋はいくつ貸し出すつもりかね？」ミスター・ヒースが真顔で訊いた。

「二つ」トレイシーが立ち上がりながら言った。

「ふーむ」ミスター・ヒースが考えている。「どうも、電報を打つほうがよさそうだな。一部屋はもうふさがったようすだから。よし、わかった。善は急げというからな」

「そうね」とトレイシーは相づちを打ったが、ミスター・ヒースの言葉を聞いていたわけではなかった。ただ、無性にうれしくてだれにでも機嫌よく振る舞いたかっただけだった。

「そうしてくださいな、ミスター・ヒース。それに、今日はいいニュースをもってきてくださってありがとう！」

「いや、わしはただ」ミスター・ヒースがクックッとのどの奥で笑いながら言った。「アメリカ合衆国の郵便配達をしているだけさ」自分一人の冗談に満足して、赤い顔をほころばせて彼は車に向かった。

「やったわね」トレイシーがティナに笑って言った。

「やったわ」ティナも笑い返した。

「それじゃ、返事を書きましょうよ。速達で送るお金はあるかしら？」

「牛乳瓶を返せば、預け金が戻ってくるわ。グリーンデイルまで歩いていって、郵便局で投函するわ」

「グリーンデイルへ行ったら」とトレイシーはペンに手を伸ばしながら言った。「また送電するように頼んできたらいいわ。ミスター・オドナヒューが石油ランプとキャンドルがお好きとはかぎらないから」

ティナが郵便局へ行くために外に出たときは、夏のきまぐれな雨が降ったあとだった。太陽は谷間を照らしていて、雨に濡れている青い葉の先にしずくが輝いていた。地面は雨で洗われてきれいになり、空気はやわらかく、甘いクローバーの匂いに満ちていた。遠くから見るとグリーンデイルはおもちゃのスイスの町のように見えた。まるでここがほんとうにスイスのように、役場の後ろの牧場から牛の鈴の音が聞こえてきた。

「こんにちは」

ティナはミスター・オートンの店のドアから中をのぞいてあいさつした。

「やあ」

ミスター・オートンの親しみを込めたあいさつを受け、ティナは子どものようにホップ・ステップ・ジャンプで郵便局へ行った。

「これはこれは、ミス・キャノン」郵便局長がにこやかにあいさつした。「どうですかな、住み心地は？」

一度も会ったことがない人だったが、ティナはグリーンデイルの人々の好奇心に慣れてきていた。

「かんぺきです」

ティナは応えた。

「来年、野菜の代わりに花を植えるつもりなら、わたしに声をかけるのを忘れないように。球根を安く売っているからね。秋に植えるんだよ。知っているかね？」

ティナはほほえんだ。

「ありがとうございます。まだどうするかわかりませんが、覚えておきます」

郵便局長はうなずいた。

「間借り人がみつかったそうだね？」

ティナのあごががくんと落ちた。

「ええ」

彼女は弱々しく彼を見返した。

「そりゃよかった。ふーむ、見るところ、これはその返事かね？」

ティナは怖じ気づいて、この男をまじまじと見た。この読心術にたけた予言者は、まだトレイシーと自分のところまで届いていないニュースも知っているのだろうか。男がそれ以上なにも言わないのを見て、ティナはほほえんできびすを返し、雑貨屋のほうをちらりと見て、もと来た道を引き返しはじめた。

「どうだい、これ。かわいいだろう？」後ろから声がした。

ティナは立ち止まった。ジェッド・カルホーンだった。

「ほら、みてごらんよ」

ジェッドは教会のすぐ近くの家のステップに腰を下ろしていた。ティナがためらっていると、彼が近づいてきた。腕に子猫を抱いている。

「六週間なんだ」

と子猫を撫でながら言った。

「かわいいわ。どこでみつけたの？」

ティナが訊いた。

「うちのアッジーに生まれた子猫。ほかの子猫も見たい？　納屋にいるよ」

今度のためらいは短かった。

「ええ、見せてくれる？」

そう答えて、彼女はジェッドのあとから、ニレの木陰を通っているドライブウェイを歩いていった。道の突き当たりの古くて白い建物は、彼女たちの納屋とはまったくちがっていた。フォードの古い車が片隅に停めてある。立派なテーブルがもう片隅においてあって、その上から緑色のランプシェードが垂れていた。壁にはホットドッグ・スタンドを示す絵付きの看板が立てかけられていた。

「これは、ぼくのアルバイトのひとつだよ」ジェッドが看板のほうを見ながら言った。「子猫はこっち」

「かわいい！」ティナはしゃがみこんで、子猫を一匹抱き上げた。子猫は弱々しく鳴いて、のどをゴロゴロ鳴らしだした。あっと言う間に、四匹の子猫が彼女の膝の上にいた。まだ全部伸びていない爪をたてて、彼女の手をひっかいたりしている。

「一匹、持って帰りたい？」

「いいの？」ティナが興奮して訊いた。「猫ってたくさん食べるの？」

「いや、ほんの少ししか喰わない」ジェッドが言った。「食べ物の心配はいらないよ。ぼくが定期的に運ぶから。ぼくが釣ってくる魚で冷蔵庫がいつもいっぱいだから、母さんはきっと大喜びするよ。ほんとうさ。どの子がほしいの？」

「この子。トラのようなしま模様の子」

ジェッドはティナのそばにしゃがみ込んだ。その顔が真顔になっている。

「あのさ」彼は精一杯そっけなく言った。「きみにいつか、湖水の注ぎ口を見せてあげようかと思うんだけど、興味あるかな？」

ティナは驚いて彼の顔を見た。

「もちろん、ぜひ！　わたし、どうしてもみつけられないの。一度探しに行ったんだけど、出口のない行き止まりの水たまりだったのよ」

ジェッドはうなずいた。

「注ぎ口は六つあるんだ。でもそのうちの五つが出口なしなんだ。本気で探してもなかなかみつからないんだよ」

「ほんとうに教えてくれる？」

ティナが訊いた。

「いいよ」と言って、ジェッドは立ち上がった。「いつできるかは、まだ言えないけど。教会の管理人がお休みで、父さんがぼくたちを代わりに使っているから、忙しくていつひまがとれるかわからないんだ。きみんちの郵便受けにメモを入れとくよ」

ティナは子猫を抱いて立ち上がった。もう沈黙は気まずくはなかった。急いで沈黙を言葉で埋めなければという気にもならなかった。

「わたしのほうは午後ならいいんだけど」と、そっと言った。「子猫のこと、どうもありがとう。うちでうまく飼えるといいけど」

ティナはドライブウェイを歩いていった。後ろからジェッドの視線を感じていた。彼の声がして、彼女はくるりと振り返った。

「子猫のことは、口実だったんだ！」

と叫んで、彼はまるで秘密を分かち合うようににっこり笑った。

ティナも笑った。二人の出会いが急に親密なものになり、期待感に胸がふくらんだように思えた。子猫を抱いて歩き続けながら、彼女はたったいまこのうえもなく大切な贈り物をもらったような気がした。

その晩遅く、居間のソファに横たわり、ティナは夢見るように言った。

「トレイシー、夏の間部屋を借りる人も見つかったし、収入のめどもついたから、わたしにハーブ畑を作らせてくれる？」

「ハーブ……？」

「ハーブ畑」

「へえ、どうして？」

「作りたいの。わたしたち、トマトを植えたでしょう？　ピーマン、ビート、タマネギ、ニンジン、レタス、豆もラディッシュも植えた。ハーブも植えたっていいじゃない？」

「お花を植えなさい」トレイシーが情け容赦もなく言った。「お花なら売れるから」

ティナは頑《かたく》なに頭を振った。

「ドクター・コンラッドのおかげで、わたし、ハーブに興味をもったの。それで、ずっとハーブの本を読んできたの。あのお医者さんの言ったこと、すべてほんとうだったわ！　ねえ、トレイシー、アップル・ミントティーが飲めるのよ！」

「ドクター・コンラッドの言葉はほんとうだと思うわ」トレイシーはきっぱりと言った。

「でもなんでハーブ？　実際的じゃないわよ」

ティナは本を持ち上げて読みだした。

「ねえ、聞いてちょうだい。ウィンター・セイボリー、タイム、ティーズル、スウィート・シセリー、レモンバーム、スウィートベイ、ジョニー・ジャンプ・アップ、パイナップル・セイジ、エルサレム・オーク、ルー、クローブピンクス、ランニング・マートル、マーシュマロウ、スウィートフラッグ、スコッチ・ブルーム、シーラベンダー……」

トレイシーはほおに手を当てて聞き入った。

「トルー・ラベンダー、スリフト、メドウ・セイジ、ファーン・リーヴド・タンジー、ブレスド・ティッスル、モス・マレイン、チャイヴ、フラックス、レディーズ・マントル、フィーヴァー・フュー、サフラン……」

「ふーん。いい名前ね、どれも。オールドファッションでみんないい香りがしそう。昔覚えた、たったひとつ、そらで言える詩を思い出したわ。とてもすてきな詩よ。眠れないとき、何度も暗誦したものよ」

そう言って、トレイシーは目を閉じた。

「『ザナドゥにクーブラ・カーンは

壮麗な歓楽宮の造営を命じた。

そこから聖なる河アルフが、いくつもの

人間には計り知れぬ洞窟をくぐって

日の当たらぬ海まで流れていた』」

「わたしの知っている詩といったら」ティナがしぶしぶ言った。「『むらさきの牛』だけだわ」

ジェッドからもらった子猫が膝の上で動いた。ティナは震えている口ひげを指でやさしく撫でた。「この子、タンジーという名前にしない？」

トレイシーは笑った。

「エルサレム・オークとかレモンバームじゃなくて？」

トレイシーは立ち上がってランプの芯を折った。タンジーをクッションの中に寝かせて、二人はらせん階段を上って二階のベッドルームに引き上げた。

彼女たちはミスター・ヒースを見くびっていたようだった。翌日、裏口に電報が差し込んであった。『もし空き部屋があれば、受取人払いの電報で返事をください。グレース・エンスリー』と書かれていた。

「エンスリー？」トレイシーが目を丸くした。

「エンスリー？」ティナが繰り返した。そのとたんに二人はミスター・ヒースのことを思い出した。トレイシーは急いで二階に上がり、部屋を片づけはじめ、ティナは二番目の客を歓迎する電報を打ちにグリーンデイルに向かった。トレイシーが反対できないように、ティナは早くも雑貨屋に入ってゆっくり時間をかけてハーブ畑のための種を選んだ。

3

チャールズ・オドナヒューが最初に到着した。彼女たちが想像したような年配者ではなくせいぜい五十歳ほどで、しかもとても健康そうに見えた。トレイシーは彼を見るなり小声で「毎朝ベーコンと卵料理だわ」とティナにささやいた。ティナはもちろん彼女の言おうとするところがすぐにわかった。ミスター・オドナヒューは体格がよく、丸いピンクのほお、明るい機敏な目、そして顔はニスが塗られているかと思うほどぴかぴかに光っていた。まるで、実際のサイズよりも少し大きく膨《ふく》らまされた智天使（ケルビム。翼のある愛らしい子どもの姿や頭をした天使）そっくりだった。

「これこそ、わたしが探していた理想の場所だ」

二人に部屋を案内されて彼はこう言った。彼のために階下から運ばれた、詰め物がはみ出すほど膨らんだ椅子にどっかりと腰を下ろし、もう一度繰り返した。

「まったく、こういう場所を探していたのだよ」

そう言うと、彼はもそもそと内ポケットを探って財布を取りだした。

「二週間分、先払いしよう。朝食の値段は安すぎるよ。働く人の賃金分も勘定に入れなければだめだよ。インフレという言葉を聞いたことがないのかい？　もっとビジネスライクにしなければ。厳しく、計算高くならなければならない。ここなら二倍は取っていい。それでもわたしは文句を言わないよ」

「家全体をごらんになりませんか？　まだなにも見ていらっしゃらないわ」

トレイシーが言った。

ミスター・オドナヒューは高笑いした。

「わたしのことをもっと知ったら、そんなことは言わないだろうよ。わたしはアイルランド人であること、独身であること、怠け者であることを誇りに思っている男だ。いまからわたしは十分に怠け者であることを証明するつもりなんだ」

ミスター・オドナヒューは椅子から立ち上がらなかったばかりでなく、そのまま眠りはじめた。一時間後、ティナはつま先歩きで二階へ行き、静かに彼の部屋のドアを閉めた。彼はミス・エンスリーが到着したときも目を覚まさなかった。

ミス・エンスリーはまったく別のタイプだった。到着後一時間もしないうちに、腕いっぱいに野の花を摘み、それをもっと楽しむために自分の部屋に飾った。ポンプで水を汲み上げるのも、部屋では洗面器にピッチャーから水を注いで顔を洗うのも、お風呂の水は雨水であるのもまったくかまわないと言った。彼女はむしろこれらは好ましいと言い、その言葉を証明するように、自分でバケツ五杯もの水をポンプで汲み上げる始末だった。多すぎて、トレイシーは畑に水やりをしなければならなかった。ミス・エンスリーは砂色の髪、それに見合う肌色、砂のような薄茶の目、そして化粧気は全くなく、服は素材とトリミングを除けばすべて同じパターンで作られていた。トレイシーがそのことに気がついて訊くと、ミス・エンスリーはそれがもっとも理にかなう効率のいい服装であるとうれしそうに説明をした。ミスター・オドナヒューは怠け者であることを、またミス・エンスリーが効率のよさを誇りに思う人であることは明白だった。面白い夏になりそうなことはまちがいなかった。

「さて」とティナはミス・エンスリーが早めに部屋に引き上げたあと、トレイシーに言った。「これで間借り人はそろったわ」

トレイシーは宙をにらんでいた。

「雨が降らないことを望むわ」

「どうして？」

「彼女はハイキングがお好き」トレイシーが憂鬱そうに言った。「ということは、もし雨が降れば、家にいることになるわ」

「ミス・エンスリーのことね？」ティナがくすくす笑って言った。「あの人はちょっと怖いわね？」

「毎日いいお天気になるように祈ることにするわ。それに北東の風が吹きますようにと。ミス・エンスリーが一日中家の中に閉じこもっているなんて想像できる？　ラグのほこりを払わせたり、押し花を作らせたり、わたしたちを一日中働かせると思うわ。ああ、考えるだけで恐ろしいことになりそう」

「そう言えば、ミスター・オドナヒューは来てからずっと眠っているわ」ティナが言った。「彼は夕食も食べていないわ。もう十時になるのに。なにか上に持っていってあげるほうがいいかしら？」

「ちょっと待って」トレイシーが手をあげた。「なにかが動き出したようよ」

それはまるで、台風が家に襲いかかってきたような音だった。天井を踏む重い足音がしたかと思うと、タンスの引き出しが躍り出し、ドアが大きな音で閉められ、階段を下りてくる足音が響き渡った。居間のどこかで本棚から本が落ちる音がした。そして現れたミスター・オドナヒューは片手に帽子を持ったまま、彼女たちの前を通り過ぎて玄関に向かった。玄関の敷居の前で立ち止まると、振り返って、大声で言い放った。

「眠りすぎた。死にそうにおなかが空いたよ！」

そして姿を消した。窓ガラスが枠の中で震えている。

「たしかに」トレイシーが笑いながら言った。「これで間借り人はそろったわ」

七月は毎日が穏やかに過ぎていった。ティナはミミズや昆虫などのえさを釣り人に売るために、毎朝太陽が朝露を乾かす前に起きてえさ取りに出かけた。それからミスター・オドナヒューとミス・エンスリーのために朝食を作り、ミス・エンスリーがハイキングに出かける日はお弁当を用意した。畑は予想以上の作物を実らせたが、レタスだけは例外だった。すべて野ウサギに喰われてしまったのだ。畑にはまた際限なく草が生えるので、毎朝トレイシーは手作りの日よけ帽子をかぶって土の上を這《は》いまわって草取りをした。イチゴの季節が終わるとブルーベリーが始まり、ティナとミス・エンスリーは毎日濃い青色に熟した実をかごいっぱいに収穫した。ティナはいまではすっかり先住民の女の子のように美しく日焼けしていた。湖畔を裸足で歩くティナの姿を見るたびに、トレイシーはその姿にうっとり見惚れ、他にティナの美しさをいっしょに賞賛する人がいないのが残念でならなかった。

その日の午前中、ティナは例のこわれた家具を黙って置いていったミスター・フーバーの椅子を納屋でなおしていた。納屋には相変わらず同じようなガラクタがあった。毛布が数枚、シロメのカップが数個。少し程度のいい椅子が二脚売れていたが、残された椅子がたくさんあるので、二脚なくなったことなどまったく目立たなかった。ティナは床にあぐらをかいて座っていた。腕も脚もむき出しで、長い棒を使って椅子に接着剤をつけていた。

「おはよう」

納屋の入り口からミセス・ブリッグスが顔を出した。

「町に行きますけど、なにかご入り用？」

「お買い物？」ティナが飛び上がった。「それじゃ、トウモロコシ粉をお願いしようかしら。ミスター・オドナヒューがコーンブレッドが大好きなんです」

「トウモロコシ粉ね」ミセス・ブリッグスがうなずいた。「午前中の早い時間のうちにレース糸を買いに行くのよ。十一時過ぎからキャンディーが売れはじめますからね。とてもよく売れるのよ。だから急がなければ」

それからミセス・ブリッグスはクスリと笑った。

「この頃の親はどうなっているのかしらね。子どもたちにお昼前にキャンディーを与えるなんて！　ところで今晩、五百をして遊ばないこと？」

「喜んで」ティナは応えた。「ミス・エンスリーもお連れしていい？」

「もちろんですとも」ミセス・ブリッグスがため息をついた。「四番目の手は大歓迎です。たとえ彼女がひっきりなしにおしゃべりしても」

　言いたいことを言ったあと、ミセス・ブリッグスは道路に出てバスを待った。バスがやってきて彼女を乗せて走り去った。ティナは椅子を修繕し終わると、接着剤を乾かすために片隅に片づけた。

　そこにドクター・コンラッドの車が滑り込んできた。

「おはよう」彼は元気なく言った。

「お疲れなの？」ティナが彼のジープのフェンダーに寄りかかりながら言った。

「そう」と言って、彼は西のほうの山を指さした。「一晩中山の中にいた。一人暮らしの老人が、具合がよくないと郵便配達人にことづけてきたので、行ってみると盲腸だった。おおごとになる前に手術をすることができてよかったよ」

「山の中で、たった一人で手術なさったの？」

　彼はうなずいた。

「この現代でも、テーブルやアイロン台がどんなに役立っているか、実際見たらきっと驚くと思うよ」

　ティナは身震いした。

「そんなところで手術するの、いやでしょう?」

「いや、それどころか、ぼくは好きなんだ」彼は語気を強めた。「そうでなければ、ここで仕事なんかしていない。トレイシーは?」

「ミスター・オドナヒューにボートを貸し出しているところ。魚釣りに出かけるのよ。釣れるといいけど」ティナはため息をついて言った。「彼は朝食に魚を食べるのが好きだから、わたしとトレイシーは彼のベーコンと卵が食べられるの」

「それはいい」そう言って彼は医者の目になって彼女を見た。そして満足そうにうなずいた。「きみにジェッド・カルホーンからことづけをたのまれた。今日の午後、湖水の注ぎ口がどうとか言っていたよ」

　ティナは赤くなった。

「うれしいわ。わたしが喜んでいたと伝えてください」

「わかった」ドクター・コンラッドの細い体がハンドルに向かった。「それじゃ、トレイシーにぼくからよろしくと言ってくれないか? 仕事が始まる前に、ひとねむりしたいので失礼するけど」

　彼が立ち去るのをティナはほほえんで見送った。トレイシーが彼をニールと呼ぶのはかまわない、と彼女は思った。二人は同年配だし、いまではとてもいい友だちになっている。だが、ティナ自身は彼となれなれしく話をすることができなかった。彼のような人には一度も会ったことがなかったので、どうしていいかわからなかった。彼女が彼に感じていたのは、と言ってもぼんやりとだったが、昔式の、そして彼女にとってはまったくそれまでに経験のない、尊敬の念だった。彼女はだれのことも、畏敬の念をもって見たことがなかった。しかし考えてみれば、彼女はドクター・コンラッドほど自分に正直で自足している人間に会ったことがなかった。彼が人生を理解しているように見えるのは、職業的に日々人の生と死に向かい合っているからだろうか？　それともこのような山の中に住んでいることが、彼に厳格さと強さを与えたのだろうか？

ジープの姿が見えなくなるまで見送ってから、ティナはトレイシーにジェッド・カルホーンからの誘いを伝えるために畑のほうへ歩いていった。

湖水の注ぎ口はまるで秘密のトンネルのようだった。湿地に茂る草が生い茂った、猫のしっぽのような細い水路で、見上げればどこまでも澄み切った空が広がっていた。ジェッドのカヌーのへさきが秘密の入り口をかき分けて進んだとき、ティナは小さな驚きの叫び声をあげた。こんなに湖に近いところに、しかもこんなに完全に外から見えない別の世界があったのだ。すべてが静かだった。ときどき聞こえるムクドリモドキの鋭い鳴き声と、へさきに当たる波の音以外はまったくなんの音もしなかった。場所によっては、水路は泥に切りつけたナイフの傷ほどの幅しかなかった。湖岸の浅い水には魚がゆっくりと泳いでいた。尾ひれが日の光で金色に輝き、水の流れの中に長い髪の毛のような水藻がゆらゆらと揺れている。いっぽう湖岸を見ると木の影は暗く動かない。

ジェッドは水路をはずれないようにカヌーのオールを深く入れて漕いだ。ティナはへさきに座って、ボートがぶつからないように水の中の木株に注意を払った。水路のカーブは急で、流れは速く、もしぶつかったら、カヌーは転覆してしまう。

「面白いわね」ティナは肩越しにジェッドに話しかけた。声が風にさらわれる。「このようなところがあるとは、夢にも思わなかったわ」

ジェッドが後ろで笑った。

「ここに来るといつも、昔はどんなふうに使われたのだろうと思うんだ。先住民に追いつめられた昔の開拓者がここに滑り込んで命拾いしたのだろうかとかね。でも、ここはもともと先住民の土地だったのだから、きっとその逆だね」

「この水路はどこまで続くのかしら？」ティナが訊いた。

「カラスが飛べるほどの距離だから、そう遠くまではないと思うんだ。大きいように見えるけど、たぶん入り組んだところをぜんぶ入れてもせいぜい四、五キロじゃないかな。どのみち、このカヌーではグリーンデイルの外には出られない。ビーバーが土手を作ってしまったからね。このカヌーは持ち運びするにはちょっと重すぎるんだ」

「だんだん狭くなってくるわ」ティナが言った。

あたりは次第に暗くなり、ひっそりと秘密めいてきた。両岸が近くなるにつれて、節の太い古木の枝が水路の上に張り出し、頭の上に屋根を作っている。ティナは体を乗り出して、じゃまな枝を払った。ここの水は流れが速く、深くて水の色が黒かった。ジェッドは立ち上がってオールを押した。

「お化けが出るみたいだわ」ティナが身震いした。

「怖い？」

「ううん。でも先住民に追われているんでなくてよかった。もしそうだったら、わたしはきっと水に飛び込んでいると思うわ」

流れが急に曲がって、彼らは流れをせき止めている泥と枝の土手にぶつかった。ティナはそれをながめて首を振った。

「ほんとうにこれ、ビーバーが作ったものなの？」

「りっぱだろう？」ジェッドは手を伸ばして土手に触った。「まるで山のように動かないよ」

ティナは首を傾げた。

「ビーバーについての本を読まなくちゃ。それで、ビーバーはどこにいるの？　姿が見えないけど？」

「夏はほかにすることがあるんだよ」そう言うと、ジェッドはかがんでカヌーの床からクッキーの箱を手に取った。「ひとつどう？　帰りは簡単だよ。流れに沿って浮いていればいいんだから。カヌーを下りて、ひと休みしようか」

ティナは恥ずかしそうに彼のあとに続いた。二本の木の間に繋《つな》がれたカヌーは波に静かに揺れている。ティナはぎこちなさを感じた。

「これ、食べてみて。おいしいよ」ジェッドが箱の中からクッキーを取りだしてティナに渡した。

「ありがとう」

そのあとに続いた沈黙で、彼女はますます硬くなった。日の光が頭上の葉っぱを通して差し込み、カヌーの脇腹にまだら模様を作った。カエルが一匹、足下の水に飛び込んだ。だが、それ以外は、彼ら二人しかいない、完全な沈黙の空間だった。彼女は逃げ出したかった。何からかはわからない。だが、ジェッドはまったく動かなかった。

「ぼくがきみにキスしようとしてると思って、怖いの？」

彼女が緊張しているのを見て、ジェッドがからかった。

「いいえ、もちろん、そうじゃないわ、でも……」

「ここに来る前は、女子校にいたんだって？」

彼が軽い口調で訊いた。

「ええ、何校も転校したけど」

ティナが苦笑いして言った。

「男の子ともずいぶんつきあった？」

ジェッドの目が笑っている。

ティナは顔を赤くした。

「ううん、ぜんぜん」

「それじゃ大変だ」と彼は首を振りながら言った。「それじゃぼくは、きみに男の子を大勢紹介しなくちゃ。そうしないと、ぼくがどんなに特別な男か、きみにはわからないだろうからね」

ティナは笑い出した。

「あなたがすごく特別な男の子だというの?」

彼はびっくりしたふりをした。

「決まってるじゃないか!」

「それって、すごく大事なこと?」

「どうして? もちろんそうさ」と言ってジェッドはにんまりと笑った。「きみを見てぼくの想像力は膨らんだ。ルノワールのオリジナル人物がぼくのカヌーに乗っているって想像するの、ぼく、好きだな」

「まるで王様がハーレムで好きな女性を選んでいるみたいな口調ね」

ティナはおかしがった。

彼の笑いが深まった。

「それはいい! でもほんとうはぼく、女の子を映画に誘うお金さえないんだ」

ティナは眉を寄せた。

「ルノワールの子どもたちの目って、大きくてとても悲しそうだわ。知っているのよ、わたし。図書館で見たの」

「そして素晴らしい骨組みをしている」ジェッドがやさしく説明した。「絵画では、骨の構造がとても大事なんだよ。骨の形が透けて見えるんだ」

「それって、あまり魅力的に聞こえないけど」

「ぼくがきみだったらすごく自信を持つな」ジェッドがユーモラスに言った。「ティナ・キャノンについて話してくれる？」

「別になにも話すことなんてないわ」

「いや、きっとあるさ。きのう生まれたわけじゃないんだからね」

ティナは笑い出した。

「ううん、きのう生まれたようなものよ、わたし。八歳のとき、いえ、ほとんど九歳になろうとしていたときから、ずっと寄宿制の学校とかサマー・キャンプで過ごしてきたのよ。そしてある日トレイシーがやってきて、新しくわたしの後見人になったから、その日のうちに荷物をまとめていっしょに来なさいと言われたの。そんなふうに突然変化が起きて、わたしはここに、つまり世の中にまた出てきたのよ」

「想像することもできないなあ」ジェッドが言った。「きみの話だとなんだか刑務所に入っていたみたいだ」

「じっさいそうだったのよ」ティナが真顔で言った。「でも、きっとわたしが悪かったの。

わたし、いる場所に属していないというとても変な感じがあったの。そしてそれは感染するものだったらしいの。怖れのように。だって、まわりの人たちはみんな、わたしがよそ者であるような態度をとったのよ。そして、まるでわたしがはしかにかかってでもいるように、避けたの。女の子って、すごく残酷になりうるの。だれか一人でもわたしのことを気にかけてくれた人がいたら、きっとわたしもみんなの中に入って行けたと思うけど、ね」

「そうだね」彼は考えながら言った。「ティナ、ぼくの家族にいつか会ってくれる？　大家族だけど。大人二人に子ども六人だから」

「ほんとう？」ティナが驚いた。

「びっくりしたね？」ジェッドが笑った。「ほんとににぎやかなんだ。でも……」彼は最後のクッキーを半分に分けて、片方をティナに渡した。「そろそろ家に帰らなくちゃ……」

「ええ、そうね」

彼らはクッキーを食べながら夢見心地であたりの木々や水を見まわし、ときどきお互いをみつめた。しばらくして、気持ちのいい静けさの中でジェッドが言った。

「そろそろ帰らなくちゃ」

「それ、さっきも言ったわ」ティナがからかった。

「うん、知ってる。ただ、ぼくは勇気を出そうとしているだけ」

「なんのために？」ティナが首を傾げた。

「これのため」

ジェッドはためらいながら身を乗り出して彼女の唇に唇を軽く当てた。「最初のデートでキスしちゃダメ」と彼は厳しい顔をした。「ほかの男の子たちとデートを始めたら、それを覚えていること」

「イエス、サー」彼女は応えた。「覚えておくわ。でも、ほんとうのことを言うと、そんなこととっくに知ってたわ」

「へえ」と言ってジェッドはオールを持ち上げてティナに笑いかけた。「はしかのように感染するものをもってる女の子にしちゃ、きみはなかなかいいよ。さあ、もうほんとうに家に帰らなければならない時間だ」

彼らは流れに乗って日の当たる場所や木影を突っ切って進んだ。ティナは夢見るように水の中に指を入れてカヌーの速さを感じていた。その瞬間を楽しむことに集中し、ほかのことは後で考えることにした。いま彼女は自分がいるところにちゃんと属しているとわかっていた。男の子とキスすること、これこそ自分がその瞬間に属していることの証拠ではないか？だが、ジェッドが、彼のキスではなく彼という人が、いま彼女の頭の中をすっかり占めていた。彼を知ることは、湖の水の入り口を探ることに似ているような気がした。そこには予測のできない曲がり角や未知の深さ、そして楽しい軽快さがあった。

ティナが目を上げると、ジェッドも彼女を見ていた。ティナには、二人がお互いを発見したことを、彼もまた驚きながらもうれしく温かく受け取っているように思えた。あの木陰の水の注ぎ口で何かが起きたのだ、と感じた。その感情に何か名前を付けるつもりはなかった。

でも、必要なときにいつでもそれを思い出すことができる。

カヌーが小石の岸辺に着いたとき、ティナはしぶしぶ立ち上がった。

「もう着いたのね」悲しそうに言った。それから気持ちを取り直した。「太陽の位置からして、まだ五時頃だわ。すこし泳いでいかない？」

「きみ、時計はないの？」

「ひとつ持っているけど、いつも別のところにあるの。ねえ、泳ぎましょうよ」

彼女は熱心に引き留めた。

ジェッドはティナがカヌーを下りるのに手を貸して、その手を固く握った。

「そうできるといいんだけど」とやさしく言った。「でも暗くなる前に、芝生を二つ刈らなければならないんだ。ティナ……」

「はい？」

「ぼくの時間ってないんだ。ごめん、きっといつもこうなるんだ」

「そんなこと、かまわないわ、ジェッド」

「いや、かまわないなんて言わないで」彼は手を離して笑った。「でも、またすぐに会えるよ、ティナ」

ジェッドは納屋のところまで歩いていって振り返り、まだティナが見ていることがわかると手を振った。彼の姿が完全に見えなくなると、ティナは家のほうに駆けていった。家の中で彼女とぶつかりそうになったミスター・オドナヒューは、ティナが高い声で〈マンダレーへの道で〉を歌っていたので目を丸くした。

その晩、ミス・エンスリーが言った。

「ねえ、あなたがたはどうして、納屋にあるあのひどい椅子を何とかしないの？　今日はアイスボックスと製氷皿を売ったでしょう？　そしてどうやったのかわかりませんけどとにかく、毛布も鍋類も売り尽くした。でも、あの椅子たちはまったく動く様子がありませんね」

トレイシーは読みかけの本から目を離した。

「あの椅子たちはみにくすぎるんです」

「ナンセンス！」ミス・エンスリーが断言した。そして編み物をかたわらに置くと身を乗り出した。「色を塗ればいいじゃありませんか」

「もう塗ってありますよ」

片隅でティナとチェッカー（西洋将棋）をしていたミスター・オドナヒューが言った。

ティナはもうしわけなさそうに笑いかけると、彼の最後の二つのキングを飛び越えて一気にゲームを終わらせた。その日は突然の嵐のために、みんなが家に残り、疲れを知らないミス・エンスリーとつきあう羽目になったのだ。稲妻も雷も、彼女を黙らせることはできなかった。彼女はすでに早朝山に出かけてブルーベリーをバケツに二杯ほど摘んできた。そして明日はみんなでそれを瓶詰にしようと彼女は提案していた。いま、もう一つのアイディアが彼女の頭に浮かんだらしかった。

「もちろんすでに塗ってあることはわかっていますよ、ミスター・オドナヒュー」ミス・エンスリーがバシッと言った。「でも、もう一度塗ったらいいんです。中国的な真紅とかに。そこに例えば、ステンシルで金色の模様を描くんです。またはピンクに塗って薄青色のわすれな草を描き込むとか。わたし、昔からわすれな草が大好きでしたわ」

「ふーん、そうでしたか」とミスター・オドナヒューが鼻を鳴らして言った。「もう一回戦、やるかい、ティナ？」

「いいえ、もうおしまいにします」ティナは礼儀正しく答えた。それからトレイシーに話しかけた。

「トレイシー、いまの話、ほんとうにいいアイディアだと思うわ」

「そうね」トレイシーはしぶしぶ認めた。「いいアイディアね。でもわたしはステンシルのことは何も知らないわ。あなたは絵が描けるの、ティナ？」

「ジェッド・カルホーンが描けるわ」ティナのほおが赤くなった。

「それじゃ彼に訊いてみて」

ミス・エンスリーは満足そうな表情でまた編み物を手に取った。

「きっと可愛らしくなりますよ。もしうまくいったら、おみやげとしてわたしがひとつ買ってもいいわ。きっとミスター・オドナヒューもおひとつ、いただくんじゃないかしら、ねえ、ミスター・オドナヒュー？」

彼は腹を立てているように見えた。いつか彼はティナに言ったことがあった。ミス・エンスリーのように人を管理する人には会ったこともないと。すでに彼女は到着してから、彼に対し、揚げ魚は彼の年齢の人間にはふさわしくない、ネクタイの好みは派手すぎる、魚釣りに行くときには帽子をかぶるべきだ、もっと体操をするべきだと細かく注意していたのである。女性というものは、とミスター・オドナヒューは経験が深いことを示唆《しさ》しながら、女性らしくあるべきだと言った。女性は男性をほめるべきであり、男性に自分が重要であると思わせるべきで、ミス・エンスリーのように、いつも男たちに自分が中年で頭が薄くなりかけているなどと思い出させるべきではないと言うのだった。自分は決してそんなことはないのに、と彼は頭のてっぺんを触りながら口を尖《とが》らせた。

いま彼は低い声で言った。

「わたしは大きな男だ、ミス・エンスリー。だから大きな椅子が必要なのだよ。とにかくなにがあろうと、わたしがばかばかしいわすれな草の絵の上に座ることなどはないだろうね」

「そんなに大きいのが問題なら」とミス・エンスリーはおだやかに編み物を続けながら言った。「ダイエットなさるべきですよ」

「ああ、まったくもう！」ミスター・オドナヒューがため息をついた。「だれかチェッカーをする人はいないのかね？」

「わたしは推理小説を読んでます」トレイシーが言った。

「わたしはケーキに粉砂糖をかけてきます」ティナが続いた。

「それじゃわたしがお相手をしましょう」驚いたことにミス・エンスリーが応じた。「なにも知りませんけど、ミスター・オドナヒュー、教えてくださるのでしょう？」

「これはこれは。あなたにまだ知らないことがあるとは、思いませんでしたな、ミス・エンスリー」

舌戦が繰り広げられるなか、ミスター・オドナヒューがチェッカー盤をテーブルの上に載せた。

「ティナ、忘れてはいけませんよ」ミス・エンスリーが声をあげた。「明日、わたしがブルーベリーを瓶詰にする方法を教えてあげることを」

「はい、ミス・エンスリー」とティナは答え、それから自分にそっとつぶやいた。「どうして忘れられましょう、ミス・エンスリー？」

4

その電報は、郵便配達人ミスター・ヒースの十二歳の息子ウィリスが届けてくれた。トレイシーはそれを開けるなり真っ赤になった。

「悪い知らせ？」ミスター・オドナヒューが食べかけのナイフを置いた。

トレイシーは首を振って卵料理の皿を前に押した。

「失礼……」と言うと、トレイシーはティナにさえ一言も言わずに二階に駆け上がった。

「どなたか、病気のご親戚でもいらっしゃるの？」ミス・エンスリーが心配そうに言った。

「どなたか、お亡くなりになったのでは？　ティナ、あなたも読むべきだと思いますよ」

ティナはためらった。しかし思いきってトレイシーの席にくしゃくしゃになって置かれた電報に手を伸ばした。長い電文だった。ティナはまず、だれが発信人であれ、その人はきっとお金に余裕がある人だと思った。

『タスコから戻ってぼくの小鳥が飛び去ったことがわかった。愛しいトレイシー、きみはぼくから逃げることはできないということをもうわかってくれてもいいはずだ。グリーンデイルはどこなのか知らないが地図を買った。窓に明かりをつけていちばんきれいな服を着て待っていてくれ。愛とキスを。リッチー』

ティナは電報を落としてしまった。それから胸に痛みを感じながら拾い上げた。

「いいえ、だれかが亡くなったわけではないわ」彼女が静かに言った。わたしはこれを読むべきではなかった、と思い、ティナは電報をそっとマントルピースの上においた。

その日の朝、庭の草取りはされなかった。トレイシーはしばらくして階下におりてきた。ほおが真っ赤に染まっている。旅行カバンから木綿のワンピースを引っぱり出し、五つ選んで、台所でアイロン台を出してアイロンをかけ始めた。だが、三つ目のワンピースに半分までアイロンをかけたとき、彼女は急に「ノー!」と叫ぶと、アイロン台は出しっぱなし、霧を吹きかけた二つのくしゃくしゃのワンピースも流しに残したまま、飛び出していってしまった。ミス・エンスリーが二度もつまずいてからアイロン台は片づけられたが、ワンピースは夕食時にティナが洗濯ひもに掛けるまでそこにそのままあった。

「あんなトレイシーは見たことがない」ミスター・オドナヒューが言った。「いつも肩の上にちゃんと頭が乗っかっている女の子に見えたが、見てごらん、今日はティナ一人を納屋で働かせて自分は何もしていないよ」

「そんなこと、かまわないんです」ティナがすばやく言った。「わたしはほかになんの予定もありませんから」

「ほんとうに変ね」今日は泳ぎの日なのでハイキングに出かけなかったミス・エンスリーが言った。「どこか具合が悪いわけじゃないんでしょう、ティナ？」

「ええ。あの、じつは、お客さまがいらっしゃるの」

ミス・エンスリーの顔がぱっと明るくなった。

「さっきの電報ね！　恋人から？」

「そうです」ティナは答えたが、そのとたん、トレイシーはそんな人がいることさえ話してくれなかったと思った。嫉妬と怒りが入り交じった感情で、ティナはその男がだれであれ、きっと自分は好きにはならないだろうと思った。彼がすべてを変えてしまったような気がした。最悪なのは、トレイシーが急によそよそしくなったように感じられたことだった。

ミス・エンスリーは〈ティー・シャップ〉というレストランへ食事に行った。彼女がクリーム・チキンと野菜サラダ、プルーンのデザートにお茶というヘルシーな夕食をとっているとき、ミスター・オドナヒューはハイウェイ沿いの店、〈ジョーズ・ダイナー〉で心ゆくまでステーキとフライドポテトを食べ、それにアップルパイのデザートとコーヒーを飲んだ。ティナとトレイシーは二人でつつましい食卓を囲んだ。シチューとトマトサラダ、それにクリームを添えたブルーベリーだった。

「わたしたち、近ごろとてもいい食事をしているわね」ティナが言った。それから子猫に声をかけた。「タンジー、ちゃんと食事を終わらせなさい。ミスター・オドナヒューが釣ってきてくれたパーチよ」

ティナはトレイシーをちらりと見、それから目をそらした。次の安全な話題はなんだろう。

「だいじょうぶよ」トレイシーがほほえんだ。「まるでだれかが死んだみたいに気をつかってくれなくても。わたしはだいじょうぶ、ほんとよ」そう言って彼女は目をそらした。「わたしがリッチーのことを話さなかったのはね、ティナ、なにも話すことがなかったからなの。そしていま、彼が来るということになると、ますますなにも話すことはないの。だって、あなたは実物を見るわけですものね。ただ、お願いがあるの、ティナ。わたしを彼と長い時間二人きりにしないでちょうだい」

「どうして？」ティナが驚いて言った。

トレイシーは持っていたフォークを下においた。

「彼、人を魅了するのが得意なの」とため息をついた。「そして、わたしは彼に魅了されたくないの」

ティナは興味をそそられた。

「彼といっしょにいるのが楽しくないみたいね。恋をしているとだれでもそうなるの？」

「恋といってもいろいろあるのよ、ティナ。よくわからないけど、わたしはときどき、恋って治る見込みのない病気のようなものだと思うわ。あれ、車の音じゃない？　何か音がしなかった、いま？」

「ミスター・オドナヒューかもしれないわ」

だがトレイシーは窓際に駆け寄り、ガラス窓に顔をつけて外を見た。彼女が後ろを振り返ったとき、ティナはミスター・オドナヒューではないことがわかった。

「わたしが出ましょうか？」

急に不安を感じて、ティナは姉に訊いた。

「ええ、お願い。わたしは二階に行くから。ひどい顔をしていると思うわ」トレイシーは取り乱して、さっき言っていたことと矛盾することを言った。「ティナお願い、あの人を好きになってちょうだい」

ティナは彼女が二階に消えるのを見定めてから、さっきから何度もノックの音がするドアのほうに体を向けた。そして落ち着いて、これから会う人物に対してあまり好感をもたないまま、台所を横切った。振り返ってみると、彼女たちの生活はいままで平和そのものだった。しかし、このドアを開けたら最後、二度とその平和は戻ってこないような気がして、一瞬ティナはこのリッチー・ボーフォートを永遠に彼女たちの生活から締め出したいと激しく思った。その存在さえ認めたくないと。

しかしその代わりに大きなため息をつきながら、ティナはドアのノブをひねってリッチーと顔を突き合わせた。そのとたんに嫌悪感は驚きに変わった。

ティナは正真正銘の男神を想像していた。リッチーという男が都会的で美しい完璧な男だと思い込んでいた。とにかく目の前にいるような男だとは思っていなかった。その男は、背丈は標準的で、ウェーブのかかった茶色い髪、魅力的な青い目、そして日に焼けた、少年のような細い面立ちだった。アイロンが必要なツイードのだぼだぼズボン、喉元のボタンを外した白いシャツ、それに茶色いセーター姿だった。その青い目は最初疑わしげにティナに注がれたが、まもなくぱっと輝いた。

「ティナだね」その声に驚きの響きがあった。「きっとそうにちがいない。でも驚いたな。ぼくはポニーテールの小さな女の子を想像していた」

「それじゃあなたがリッチーなのね？」

「そうだよ」と言うと、彼は手を伸ばしてティナの髪の毛に触った。「これ、ほんものの色？　もしこんなに黒くなかったら、きみのことをトレイシーの双子の姉妹と思ったかもしれないよ」

「ほんとう？　うれしいわ」と言いながら、ティナはリッチーを台所に通した。

「ぼくはほんとうのことしか言わないよ。うーん、これはすてきだね」とあたりを見まわした。「雑貨屋で見かけるカレンダーのようだ。ほんもののクローブの匂い、足の指を温めるストーブのレール、ポンプまである」

彼は部屋を歩き回り、あちこちにあるものに触っては思いどおりにものを並べ替えた。そして突然くるりとティナに向き直った。

「トレイシーは？　まさかどこかへ行ってしまったわけじゃないだろうね？」

「二階にいます」

「こんなところにいるとはまったく思わなかったよ。ぼくは意外な場所って好きだなあ」

「そうなの、リッチー？」トレイシーが台所の戸口に立っていた。

「トレイシー！」

「お元気？」トレイシーの声は冷たかった。

　リッチーが笑い出した。

「そんなあいさつはないだろう！」と叫ぶと、彼は彼女を抱きすくめ、顔中にキスをした。

「そんな気取った女王様のようなごあいさつは、ぼくには通じないよ」そう言って、彼はやっと彼女を床に下ろした。「ほんとうのことを言って、ティナ、彼女は美しい。そう思わないかい？」

「ええ」ティナが笑った。「トレイシーはきれいよ」

「ぼくはあまりに長いことよそにいすぎた」と言って彼はトレイシーの手を取り、固く握りしめた。その目は彼女を呑み込んでいる。「きみがいったいここで何をしているのか知りたい。なぜ、いつから、どんなふうに始めたのか。さあ、話してくれ。なにもかも」

「居間に椅子があるわ」トレイシーが淡々と言った。

　リッチーはトレイシーに向き合い、もう一方の手も彼女の腰に回した。

「それはいい。ティナ、きみもいっしょに来てくれ。きみのこともぜんぶ知りたい。トレイシー、きみの妹は宝石のようだ。もしぼくがこんなにきみに夢中でなかったら、すぐにでも彼女と恋に落ちるところさ。これはまたすてきだな」暖炉を見て彼が声をあげた。「この家は分刻みでどんどんよくなる。ぼくに火をおこさせてくれる？　暖炉の火ほど気持ちのいいものはないからね」

ティナは期待に胸を弾ませて椅子の端に腰を下ろし、リッチーがたきぎを積み重ね、マッチを擦るのを見ていた。この人、感じがいいわ、と彼女は思った。わたしこの人が好きだわ。どうしてトレイシーはこの瞬間にもこの人といっしょに逃げ出さないのかしら、不思議だわ。笑うときに目が輝くのもすてきだし、両頬にえくぼができるのもかわいいわ。トレイシーを見るとき、彼の目にはハートが宿っている。この二人が別れたのはきっとトレイシーのせいだわ。きっとそうにちがいない。

リッチーは立ち上がり、ぐるっと回ってトレイシーの足元の木箱に腰を下ろした。「初めから、全部話してほしいんだ」

「さあ、全部話してくれ」と言って、トレイシーの手を握った。

その晩ティナはベッドに横たわり、リッチー・ボーフォートのことを夢見るように考えていた。彼のミス・エンスリーに対する態度がとてもていねいで親切だったことを思い出していた。その紳士的な態度にミス・エンスリーはいつものドライで高びしゃな態度を捨てて、少女のように笑い転げる始末だった。またリッチーがミスター・オドナヒューと法律と魚釣りについて落ち着いて意見を交わしていたことも思い出した。そしてまた一晩中トレイシーが冷笑を浮かべながらそんなリッチーを突き放すようにながめていたことも。まるで彼を憎んでいるかのようだった。

いまティナは生まれて初めて、かすかに罪悪感を感じながら、自分の姉に対して疑問をもった。トレイシーはスポイルされているんだわ、とティナは残念に思った。こんなに献身的に愛しているリッチーからこれ以上の献身を望むなんて、どうかしているわ。

月影を目に映したまま彼女は眠りに落ちた。愛の背後にある神秘について思いをめぐらせながら。


だが、翌朝、トレイシーの目から嘲りの色が消えていた。リッチーがいるいまと比べて、それまでの生活がにわかに色あせ、無味乾燥に見えるのがトレイシーには驚きだった。毎日が彼の言いなりになり、彼の快活さで形作られてしまうのだ。毎朝彼が庭に車を乗り入れると、それまでは朝食のテーブルの会話はいつも活気がなく途切れがちだったのに、すぐにいきいきとする。ティナにミミズを掘る手伝いをし、庭の草取りまでおしゃべりをしながら楽しそうにやってのける。納屋をのぞきに来た客に、それまで買うつもりもなかったガラクタをじょうずなおしゃべりで買わせてしまう。そのうえミスター・オドナヒューにまで、浮き台《ラフト》作りの手伝いをさせてしまった。

「すべてきみのためだよ」

ある晩、二人きりで皿洗いをしていたときにリッチーは言った。彼が体を傾けてトレイシーの鼻の頭にキスすると、彼女は笑い出した。

「あなたはわたしたちをスポイルしてしまうわ」トレイシーが言った。

「きみはスポイルされてもいい存在だよ」

トレイシーは心の中でつぶやいた。たしかに、いまの彼の態度はかつてないほどいいわ。もしかするといままでいちばんいいかもしれない。だから、それを台無しにしないように、わたしは嫌みを言わないように気をつけなければならない。

水曜日、太陽はまるで火の玉のように昇った。湖は暑さで水を震わせ、湖畔の小石は足の裏に熱くなった。

温度計を見てからリッチーが言った。

「今日のような日は、湖畔でホットドッグを焼くといいね。きみのボーイフレンドを呼びに行こうよ、ティナ。彼、来ると思う?」

「ぜったいに来てもらうわ」

ティナが答えた。彼女はジェッドにリッチーを見せたかった。リッチーがいることで湧き上がる興奮を彼にも味わってほしかった。

「きみのその大きな瞳でじっと見られたら、誘わなくても来るに決まっているよ」

リッチーにそう言われて、ティナは彼の車に乗り込んだ。

この三日間、次に何が起きるかを見ようと、ミス・エンスリーはハイキングに出かけないで家にいた。ミスター・オドナヒューは魚釣りから早々と帰ってきた。みんなは湖畔の木陰に寝そべって、ときどき湖に飛び込んでは体を冷やしていた。

「あの男はだれ?」

ティナと二人きりになったとき、ジェッドがつぶやいた。二人はリッチーがうやうやしくミス・エンスリーを抱き上げて水に浸すのをながめていた。

「だれって、あの人はリッチーよ。決まってるじゃない」ティナは苛立った声をあげた。「知ってるでしょう？　さっき紹介したじゃない」

「いやぼくが知りたいのは、きみのお姉さん、彼のこと愛しているのかってこと」

ティナはトレイシーを見た。彼女は木の幹に寄りかかってリッチーを見ている。その顔には特別な表情が浮かんでいた。ティナはまたもや一瞬の不快感を感じた。

「トレイシーはあまりあらわさないのよ。ばかね。リッチーにあんなに愛されているのに。二人はケンカをしたのだと思うの。でもトレイシーはぜったいにあやまらないのよ」

「それじゃ何か別の話をしようよ。ぼくはトレイシーのことが好きだから、悪口は言いたくない」

ティナは驚いた。

「あなた、リッチーのことは好きじゃないの？」

「彼を見てると」ジェッドは軽く言った。「なんだかプロのエンターテイナーを見ているような気がする。みんなに好かれるように必死になってるけど、なぜそのエネルギーを少しでもトレイシーに注がないのかな？」

少し離れたところでこれを聞いたトレイシーは、聞こえないふりをした。見抜く力のあるジェッドを嫌いになりたくなかったが、リッチーの欠点を知っているのは自分一人でいたかった。恋は盲目と言う人はまちがっている、とトレイシーは思った。リッチーと関係ない距離にいること、それだけが自分をこの状況をコントロールできる勝利者にすると彼女は一人決めていた。

「これこそ人生だ」リッチーが岸に上がりながら言った。「山をも征服できる気分だよ。どこかに山はない、すぐ登れる山は？」

西の方に紫色に見える山脈を指さしたのはティナだった。

「ああ、あれか」リッチーが顔をしかめた。

「グレイロックもあるわ」ティナが陽気に言った。「この州でいちばん高い山」

「いいね」リッチーがにんまりと笑った。「それに登ろう」

「ほんとう？　トレイシー、わたしたち明日グレイロックに登るのよ。すごいでしょう？」

「いや待ってよ、明日なんて言ってないよ。明日のお昼にはぼくは発たなければならないんだから」リッチーが言った。

一同は沈黙した。初めに口を開いたのはトレイシーだった。その口調はていねいだった。

「あなたは明日出発なさるの？」

「もちろんだよ、ダーリン。ぼくは明日の夜にはテキサスにいなければならないんだ」

トレイシーは体を伏せてタオルをいじりながらさりげなく訊いた。

「それで、その後は？」

「その後は南アメリカへ行って、その次は短期間インドへ行く。それからまたグリーンデイル、マサチューセッツさ」彼の笑いが深まった。「だから、今晩グレイロックに登ればいいじゃないか？」

「そうね、ほんとうにそうすればいいじゃない？」

トレイシーは冷ややかにそう言って、ふたたび太陽に顔を向けた。

5

彼らがグレイロック山への道を歩き始めたのは、真夜中だった。この突然の思いつきの、無謀なハイクのために、用意しなければならないことがたくさんあったからだ。リッチーは肩に毛布を一枚背負った。首からフライパンが二つぶら下がっている。トレイシーは朝食のための卵を、ミス・エンスリーはカメラと歩数計、それに鳥類と花類の本を数冊持った。ジェッドは来なかった。骨折した足が長い距離の歩行に耐えられるほど治っていないという口実だった。しかしみんなが驚いたことにミスター・オドナヒューは、一人で残るのは嫌だと言い張って参加した。グリーンデイルに到着する前に、すでに彼の呼吸は荒くなっていた。

「道路を歩かなければならないというのは、いやんなっちゃうな」リッチーは不平を言った。「トレッキングをするつもりだったのに。チェシャかウィリアムズタウンまでは車でもすぐだと言っていたじゃないか」

「それは明るいときの話。夜じゃないわよ」トレイシーが静かに言った。

「エンスリーとオドナヒューがいっしょに来なかったら、ぜったいにトレッキングできたのに」

「そのときは、あなた一人だったでしょうよ」トレイシーが言った。「こんな夜中、首の骨が折れるようなトレッキングに、わたしはティナを行かせませんでしたからね」

「きみはなんでもいちばん知っているよ、トレイシー」

リッチーの口調に皮肉が混じった。

ティナにとって、これはまさに冒険だった。道路にはまったく車の姿は見えなかったし、通り過ぎた村は真っ暗で静かだった。ほかの人間はこの時間何もしないで眠っているのだと思うと、ティナは元気が出てきて、車の走っていない道路をリッチーとほとんどスキップするようにして歩いた。ジェッドが来なかったことなどぜったいに気にしないことにしようと思った。

「歌いましょうよ」

ティナが声をかけ、ミスター・オドナヒューを除いて、みんなは寝静まっている世界をさまざまな音程でマーチを歌いながら進んだ。

彼らは長いなだらかな上り坂を登り始めた。あたりにもはや人家はまったくない。ふもとから山の中腹に向かって登りだしたとき、満月が岩陰から姿を現した。野原は一面に青みがかった銀色の世界になった。空には無数の星が輝いている。ミス・エンスリーが一つひとつ星の名前を数えあげた。さらに高く登ると、風が吹き始めた。西からの冷たい新鮮な風だった。ときどき全員が歩くのをやめ、道路の真ん中に座り込んで、黙ったままチーズやリンゴを食べた。ミスター・オドナヒューは具合が悪そうだったが、黙って歩き続け、ミス・エンスリーとトレイシーもそれに従った。しまいに話をするのはティナとリッチーだけになってしまった。丸い金色の月があたりの木々をくっきりと映しだしたころには、ずっと遠くにポナガヘラ湖がまるで暗闇に銀色のコインが光るように見えた。

「地図によると、アディロンダック休憩所が山の中腹にあるようですよ。きっと簡単なベッドもあるでしょう」ミス・エンスリーが少し遅れて歩いているミスター・オドナヒューを振り返りながら言った。「彼にはこのようなことができる体力はないのよ。ぜったいに来るべきではなかったと思うわ」

「ええ、わたしもそう思うわ」とティナはみんなのペースを遅らせているミスター・オドナヒューについ腹を立ててしまって言った。

「わたしが彼といっしょに歩くわ」突然彼女たちのそばに現れたトレイシーが言った。ティナは二人の女性を後ろにして逃げるようにリッチーに近づいた。彼は先頭に立って長い歩幅で安定した歩き方をしていた。

「やあ、ヒヨコちゃん。元気なのはきみとぼくだけらしいね」リッチーが笑いながら言った。

「ええ、そのようね」ティナは内心誇らしげに思いながら答えた。「トレイシーは、ミスター・オドナヒューがいっしょに来るべきではなかったと考えているみたい」

「トレイシーは心配しすぎだよ」と言ってから、彼は突然話題を変えた。「ほら見てごらん、あの月を。すばらしいね。まるでアルプスかドナウ川に沿って歩いているようだ。ふたりっきりで」

ティナはドキドキしながらうなずいた。「わたしはまるで女王様のようだわ。こんなに高いところから谷間を見下ろして」

「それはぴったりの表現だね」リッチーが言った。「自由で、ひとりだけ、世界の頂点に立って、風と星だけがいっしょだ。さあ、きみとぼくふたりきりで逃げるんだ、ティナ、そしてどこかの山のてっぺんで、なんの責任もなく暮らすんだ」

「そして、トレイシーをおいていくの？」ティナが笑った。

リッチーが振り返った。そしてティナの肩越しに後ろを見て意味ありげに言った。

「もうぼくたちはとっくに彼女をおいてきたよ」

苦々しい口調でそう言うと彼は黙り込んだ。その後はふたりとも何も言わず、それぞれの思いに沈んだ。

しばらくして、ティナの歩調も遅くなった。そのころには、リッチーを除いてだれも、こんな無謀な夜中の登山などできる者はいないことに彼女も気づいていた。野原を抜け、暗い影の中に静かにたたずむ木々の間を通り、丘を登り、そして降りて歩き続けても、グレイロックへの道のりはまったく縮まっていないように見えた。リッチーだけが、他の人たちにはすでに悪夢のように見え始めたこの無謀な山登りを黙々と続けていた。ティナはとぼとぼと歩いていた。脚はまるでピストンのように無意識のうちに自動的に動いていたが、一歩一歩が苦痛だった。もう何も考えられなかったし、感じなかった。どこに行こうとしているのか、いったい何のためにいま歩いているのかもわからなかった。しばらくして、休憩所への道が見つかったと叫ぶリッチーの声がしたので、ティナは頭を上げたが、それはただどっちの方向へ進めばいいのか見るためだった。石や木株ででこぼこした小道だったが、やっと体を休めることができるところまできた彼女は、疲れ切っていて最後のところの記憶はまったくなかった。

「ここにはベッドがあるよ、みんな」

リッチーの元気な声が聞こえた。

右も左もなく、ティナは木の大枝で作られたマットレスの上に倒れ込み、そのまま眠りに落ちた。

「さてと」だれかの声がした。「もう太陽が昇ったよ。さあみんな、用意はいい?」

ティナは起きあがろうとしたが、全身の筋肉が痛くて、そのまま横たわっていた。

トレイシーの声がした。

「バカなことは言わないでよ、リッチー。わたしたちは家に帰ります。ミスター・オドナヒューのことがほんとうに心配なのよ。顔色が灰色になっているわ」

「彼は勝手に来たんじゃないか。ぼくが招待したわけじゃない」リッチーの声がした。「やめてくれよ、トレイシー、その目つきは。彼をおいていけばいいじゃないか。帰りにまた拾っていけばいいんだよ」

「いいえ」トレイシーがきっぱり言った。「わたしたちは家に帰るのよ。起きなさい、ティナ。おいしい卵料理ができているわ。ミス・エンスリー、ミスター・オドナヒュー……」

　みんなよろよろと立ち上がった。だが食欲があるのはミス・エンスリーだけのようだった。ティナはミス・エンスリーのことを過小評価していたと思った。ときどき愚かに見えることもあったが、彼女は決して愚か者ではなかった。

「ミスター・オドナヒュー」トレイシーがやさしく話しかけた。「これから戻りますけど、だいじょうぶですか？」

「いま適当な杖《つえ》を作りますよ」ミス・エンスリーがてきぱきと言った。「左のかかとにマメができているんです。でも杖があれば、十分に歩けますよ」

　太陽が容赦なく照りつける中を一同は下り始めた。気持ちはずっと明るくなり、冗談も出てきた。ミス・エンスリーは野の花を摘み、ミスター・オドナヒューは景色について二言三言軽口を叩くことができた。しかしグレイロック登山は彼らにとって非現実的なものになった。グリーンデイルに着くと彼らはケロリとしてバスに乗り、何ごともなかったかのように家に戻った。

「やれやれ」とミスター・オドナヒューはソファにどっかりと腰を下ろした。「大した旅だったよ、リッチー。距離にするとどれくらいだったのかな、ミス・エンスリー」

「三十五キロですよ」歩数計を見ながらミス・エンスリーが答えた。

「そりゃ大したもんだ」ミスター・オドナヒューが満足そうに言った。

「わたしは休みます」トレイシーがみんなに宣言した。「会えて楽しかったわ、リッチー。

テキサスでもチリでもニューデリーでもどこからでも気が向くまま、絵はがきでもくださいな」

「眠らずにいますぐ出発なさるの？」ティナが驚いて訊いた。

疲れを知らないリッチーはうなずいた。

「うん、下から水泳パンツを持ってきたらすぐにでも」

リッチーが出発すると、ミスター・オドナヒューが片目を開けて眠そうに言った。

「にぎやかな人だねえ、あのリッチーという若者は」


二階でティナとトレイシーは、リッチーの青いコンバーチブルがドライブウェイからピッツフィールドの方に南を指して乗り出していく音を聞いていた。ティナはうらやましく思った。彼はタージマハールを見たことがあるんだわ、きっと。ソチミルコ（メキシコの世界遺産、アステカ文明）の浮き畑も、エジプトのピラミッドも。ティナは夢見心地で言った。

「リッチーが行ってしまうと、毎日がとても退屈になるような気がするわ。すぐに戻ってくるかしら、どう思う、トレイシー？　彼って、ほんとうに面白いんですもの」

「それがふつう、彼が人に与えるイメージね」トレイシーが言った。

「それが悪いというの？」ティナの顔が赤くなった。

「眠るといいわ、ティナ。疲れているでしょう？　ふつうの生活に戻ること、それがいまわたしたちに必要なことだわ」

　ティナは憤然としてベッドに起きあがった。

「いったいどうしたというの！　どうしてあなたはそうすべてのことに冷淡になれるの？　あなたはリッチーにちゃんとお別れも言わなかったじゃない？　それがどんなにリッチーを傷つけたか、わたしにはわかったわ。どうしてそんなに彼に対して意地悪なの？」

「謝ればいいのかしら？」トレイシーが皮肉な口調で言った。

「彼は素晴らしい人じゃないの！　チャーミングで、人を惹きつけるし、興奮させるし……」

「でも行ってしまう人なのよ、あの人は」トレイシーが一語一語に力を込めて言った。「わたしたちみんなを残して。彼はわたしたちに自分の印象を植え付けるのに十分な時間だけ滞在するのよ。そうよ、わたしたちみんなを疲れさせるのに十分なだけ、と言い換えてもいいわ。そして行ってしまうの」

　ティナは戸惑った。

「でもリッチーはあなたを愛しているわ、トレイシー。そしてあなたも彼を愛しているってこと、わたしにはわかる。彼がこっちに向かっていると聞いたときのあなたの態度を見ればわかるわ。なぜ彼とケンカするの？　もしかして……」ティナはためらった。「もしかしてわたしのせい？」

　トレイシーは笑った。

「まさか。あなたのせいではないわ」

「それじゃなぜ彼と結婚しないの？」

トレイシーがティナに向き直った。その顔には不思議な笑いが浮かんでいた。

「それは彼が一度もわたしに申し込んだことがないからよ。きっとこれからもそうしないと思うわ」

「冗談言っているの？」ティナが弱々しく言った。「信じられないわ」

「リッチーは」トレイシーが辛抱強く説明を始めた。「いつも戻ってくるわ。パリから、ローマから、イスタンブールから、カイロから。わたしはもう三年間もそんな生活をしているの。戻ってきたら、人を魅了し、あなたが言ったように彼がいなかったら退屈と人に思わせるだけの間だけ、留まるの。それから……また行ってしまうのよ」

「でも彼はあなたを愛しているわ」ティナが声をあげた。

トレイシーはまた奇妙な笑いを浮かべて首を振った。

「彼は自分の自由をもっと愛しているのじゃないかしら。わたし、あの人のそこが嫌いなのよ、ティナ。でも、わたしが間違っているかもしれないという気持ちも、捨てきれないの」

1　秋

　ある日突然トレイシーは夏の日々の質が変わり始めていることに気がついた。太陽はいつもどおり正午頃はとても暑く、湖畔ではしゃぐ遊泳客たちの声が甲高く聞こえたが、けだるい午後の時間は以前ほど長くはなかった。そして山の向こうに太陽が沈むと、待っていましたとばかりに霧が湖面に広がった。あたかも湖水の入り口で長いこと待たされたと苛立っているかのようだった。ときには日中、遠くに見える北側の山脈に長いラベンダー色の雲がかかることがあった。あれは秋だよ、とジェッドが言った。そして、あの雲が近づいてくると夏が終わるのだと。デイジーやキンポウゲの花はすでに枯れて、アキノキリンソウが野原を真っ黄色に染めていた。

「紅葉の季節に一度、いらして」トレイシーが出発の準備をするミス・エンスリーに言った。

「ええ、もちろん、かならず」とミス・エンスリーは答えたが、トレイシーもティナも彼女はきっと戻ってこないだろうと思っていた。

「わたしが泊まった部屋を、来年の夏、他の人に貸さないでくださいよ」と彼女は念を押した。「二階の部屋のタンスの上に手付け金を十ドルおきましたからね」

キャノン姉妹はこれを聞いて喜び、その十ドルにはぜったいに手をつけないでおこうと誓い合ったが、同時にそれはきっと無理だろうと心中で思った。

ミスター・オドナヒューも同じときに出発した。ミス・エンスリーをブルックリンまで車で送っていくことになったのである。例の椅子のためだった。ミス・エンスリーの椅子はあわいピンクで薄青色のわすれな草が描かれている。いっぽうミスター・オドナヒューのほうは真紅に金色の模様で、この二つの椅子で後部座席はいっぱいになった。ミス・エンスリーとミスター・オドナヒューは労働の日（米国の法定休日。九月の第一月曜日）の車の混み具合について話しあい、四人は素晴らしい夏をいっしょに過ごしたことを感謝しあった。

「わたしにできることがあったら、なんでも言いなさい」ミスター・オドナヒューが言った。「きみたちがぎりぎりの予算でやっていることは十分にわかっている。いつでも連絡していいよ。わたしの名刺はマントルピースの上においてあるからね」

「学校生活を楽しんでね、ティナ」学校の始まりを控えて、このところ仕事の予定にすっかり気を取られていたミス・エンスリーが言った。「そしてミスター・オドナヒュー、あなたは時速六十五キロ以上出さないこと。よろしいですね」

ミスター・オドナヒューはティナに目配せして情けなさそうな表情を見せた。「もちろんだよ、ミス・エンスリー」

彼は車をスタートさせ、ギアを入れた。二人は手を振って別れを告げ、車は納屋の前を通ってハイウェイに乗り入れ、姿を消した。

「これでおしまい」ティナが淡々と言った。「行ってしまったわ」

「そうね」トレイシーがため息をついた。「行ってしまったわ」

家は二人の客がいなくなって奇妙に空っぽに感じられた。初めて部屋を貸すというアイディアを聞いたとき、自分たちの生活に他人が立ち入ってくるような気がしたことを思い出した。あんなに必要だと思ったプライバシー。いったい何をするつもりだったのだろう、その時間に、といまティナは思った。家は静まり返っていて、ティナは気分が滅入ってしまった。

「ボートでこぎ出しましょうよ」トレイシーが突然提案した。「納屋に鍵をかけて他のボートを繋いで、外に出かけましょう！」

だがそうして出かけたあと、彼女たちは後悔した。湖の南側に来てみると、コテージの多くは冬に備えて閉じられ、戸や窓には板が打ちつけられていた。西側にあったサマー・キャンプ場は取り払われ、人影もなかった。家に戻る途中で見えたミセス・ブリッグスの庭は、霜除け用の布が花壇をおおっていた。そして、ティナにもトレイシーにも、地平線に見えるラベンダー色の雲が目に見えて近づいているのがわかった。

「秋がやってきたんだわ」トレイシーが静かに言った。「あなたを学校に登録して、ストーブ用の石炭をたくさん注文するほうがよさそうね」

夏中質素な食事をし、流木をたきぎとして蓄えてきたおかげで、ティナとトレイシーはミス・エンスリーとミスター・オドナヒューが払った部屋代から百ドル貯めることができた。納屋の古道具の売り上げは六十ドルになったが、これは税金の支払いのために取っておくことにした。客たちが引き上げた日の翌日、キャノン姉妹はタンジーを家の中に閉じ込めて、納屋に鍵をかけ、グリーンデイルの役場に向かった。

「やあ、こんにちは！」ジープにブレーキをかけて声をかけたのはドクター・コンラッドだった。「乗せてあげようか？」

「夏休みはどうでした？」ティナは久しぶりに見かけるドクター・コンラッドに声をあげた。

「ああ、とてもよかった」と彼は答えた。「でも、ぼくはやっぱりこっちのほうがいいな。やあ、トレイシー、元気だった？」

「ええ」トレイシーが言葉少なに答えた。

「きみたち、納屋をもうじき閉めるんでしょう？」

「ええ、明日」ティナが答えた。「大掃除をしてからね」

以前からの友だち、大好きな家、馴染みの服、とティナは思って、心が温まるのを感じた。夏が去っていったいま、こういうものに慰めを求めることができる。

役場の前でドクター・コンラッドの車を降りると、二人は古い建物に入った。中は冷え冷えとしていた。廊下にあるぴかぴか光る真鍮《しんちゅう》の痰壺《たんつぼ》や、鹿の角でできた傘立てを通り過ぎ、郵便局と税務署が入っているひとけのない部屋に入った。木の床に二人の足音がうつろに響いた。部屋に染み込んでいる古い葉巻の匂いと、塗ったばかりのワニスの匂いが鼻を突いた。

「ちょうどきみのことを考えていたところだった」郵便局長が〈切手〉という看板の出ている窓口から納税の窓口に移りながら言った。「この冬、週に二、三回、午後ひまな時間があるかね？」

　トレイシーは目をしばたたかせた。

「ええと、わかりません……あの、つまり、わたしは仕事を探さなければ……」

　彼は気持ちのいい笑いを見せた。

「コーラ・スー・ハゲットに赤ん坊が生まれるものでね。彼女はご存じのように図書館の司書で、彼女の話では、この村でいちばん本を読むのはきみだということだ。仕事は多くはない。しかし、ピッツフィールドから専門家を呼んで図書館の再整理をしてからというもの、司書にはちゃんとした賃金を払っている。理事たちにはもうすでにきみがいちばんの適任者だろうと言ってある。もちろん、きみが引き受けてくれればの話だが」

「おいくらですか？」トレイシーが単刀直入に訊いた。

「週二十ドルだ」

「まあ、ほんとうにいい賃金だわ！」トレイシーはおもわず歓声をあげた。ティナは、つい半年前までこの金額はトレイシーにとってほんのはした金でしかなかっただろうと思い、ほほえんだ。

「喜んでもらえるだろうと思ったよ」と言って郵便局長は彼女たちの納税証明書に〈支払い済み〉のスタンプをいきおいよく押した。「図書館は一週間に午後二回と夜一回開けることになっている。わたしがこの村の村長だから、この場できみを雇ったことにしよう」そう言って、彼は二人にウィンクした。「しかし、明日の夜の理事会に出てくれるかね。そこで正式に採用したということにしよう。いいかね？」

「はい」トレイシーが言った。「ほんとうにありがとうございます、ミスター……、ええとミスター……？」

「ブリッグスだ。ジョー・ブリッグス」

　トレイシーの顔が明るくなった。

「それじゃ、あなたはミセス・ブリッグスのご親戚ですか？」

　ミスター・ブリッグスはまたウィンクをした。

「遠い親戚だよ、遠い、ね。彼女の言うところでは、ひいじいさんのそのまたおじいさんのいとこの孫だそうだ。だが、彼女は今年になってからわたしと話もしない。セイラは小さないざこざがなければハッピーじゃないのさ。それが彼女のエネルギー源なんだよ」

「とにかく、どうもありがとうございます」トレイシーは繰り返した。

　廊下に出てから彼女は言った。

「ティナ、一週間に二十ドルでやっていけるわよね？　きっと、だいじょうぶよね？」

「ええ、これは神さまの思《おぼ》し召しよ、きっと」

二人は廊下のベンチに腰を下ろし、熱心に計算を始めた。

「ピッツフィールドで仕事をしたら、賃金はいちばんよくても週三十ドルだと思うの。ここで仕事をしたらバス代は必要ないわ。歩けばいいんだから」トレイシーが言った。

「それに、パートタイムだしね！」

「でも、一文も残らないわよ……」

「でも、わたしたちはもう百ドル貯めたじゃない？」

ティナが言った。

トレイシーが首を振った。

「歯医者にかかるかもしれないわ。請求書も来る。病気になるかもしれない。ダメよ、ティナ、病気にかかっちゃ」

「でも、わたしたちは当分新しい服は必要ないわよ」ティナがむきになって言った。「地下室にはたくさん瓶詰があるし」

これで決定した。トレイシーは興奮してうなずきながら立ち上がり、歩き出した。これは自分たちの生活にいままで起きたことの中でいちばんいいことだと何度も言わずにはいられなかった。気がついてみると、二人はこの土地の人間として数えられていた。彼女たちはこの土地に属していた。

ティナは学校のために新しい服はいらないと決心していたので、服のことをまったく考えていなかった。それで学校のこともすっかり忘れてしまっていたので、学校が始まる日はティナにとって突然やってきたという感じだった。

目覚まし時計が明け方にけたたましく鳴って、ティナは早朝の冷たい空気の中で服を着替えた。この秋初めてのウールの服を着た。ダークブルーのセーターに赤と青のひだスカートだった。トレイシーが教えてくれたように控えめに口紅を塗って階下に下りると、ベーコンと卵のごちそうが用意されていた。

「いいこと？　他の人に脅かされちゃダメよ」トレイシーが言い聞かせた。「どこの学校にもグループがあるものよ。でもそんなことは気がつかないふりをすること。だれにでも親切にするのよ」

「お母さんみたいね」ティナがくすくす笑った。

「あ、お弁当を忘れないで。作っておいたわよ」

ほぼ時間どおりに家の前にスクールバスが止まった。ジェッドがティナの席を取っておいてくれた。茶色のスラックスとセーター姿のジェッドはすこし大人っぽく見えて、ティナは恥ずかしくなったが、彼は彼女の手を握ったままみんなに紹介をしたので、その後はすっかり気分が軽くなった。

ピッツフィールドにある高校は巨大で、中に入ってみると、ティナはこの学校をすみずみまで知るには何年もかかるだろうと思った。だが教室は授業のたびに変わり、ティナはそのたびにたくさんの人たちの中に投げだされて、これではだれが新人だかきっとわからないだろうと思った。彼女が受けた授業は英語、ドラマ、米国史、体操、化学、そして美術だった。

そのどれもが面白かった。

その晩、彼女はトレイシーに語った。

「わたし、すっかり夢中になってしまったの。すごく面白いわね、一人で二つの生活をするのって。こんな経験したことがないのよ、わたし。だって以前は、学校でも寮でも、みんな同じ人たちだったんですもの。することと言ったら、食事と学校に行くこと、それだけ。でもピッツフィールドの高校はちがうの。ずっと真剣だし、みんな大人よ。わたしも急にちゃんと勉強がしたくなったわ」

トレイシーはほほえんだが、賢い彼女は、ちがいはもしかするとティナの内側から始まっているかもしれないとは言わなかった。ただ「そう、よかったわね」とだけ言った。

「わたしがいなくて寂しかった？ 今日は何をしたの？」ティナが訊いた。

「ニールが午前中寄ってくれて、薪ストーブの焚きかたを教えてくれたわ。それからミセス・ブリッグスの家に行ったけど、すぐに帰ってきちゃった。手持ちぶさたで、図書館に行ってみたのよ。ドアが開いているのを見て、女の人が二人、本を借りに入ってきたわ。面白そうよ、あそこで働くのは。始めるのが楽しみだわ」

「わたしもそうよ」ティナが満足そうなため息をついた。「ジェッドが今晩家に来るの。宿題をいっしょにすることになっているのよ」彼女はほんとうにわからないというように首を振った。「ねえ、考えられる？ わたしが学校を楽しむなんて。わたしも学校を始めるのが楽しみだわ」

十月最初の日曜日、ティナとトレイシーは教会に行った。トレイシーは、秋になってバークシャーがほんとうに美しくなったので、だれかに感謝したい気持ちだとティナに言った。彼女たちはそれまで一度もこれほど素晴らしい自然の輝きを見たことがなかった。黄色は銅色でもないし磨きたてられた黄銅でもなく、むしろ新鮮な金色のバターの豊かな色で、木は紅葉した葉が太陽に照らされて、真っ赤に燃えているように見えた。秋のタペストリーは、目の届くかぎり続いていた。あたかも天の芸術家が絵の具のしたたる筆とパレットを持って、自然の中を塗りたくって通り過ぎていったかのように。

「インディアン・サマーね」ティナが言った。そして教会に行くための服装をするのに、スーツではなくシルクのドレスに手を伸ばした。

「ポーチの温度計が二〇度を示しているわ」トレイシーが声をあげた。

「手袋はどこ？」ティナが言った。「旅行カバンから荷物を出したとき、手袋をどこにおいたかしら？　トレイシー、あなたって帽子をかぶるとなんだか変に見えるのね！　わたしの手袋見かけた？」

「ちっとも変じゃないわよ」

「変よ！　いままであなたが帽子をかぶったの見たことなかったわ。なんだかとても気取って見える。お上品、という言葉がぴったりよ！」

家を出るときも、ティナは横目で姉のトレイシーが金髪をまとめて帽子の中に入れたエレガントな姿をながめ、まるで知らない人みたいだと思った。

グリーンデイルに着いたころには教会の鐘が鳴っていた。村のほぼ全員が入念に選ばれた日曜日の服装をして、二つの教会に向かって歩いた。トレイシーとティナは、人々といっしょに同じような落ち着いた歩調で歩いた。それはほかの日の彼女たちとはまったく別の姿だった。

教会の中は薄暗く寒かった。内部は小さく、その透明な窓ガラスからティナは外で牛がのどかに草を食《は》んでいるのが見えた。人々は〈千歳の岩よ〉〈全能の神よ、来たれ〉を歌った。中二階の聖歌隊の端で歌っていたジェッドが二人をみつけて真面目な顔でウィンクを送ってきた。説教のテキストは「わたしは目を山々へ向ける。そこからわたしの助けが到来する」という節だった。ティナはジェッドの父親である牧師の言葉に一生懸命に聴き入った。彼の説教は山のように力強く、直接的に人に語りかけるものだった。終わったとき彼女は不思議な平和に包まれたような気がした。世界はなんてよいところなのだろう、と思った。あらゆる種類の悪いことや間違っていることがあるけれども、わたしたちはここで山々の近くで暮らして、悪いことと同じようによいことを、凶兆《きょうちょう》と同じように良い兆《きざ》しを感じながら生きている。それはちょうど地球の鼓動を聴くために一瞬のあいだ地面に手をおくのと似ている。

一同は立ち上がった。そして歌い出した。〈若草の牧場より花咲く森よりうるわしき創り主〉。祝禱《しゅくとう》のとき、みんなは頭《こうべ》を深く垂れた。それで礼拝は終わり、人々はほほえみ合い、握手してあいさつした。

「やあ」という声に振り向くと、ドクター・コンラッドがトレイシーにほほえんでいた。

「ここで会えてよかった」

トレイシーが訊いた。

「今日は手術はないの？　お産の予定はないの？」

その声を聞いて、ティナはトレイシーも牧師の言葉の魔法にかかっていたのだと思った。

「そう、ないんだ。みんなぼくのことを考えてくれたのかもしれないね。若い淑女のお二人を、車で送りましょうか」

「まあ、おそれ入ります」トレイシーがドアのほうに進みながら調子を合わせた。「今日の午後こそ」と彼女は話を続けた。「来年の夏のために、庭に球根を植えなければならないわ」

ティナも同じ気持ちだった。季節を止める力はこの世のどこにもないのだ。信じられないことだが、ふたたび庭の土いじりをして暑い太陽をその手に感じるようになるまで、これから長い時間がかかるのだ。

2

ジェッドとティナがケンカをしたのは十月のことだった。ある日ジェッドがさりげなく言った。

「トム・ウィールライトが、きみの目が可愛いと言ってたよ」

「そう？」

ティナは無関心をそのまま返事にあらわした。彼女は家のそばの草地に腹這いになっていて、そのそばでジェッドが納屋を水彩で描いていた。彼の筆遣いは速く正確で、まもなく明るい色の納屋が紙の上に現れた。

「そう、そんなこと言ってた？」

その声に感情はまったく込められていなかった。彼女の世界は今のままでまったく完璧だった。

「彼はきみのこと、デートに誘うんじゃないかな」

ティナは笑ってくるりと寝返り、あごを両手の上に乗せた。

「まさか、あなたがそそのかしたんじゃないでしょうね？」

「いいじゃないか、そそのかしたって」

ジェッドが言った。ティナはジェッドの顔には彼女の笑いに反応したものがないことに気がついた。

「わたしはトム・ウィールライトとデートに出かけるつもりはないわよ」

「いったいどうするつもりなの？」ジェッドが穏やかに言った。「人生に背を向けて生きるの？　十六歳は一生に一回しかないんだよ」

「でも、わたしは今のままで十分に幸せなのよ」ティナは自分に自信がなくなり、怖くなって悲しそうに言った。「どうして変わらなければならないの？」

「変わらないものなんてなにもないんだよ」ジェッドが言った。「きみは、たった二人の人間に寄りかかって一生を過ごすことはできないよ」

ティナは息を呑み込んだ。

「だれが……寄りかかっていると言うの？」

「だれに、だろう？」ジェッドが注意した。「いや、言い直すよ、ティナ。きみは、以前はお姉さんに頼っていた。そしていまではぼくに」彼は顔を上げて確かめるようにティナを見た。「そうじゃない？　ぼくがまちがっている？」

ティナは顔色を失った。

「わかったわ」その声は硬かった。「あなたはわたしに退屈しているのね。気がつかなかったわ。悪かったわね……」

彼女はよろよろと立ち上がったが、ジェッドが手を伸ばして彼女を押さえた。

「そんなに感情的にならないで。ぼくが言いたいのはただ、きみはほかの男の子たちとも出かけるほうがいいということだけなんだから。ぼくはきみが初めてつきあっている男だろう？　それがぼくをどんな気持ちにさせていると思う？　あまり気持ちのいいものじゃないよ、言っておくけど。きみがほかの子とデートするのをぼくがじゃましているような気がして」

「じゃましてる、ですって！」ティナが叫んだ。「わかった！　あなたってすごいうぬぼれ屋なのね。わたしはその気になったらだれとでもデートするわよ。わたしがそんなに重荷だったとは知らなかったわ」彼女はジェッドの手を振り払った。「あなたを信じていたなんて、バカみたい！」

そう叫んで彼女は家の中に駆け込み、音を立ててドアを閉めた。

その晩、彼女はベッドの中でジェッドの言葉を繰り返して、自分を責めた。彼に寄りかかっている……。その言葉は弱さを示していた。まるで自分の頭で考えることができなくて、ほかの人の真似ばかりしている、頭の空っぽな女の子のよう。自分が満たされないまま、重い荷物のように自分をほかの人の足もとに投げ出して、愛してちょうだいとそこに永久に座り込むつもりだったのか。

最悪なのは——とティナは枕に涙を落としながら思った——そのとおりだということだ。わたしは何もかも、彼に頼り切っていた。ジェッドとトレイシーがわたしのすべてだった。

ジェッドの言葉を借りれば、自分が知っているたった二人の人間だ。ティナはそのことに気がつくと、いったい自分はいつになったら、ほんとうの安全はほかの人に頼るのではなく自分の中にあるのだと気がつくのだろうと思った。ほかの人間に頼るのは危険だということを、いままでの人生でわたしは十分に学んできたではないか。

翌朝、彼女はずっと落ち着いていた。彼女はトレイシーに言った。

「トレイシー、わたしいままでバカだったと思うわ」

トレイシーはトーストにバターを塗っていた手を止めた。

「それだけ？」と言った。「なんのことだか、話してくれる？」

ティナはためらった。

「わたしたちがここに初めてやってきたころ、わたし、ひどい子だった？　自分の足で立つかわりに、あなたの足の上に立っていた？」

トレイシーはティナをちらりと見た。

「うーん、たしかにわたしの足の指は少し痛かったかもね」と認めた。「でも、わたしはそれが好きだったのよ、ティナ。わたし、必要とされるのが好きだったの。あなたは……怖がっていたもの」

ティナはため息をついた。

「わたし、いま、ジェッドの足を踏んでいるらしいの。トレイシー、わたしって、いつになったら、その人ぜんぶを呑み込まずに人のことが好きになれるのかしら？」

「あなた、ジェッドの話をしていたのね？」トレイシーがホッとしたように言った。「それでわかったわ。なぜ彼が一時間前から納屋の後ろでふてくされているのかが。わたしは玄関から彼を呼んだのよ。でも彼は聞こえないふりをしていたわ。ケンカしたの？」

しかしティナはもう玄関に走っていった。

「ジェッド！　どこにいるの？」

家の前の小道の奥にしゃがみ込んでいるジェッドを見つけると、ティナは急に黙った。走るのをやめて、ゆっくりと彼のほうに歩いていった。

「ジェッド」彼女が静かに声をかけた。

彼は見上げた。ほほえんでいる。

「ここら辺は朝露で、足がすっかり濡れてしまった」と言った。「ティナ、きみのことを傷つけるつもりはなかったんだ」

「知ってるわ」彼女が言った。「わたしも自分の言ったことを後悔してる。ごめんなさい。ひどいことを言ったわ」

「知ってるだろう？　ぼくには高校の後、兵役と美術学校があるってこと？」

「ええ」

「そしてきみも変わるかもしれない」

「そうね」ティナは素直に言った。「あなたも、ね」

彼らは真面目な顔でみつめあった。次の瞬間二人は大声で笑い出した。ケンカするなんてつまらないことだとわかった。笑ったために、二人は大事なことを言う機会を逸してしまった。

次の週、ティナは素直にデートの申し込みを二つ受け入れた。一人はトム・ウィールライト。彼は活発な男の子でスポーツと女の子に夢中だった。もう一人のカール・アダムズはクラス一の秀才だった。ティナは彼ともデートし、それまでのハウツーものの読書をやめて、シェイクスピアの作品を読み始めた。

この二人はティナの〈ピッツフィールドの土曜の夜の新しい友だち〉で、思いがけないことに、彼女は彼らとのデートを楽しんだ。だが週のほかの日はジェッドと遊んだ。まるでいままで逃してきたたくさんの遊びを一気に楽しもうとしているようだった。二人はグレイロック山の〈ベテランの難所〉をトレッキングしたり、コンスティテューション・ヒルでピクニックをしたり、わらを積んであるロフトを探検したり、けもの道を探して山歩きをしたりした。

彼らは自分たちの地図を作って、夏のためにブルーベリーや野イチゴの生えている秘密の場所を書き込んだ。自転車を借りてリーやチェシャやウィリアムズタウンまで出かけた。湖水の二つ目の注ぎ口を見つけ、その曲がりくねった水路で子どものようにかくれんぼをしたりした。トレイシーは二人を見て感動し、ちょっぴりうらやましく思った。

その年の初雪は十一月の初めに降った。その週はどの日も、空はどんより曇った金属のような灰色で、木々の梢よりも高くないように見えた。湖畔にはうっすらと氷が張った。雪は夜の早いうちに、まだティナが夕食の食器を洗っていたときに降り始めた。初めの雪片がふんわりと窓の外に落ちてきたのが見えた。一瞬部屋の明かりに照らされて白く光った。ティナは台所のドアを開けて裏のポーチに出て、片手を差し出して雪片を受けた。タンジーが納屋から駆けてきて、雪に不満そうな声を出した。

「雪よ」

ティナはそう言って、ちょっとの間雪をながめてから、タンジーを抱き上げて暖かい家の中に戻った。

グリーンデイルではトレイシーが図書館の窓越しに雪を見た。そして本能的に部屋の真ん中にあるだるまストーブのほうに近づいた。それは静かな木曜日の晩のことだった。子どもコーナーの小さなテーブルのまわりに数人の子どもたちが集まっていた。そして今週の本棚の前では、ルーシー・ガムが恋愛小説を選んでいた。

「これはどうかしら？」

ルーシーが『深紅の情熱』という書名の本を掲げてトレイシーに訊いた。

トレイシーは一瞬ためらい、考えたが、差し障りのないことを言った。

「面白い書名ね」

「それじゃ、これを借りるわ」

ミセス・ガムは三冊の本をカウンターに置いて、首にスカーフを巻き始めた。

「雪が降り出したわ」とあいさつした。

「ええ、そうね」と言って、トレイシーはまたためらったが、それから決心してさりげなく話し出した。「テーブルの上に出してある本をごらんになった？　歴史小説がお好きでしょう？」

ミセス・ガムは疑わしげな目つきでトレイシーを見た。

「重い本はいやなのよ。五人も子どもがいるから深刻なものを読む気がしないの」

「でも、手にとって見るだけでも見れば？」

「わたし、急いでいるんだけど、でもちょっと見るくらいなら……」

ミセス・ガムが帰った後、ニール・コンラッドが戸口に現れた。コートに雪片がついている。

「本降りになってきたよ。感謝祭（米国の祝日。十一月の第四木曜日）前に雪とはね」手袋を脱ぎながらニールが言った。「いまルーシーを見かけたけど、彼女、両腕にいっぱい本を抱えていたよ。またジェーン・オースティン（一七七五～一八一七　英国の女流小説家）を勧めたの？」

トレイシーは彼にほほえみかけた。

「ミセス・ガムから聞いたの？　バカと言われてもしょうがないわ。でも、彼女は図書館が開館する日はいつも戸口で待っているのよ。彼女、読書が大好きなの。でもいつも同じような恋愛小説ばかり読んでいるんですもの」

「それでジェーン・オースティンを勧めるというわけだ」

「何か面白いものはないかと訊くから」

「ミセス・ガムはきみから重いテーマの本を勧められると思ってるんじゃないかな？　トレイシー、彼女は現実から逃避するために本を読むんだよ。五人も活発な子どもがいたら、きっとだれでもそうしたくなるんだろうよ。彼女は甘いロマンティックな本を読んで、生活を忘れたいんだ」

「でもほんとうにいま彼女に必要なのは、自分の世界を広げることなのに？」トレイシーが抗議した。「とにかく」と彼女は思い直したようににっこりした。「今晩彼女はコンラッド・リクターの『木』とエドモンズの『チャド・ハンナ』を持って帰ったわ。進歩と言ってもいいかもしれないわ」

「あるいは脅迫、だね」ニールはトレイシーの机の隅に腰をかけ、片足をぶらぶらさせた。「あと五分だね。今日は送っていってあげるよ」

部屋の反対側の隅にいた三人の子どもたちが立ち上がって、スノージャケットと靴カバーをはいて帰宅の用意を始めた。まもなく彼らはトレイシーの机のそばに集まって、ニールに笑いかけた。

「あの子たちは廊下を出て、ぼくらにつかまらないところまで行ったら」とニールがささやいた。「きっとぼくにガールフレンドがいる！　と、はやしたてるよ。見ていてごらん」

トレイシーは待った。するとさっそく子どもたちの甲高い声が聞こえた。

「おまえのガールフレンドがだれか知ってるぞ！　おまえのガールフレンドがだれか知って

るぞ！　おまえの……」

「わたしも小さいとき、あんなことをしたものよ」

トレイシーが苦笑して言った。

「ニール、あなたの叔母さまは古い物にお詳しいけど、あなたも詳しいの？」

ニールは肩をすぼめた。

「少しね。でも、たいていのことは忘れてしまったけど」

トレイシーはポケットを探って、黄色くなった古い封筒を取りだした。

「これ、ティナが昨晩本のしおりに使っていたものだけど」と説明した。「地下室の古雑誌などの紙類が入っている箱の中にあったものだと思うの。ちょっと変でしょう？　あなたはどう思う？」

ドクター・コンラッドはその封筒を長い指でつかみ、中を見た。

「空っぽだよ」

トレイシーはうなずいた。

「手紙は抜いてきたの。わたしが興味があるのは切手なのよ」

「半分にやぶれてる」

ドクター・コンラッドはつぶやいた。

「いいえ、半分に切ってあるのよ」トレイシーが言った。「そのように切手を切って、投函されて届いているんだから、きっと有効だったのよ。でも、おかしくない？」

ニールは顔をしかめた。

「一八五一年とある。どこかでこのことを読んだことがあるような気がするな。いつだったか、覚えていないけど」

「この切手、価値があると思う？」

「わからない。でも調べてあげようか？」

「古紙類のことはまったく考えてもいなかったのよ」トレイシーがくやしそうに言った。「椅子やテーブルのことばかり頭にあったの。それじゃ、コートを着るからちょっと待ってね」

外は真っ白の絨毯《じゅうたん》が地面をおおっていて、彼らの足音を消した。街灯のまわりの雪は、おもちゃのスノーボールの中の雪のように光の半径の中で舞っていた。ニールのジープはまるで太い丸太の山の上を走るような音を立てた。

「この雪、好きだわ」トレイシーが夢見るように言った。

「冬が終わるまでにいやと言うほど見ることになるよ。もうじき湖ではアイススケートをする人が、山ではそりで遊ぶ人がいっぱい出てくる」

「この雪、たぶんニューヨークでは雨だわ」トレイシーがつぶやいた。「ネオンサインが濡れた道路の上に光っているわ、きっと」

「ホームシック？」

リッチーが恋しいだけ、とトレイシーは思った。わたしの頑固さ……。車が家の近くまで来ると、トレイシーは身を乗り出して、初めての雪景色の中の納屋を見ようとした。わたしはいまこういうものに囲まれているのだわ、と彼女は心の中で感謝した。家、湖、友人のニールとミセス・ブリッグス、そしてティナの愛情。これがいまのわたしの世界で、わたしはその世界の主人だ。ティナはわたしの相談相手であり心からの友だち。タンジーはわたしから食べ物をもらい、あの子のためにはわたしの膝が用意してある。わたしに必要なのは食べ物と衣服、そして心地のよさ。わたしはまた必要とされてもいる。いまわたしは生まれて初めて、なくてはならない存在なのだ。

「いいえ。わたしはホームシックじゃないわ」彼女は噛みしめるように言った。

ある夜。それは気温がその週で四度目に零下二〇度近くまで下がったときのことだった。編み物をしていたトレイシーが目を上げて顔をしかめた。

「見てごらんなさい。黙って見てごらんなさい、わたしたちの格好を」

「こんどはなに?」ティナがため息をついた。

「寒さが厳しくなってから、わたしたちがいったい何を着ているかを見なさいと言っているの。まるで毛むくじゃらの熊のようよ。わたしなんか何枚も重ね着しているから、つかまらずには立てないほどだわ」

ティナはおかしそうに声をあげて笑った。

「ティナ、わたしは真剣なのよ。どうにかしなくちゃ。服はたくさんあるんだから」トレイシーが不満そうな声をあげた。

「だから、そのたくさんの服を着てどこが悪いというの？　薄いジャージのブラウスを着て凍えるのはいやだわ。とにかくわたしは……」と言って、彼女は自分の着ているものを数えた。「家の中ではリラックスしたものを着るのが好きよ。いまわたしはスラックスを二枚と厚いセーターを二枚重ね着し、そして毛糸のソックスをはいているわ」

「さあ、どうしようか……」トレイシーは考え込み、それから目を光らせた。「ティナ、あなたお裁縫できる？」

「いいえ。あなたは？」

　トレイシーは首を振り、勇ましく言った。

「それじゃ、習いましょう！」

　トレイシーは二階へ行き、しばらくして部屋着とベルベットの肩掛け、それにティナのフランネルのバスローブをもって下りてきた。

「ほら」と言って、彼女はそれらをテーブルの上にどさっとおいた。「始めましょうか」

「始めるって、なにを？　それ、わたしのバスローブじゃない？」

「暖かい室内用のジャンパードレス（セーターの上などに着る袖なしのワンピース）を作るのよ。そして脚には毛糸の暖かい長靴下をはくの。きっとユニークな手作りの家庭着ができるわ。いま手持ちの材料を見るだけでそれがわかる。去年ダスターコートが流行《はや》ってよかった。ほら、この三つはどれもテントのように大きいから、ジャンパードレスが十分に作れると思うわ」

　ティナは歴史の本からいやいやながら目を離した。

「それで、ジャンパードレスがどうしてそんなにいいの？」

しかしトレイシーはすでに厚い裁縫百科事典に向かっていた。

「わたしはもう、ペリー隊長の北極探検隊の一員のような格好をするのがいやになったの。あったわ」勝ち誇ったように言った。「ジャンパードレス。ティナ、その歴史の本から一時間ほど離れて、ハサミを持ってきてちょうだい。いいでしょう？」

それから何晩か実験をしてから、ティナは歴史の本に戻ってもいいことになった。彼女の運針はよろける傾向があった。ずいぶん長い時間をかけてやっとできあがった彼女のジャンパードレスは、カウチのクッションのカバーにしかならなかった。このあと、ティナは今までどおり料理と魚釣りに専念し、衣服のことはトレイシーの担当ということになった。

トレイシーの白い部屋着からできた最初の二つのジャンパードレスは大成功だった。ジッパーのあたりをのぞけば。そこにトレイシーの〈努力の跡〉が見られた。ティナはできあがったジャンパードレスを黄色に染めたが、トレイシーは白いままにして、夜になるとその上にネックレスなどのアクセサリーをつけておしゃれし、すっかり満足していた。

「次はなにかすごく格好いいものを作ったら？　フランネルのスラックスとか？」

ティナが調子に乗って提案した。

しかしトレイシーは首を振った。ジャンパードレスという芸術作品が作れるようになったのだ。これ以上のものを作る必要はなかった。ジャンパードレスは作るのが簡単で、着るのも簡単。ジャンパードレスこそ、彼女がこれからたくさん作るもの。全く迷いがなかった。

3

ティナは起きたくなかった。寝返りを打ち、布団の中にもぐり込んだ。トレイシーが階下で食事の用意をする音が聞こえたが、聞こえないふりをした。片足のベッドソックスが脱げていた。鼻の頭は部屋の寒さで冷たかった。着替えるために暖炉の前まで冷たい床を走っていくと考えるだけで身震いがした。湯たんぽを片隅に押しやって、枕を叩いてもう一度寝返りを打った。しかしそのとたんにぱっと起きあがった。

「たいへん！　今日は感謝祭だわ！」

「そうよ」トレイシーが階下から応えた。

「たいへん、たいへん、たいへん！」とティナはうれしそうにベッドの中でひとりごとを言った。

ベッドからドアまでの距離を測り、毛布で体を包むと、稲妻のようにベッドから走り出た。

一分後、彼女は階下のストーブの前で、スキー用の分厚い毛糸の長靴下をはいていた。

「カルホーン一家が……ご親切にも……わたしのことを……ディナーに招いてくださったのよ……」寒さで歯がカチカチ鳴っている。「わたしがナイロンとか絹のドレスを着てくると……あのかたたちが……期待していませんように……。いま、何度かしら、トレイシー？」

「今朝は零下一五度くらいだったわ」トレイシーがこともなげに言った。

ティナは鼻を鳴らした。

「トレイシー、リッチーがメキシコから買ってきてくれたおみやげの銀のネックレス、今晩借りてもいいかしら？　もし、あなたが今晩ニールと食事をするのなら、リッチーからのプレゼントをつけていくのはまずいでしょう？」

「あなたの言ってることは支離滅裂よ。でも、いいわよ、貸してあげるわ。さ、ココアが熱いうちに飲みなさい」

二人は急いで食事をすませ、食べ残しのオートミールはタンジーに食べさせた。おそろいのジャンパードレス姿はまるで双子のようだった。十時、皿を洗いベッドも作り終わると、ティナは教会へ出かけた。最後に降った雪はまだ氷のかたまりに変わってはいなかった。風が強く吹き、ティナは目にも鼻にも冷たい風を感じた。空は灰色のフランネルのような色で、ティナはこの分ではまた夜は雪だろうと思った。

ジェッドは礼拝のあと、ティナのところにやってきた。

「すこし歩かないか？　歩いて、おなかをすかせようよ」

彼は雪でボールを握って、木に投げつけた。何もかもが静かな、特別の世界だった。ときどき車が通り過ぎたが、タイヤに巻き付けたチェーンの音が、いつまでも彼らの耳に響いた。

「もうそろそろ家に向かうほうがいいかもしれない」ジェッドが言った。「ナッツ類を剝かなければならないし、リンゴをていねいに磨かなければならない。それにママがきみに新しいストーブを見せたがっている」

「ナッツだけでも剝いてくればよかったのに」

ティナが不満そうに言った。

「おなかがいっぱいになるまで食べちゃだめだよ。今日の午後、きみのポートレートを完成させたいから。天使のように軽いイメージ、大事にしたいんだ。おなかがいっぱいで満足している天使じゃ困るからね」

「そんなこと言わないでよ」ティナが唇を尖らせた。「じゃないと、トレイシーとニールといっしょにレストランに行っちゃうから」

ジェッドが急に興味を示した。

「そう言えば、トレイシーはニールのことをどう思っているのかな？」

「どう思うって？　ニールはいいお友だちじゃない？」

「しょっちゅうニールに会っているだろう？」

ティナは足を止めた。

「もしあなたが、いまわたしが想像しているようなことを思っているとしたら、ばかげているわ」

「それじゃ、なぜ彼はトレイシーを図書館から家まで送り届けたり、ちょくちょく会いに行くんだい？　病気の患者たちはたいてい町の反対側にいるのに？　彼、きみんちの玄関前にキャンプしているようなものじゃないか?」

「お願い、バカなことを言わないで」ティナが抗議した。「彼はだれにでも親切なのよ」

「そうかな?」ジェッドが皮肉っぽく言った。

「もちろんよ。彼はほんとうに親切な人よ。でも彼がトレイシーに恋していると考えるのは、当たっていないわ。それに、彼がやってくるのは、理由があるのよ。トレイシーに本を貸しているし、家のポンプが壊れたときになおしてくれたり、水道管をくるむのを手伝ってくれたり、嵐のときのために雨戸を閉《た》ててくれたり……」

「自分の家の窓にも雨戸が必要なときにかい? 彼には自分の家だってあるんだよ。知っているだろう?」

「よけいなお世話よ」ティナが軽蔑の口調で言った。

「ぼくはただ、事実を言っているだけだよ」ジェッドが肩をすくめた。

「ふん、そんなこと聞きたくなかったわ。すごくいや。だって、ニールが傷つくのだけは見たくないんですもの」

「調子を合わせてくれ」突然ジェッドが小声で言った。「家の前でママがこっちを見て手を振っている。ぼくがきみに何か悲しい話をしていると思われたくないからね」

「そうしているじゃない」ティナが小声で言った。

カルホーン一家には六人の子どもがいる。いちばん上の子は大学に行っていて、ジェッド、アダム、テリー、スージー、そしてビンキーが家にいた。五人ともとても活発なので、牧師館はときに十二人も子どもがいるように見えた。ティナが来たとき、ビンキーは台所でおもちゃの消防自動車を走らせて遊んでいた。テリーは椅子から立ち上がって詩を暗誦していたし、アダムは芽キャベツを洗っていた。

「ティナ、来てくださって、ほんとうにうれしいわ」ミセス・カルホーンが息を弾ませて言った。「教会では何度も握手しているけど、家に来てくださるのとは別ですものね。ビンキー、おどきなさい。ティナを通してあげて」

ビンキーはどかなかったが、ティナを興味深そうに見上げた。

「この人にぼくの消防自動車、運転させてあげようか？」

「『一片の雲のごとくわたしはさまよう』（ワーズワース（一七七〇～一八五〇）英国の詩人）の『水仙』からの一節）」テリーが中断した詩の暗誦を一生懸命に続けた。

「『一片の雲のごとくわたしはさまよう』……。ママ、学校が始まるまでに、ぼくはこの詩全部を暗誦しなくちゃならないんだよ！」

「『その雲は山谷の上高くただよう』でしょう？」ミセス・カルホーンがおだやかに言った。「ビンキー、それはあとでね。テリー、続けなさい。聞いてますよ。ジェッド、ティナを隣の部屋に案内して。脱いだコートは隣の部屋にね。ティナ、新しいストーブ、ごらんになった？　すばらしいでしょう？　教会が先週、買ってくれたのよ。前のストーブと同じように、ガスとまき兼用だけど、デザインがすてきなのよ。見るだけでうれしくなるわ。これでパンを焼くときに、家中の目覚まし時計を鳴らさなくてもすむわ。ビンキーちゃん、ちょっとだ

「『愉快にしかなれない』ではなくて。ティナ、なんて可愛いジャンパードレスを着ていらっしゃるの」

「『こんな陽気な仲間といっしょでは、愉快になるよりほかはない』ですよ、テリー。『愉快

「すばらしいストーブですね」ティナは本気でほめた。

け、どきなさい」

「騒々しいだろう?」ジェッドが笑った。「典型的なカルホーン的歓迎というわけさ。こっちに来て。残りの半分、もうすこし静かな家族を紹介しよう」

彼らは居間に入った。部屋にはインド更紗のカーテン、緑色に塗られたラタン家具で明るく気持ちのいい空間だった。部屋にはミスター・カルホーンとスージー以外にだれもいなかった。ミスター・カルホーンはピアノのふたを開けて中をのぞき込んでいて、スージーはスツールに座ってそれを見ていた。

「やあ」とティナに気がついたミスター・カルホーンがあいさつした。「家族の女性連中から、きみが来るときはちゃんとした格好をしていなさいと言われていたのに、半袖シャツ姿で会ってしまったね。このあと何週間も文句を言われるでしょうな」

「まさか」ティナが首を振った。

「いいね、ぼくは彼女が気に入った」ミスター・カルホーンがジェッドに言った。「彼女はぼくの味方だ。どうぞ、お座りなさい。いや、ジェッド、パーラーに彼女を案内するのはよしなさい。そっちの部屋はひとけがなくて、寒いからね、ティナ。家の中であの部屋だけは、

シダの鉢に水をやる以外は使っていないのでね。コートは椅子の上においておいて。だれかが二階にもうじき行くから、持っていってもらおう。この家族はみんなが動きまわっているからね」と彼はふざけて付け加えた。

「ピアノをお弾きになるんですか？」ティナは、ふたたびピアノに向かったミスター・カルホーンを見て言った。

「ぼくたち、みんな弾けるんだよ」ジェッドがにっこり笑った。「見ていてごらん。おっと、ビンキーが来たぞ」

「火を消しに来たんだよ、ピーポー、ピーポー」ビンキーが大きな声で叫んだ。「ダディ、つぎぼくの番？」

「えっ？　彼も弾けるの？」

「天才の集まりですよ」ミスター・カルホーンが真面目な顔でティナにウィンクした。「さあ、できたぞ、スージー。ビンキーにカルホーン家の非凡な才能を披露してもらおうか？」

ティナは小さなビンキーがスツールによじ登り、重々しく鍵盤に指を当てるのを驚いてながめた。

「そんなに驚かなくていいのだよ」ミスター・カルホーンがティナに言った。「お客さんが来ると、いつもこうやってみせずにはいられなくなるのが、わたしたちの悪い癖でね。ピアノはうちの誇りなのだよ。婦人協会の新しいメンバーの中には、これにうんざりしている人もいるらしいが。ま、中にはそういう人がいてもおかしくないと思うよ。用意はいいかい、ビンキー?」

スージーがビンキーのそばに立つと、彼はその小さな両手を鍵盤に乗せて弾き始めた。すぐに賛美歌の『わたしといっしょにいなさい』が部屋に響き渡った。

「ほんとうにビンキーが弾いているの?」

ティナの目が大きく開かれた。

台所で暗誦していた声が途切れ、ミセス・カルホーンとテリーが戸口に現れた。

「またそのどうしようもないピアノで遊んでいるのね」と彼女は文句を言うふりをした。

「ジョン、七面鳥が焼けたわ。カットしてくださる?」

七面鳥という言葉を聞くなり、ビンキーがスツールから飛び降りた。だが、ピアノは弾き手がいなくなっても、鍵盤が上がったり下がったりしてメロディーを奏でている。

ティナが笑い出した。

「まあ、プレーヤー・ピアノだったのね! おもしろいこと!」

スージーはペダルを踏むのをやめて、そっとピアノのそばを離れた。

「またうまくだませたね」ジェッドが父親に言った。「でも、ママはディナーを少し遅らせるほうがいいんじゃないかな。ティナが弾きたそうな顔をしているよ。クリスマス・キャロルの歌を試してみる? すごい勢いで鍵盤が動くよ」

ようやく用意されたディナーテーブルに着いたとき、ティナはカルホーン一家を昔からよく知っているような気がした。アダムがいま歯に矯正器具をつけていること、スージーは赤毛にもかかわらず家族でいちばんおとなしいことなど、彼女はすでに気がついていた。テリーはいま声変わりの最中だし、ピンキーはクルーカットをしているために男の子とばかり思っていたが、じつはジェッドの真似が大好きな女の子だということもわかった。ミスター・カルホーンはディケンズ（チャールズ・ディケンズ。一八一二〜一八七〇。英国の小説家）とスモレット（トバイアス・ジョージ・スモレット。一七二一〜一七七一。英国の小説家）を愛読していること、そしてミセス・カルホーンは推理小説が大好きということも知った。これらのことがいま突然とても大切なことのように思われた。

ミスター・カルホーンが立ち上がると、家族はみな食前の感謝の祈りをするために頭を垂れた。

「親愛なる神よ」ミスター・カルホーンが祈りを捧げた。「あなたがわたしたちにくださった祝福と、この豊かな国に生きる特権を与えてくださったことに感謝します。不幸なこの世で飢えに苦しむ人々を決して忘れない心を与えてください。なぜなら彼らはわたしたちのきょうだいだからです。そして……」

ティナは目をつぶって、自分自身の祈りを捧げた。そしてわたしは感謝します、親愛なる神さま。わたしたちを囲む山々に、そして湖、家、ふたたび家庭と呼べるものができたことに。そして、トレイシーがいることに。そしてジェッドも。こんなに満足しているのはよくないことかもしれませんが、とにかくわたしは幸福であることに感謝しています。

そして、どうかドクター・コンラッドがトレイシーに恋したりしないようにしてください、とティナは付け加えた。そしてそっと目を開けて、いまの祈りが神を冒瀆《ぼうとく》するものではありませんようにと願った。

ピッツフィールドのレストランは客が少なかった。だが、ウェイトレスたちは陽気だった。まるで、二番目にいいもので満足しなければならない客をあしらうことになれているようだった。客に陽気にあいさつし、軽い冗談を言ったり、けっして笑いを絶やさなかった。トレイシーはレストランを見まわして、客のチェックをした。隅に座っている三人の男性はきっとセールスマンだろう。一方、若い男性たちや、中年の女性たちはきっとエレベーターもないアパートの一室で満足な料理ができる台所がないためにここにいるのだろう。レストランの中央に恥ずかしそうに座っている若い女性は、きっと初めて焼いた七面鳥を焦がしてしまったのだろう。わたしたちはほかの人の目にどう映るのかしら、とトレイシーは思った。

「ほんとうに悪かった」ニールがトレイシーに謝った。

「いいえ、そんなこと。まさか家政婦さんとその息子さんがインフルエンザで倒れるとは思っていなかったでしょうから」

「ほんとうはうちに呼びたかったのに。そして彼女たちに会ってほしかったのに。また、きみはカルホーン家に行くこともできたところを、ぼくはじゃまをしてしまった」

一瞬、二人は気持ちのいい沈黙の中にいた。ああ、わたしはどうしてニールみたいな男性と恋に落ちなかったのかしら、とトレイシーは思った。わたしたちは同じものが好き。同じ種類の冗談、本の趣味も同じ、同じ種類の人たちが好き。でも、わたしたちは似すぎている。

ニールもわたしも、ほかの人たちに必要とされる強さがある。リッチーがわたしを必要とするのは、わたしのほうが彼よりも強いからだ。わたしはそれを知っている。それを受け入れている。わたしはそのことをずっと知っていたのだ。

「何を考えているのかな？」ニールがほほえんだ。

「考えていたのよ」トレイシーは正直に言った。「わたしは外見どおりの人間じゃないって。ほかの人たちにはそれが見えないのね」

「そう？　それじゃその人たちは、きみのあごに一本の線が走っていることに気がついていないんだね？」ニールが言った。「それはきみが闘う人《ファイター》であることを表しているのさ」

「もっと聞かせて」トレイシーがにっこりした。「ここ何か月も、わたしは自分のことをほかの人と話していないから」

「いいよ。そのジャンパードレスを着ているきみは、とてもチャーミングだよ。エプロンを掛けている小さな女の子みたいだ」

「自分で作ったのよ」

「まさか！」わざと大げさにニールは言った。

「ほんとうよ。とても楽しかったわ」トレイシーは認めた。「ティナとジェッドのそばにいると、正直、自分が中年婦人のような気がしてくるの。ほんとうなのよ！」

「そんなことは信じないね」

ウェイトレスが切り分けた七面鳥を皿いっぱいに載せたものを二人分運んできたために、

会話は一時途切れた。その女性がいなくなったとき、ニールが言った。

「ほかにはどんなことをしているの？　ティナの話では、きみは何かに夢中だということだったけど？」

「ええ。編み物に夢中なのよ。それに、クリスマスが近いのでミセス・ブリッグスに習《なら》って織物も始めたの。叔母たちにプレース・マットをプレゼントしようと思って。簡単な機《はた》なの。自分で木のフレームを作って、それに糸を張っただけなのよ」そう言って、トレイシーは笑った。「あなたにもクリスマスに手作りのプレース・マット四枚、上げましょうか？」

「それ以上ほしいものはないくらいだよ」ニールはトレイシーから視線を外し、皿の上のポテトをフォークで潰しながら言った。「きみたちは……どうなの？　経済のほうはうまくいっているの？」

「ええ、とても」と言ってから、トレイシーはすこし後悔したように言いなおした。「ええ、かなりうまくいっているわ。ただ、冬になると、タンポポの葉っぱがなくなるので、非常食がなくなるけど」

「でも、魚はいつでもある」とニールが請け合った。「まず氷に穴を開けるんだよ。いや、ほんとうの話だよ」トレイシーが笑い出したのを見て、抗議の声をあげた。「見たことないの？　きみたち、貧乏生活初めてなんだろう？　まだこれは素晴らしい冒険だと思っているの？」

トレイシーはよく考えた。

「いいえ、もちろんそうじゃないわ」しばらく考えてから、彼女は言った。「貧乏は人をくじけさせる。落ち込ませることもある。とくに素晴らしいものをおいているお店に入って、なにも買えないようなときなんか。でも、それでも……」

「なに？」彼女がためらったのを見て、ニールがうながした。

「ぜいたくしないで生きるのって、けっこう簡単かもしれない。それに、不思議なことに、べつだんぜいたくな生活に戻りたいとも思わないの」トレイシーは急にほほえんだ。「説明するのはむずかしいけど、わたし、貧乏に関してはとても知恵がついたのよ。前よりずっと創造的になったわ。ものをたくさん持っていないということは、不思議に自由なものね。それに、ちょっとした工夫で、うまく乗り切れることもわかったわ。この一年でわたしたち、ずいぶん賢くなったと思うわ」

「言い換えれば、きみたちは自給自足の生活をしているということだね？」

「そうなのよ」トレイシーはうれしそうに言った。「わたしたち、飲み水があるでしょう？　たきぎもある。それに魚も。ニール、あなたはいままで全部が電化された家に住んだことがある？　そして、停電したらどうなるのだろうと思ったことがある？　数年前に、ニューヨークでそれが実際に起きたの。それで、電気がなかったらわたしたち、なにもできないということを思い知らされたのよ。わたしたち、自分の手でなにかすることが、できなくなっているのよ。人にお金を払ってやってもらって、すべて人頼みになってしまっているのよね」

「まさかきみは、祖父母の時代に戻ろうと言っているんじゃないよね」ニールの目が笑っている。「自分でパンを焼いて、牛のミルクを搾って、井戸から水を汲めと言うのかい？」

「もちろんそうじゃないわ」トレイシーが苛立って言った。「ただ、わたしは以前の生活を振り返ってみると、ずいぶん機械にたよっていたと思うの。生活の根というものを失ってしまったのよ。人間は自分の力がわからなくなっているのじゃないかしら。自分の手で何か作ってみるといいのかもしれない。みんな、一生に一度でいいから、ソネットを作曲するのでも、テーブルを作るのでも、家庭でも、何でも。パンを焼くとか、絵を描くとか、自分で何か作ってみると、自信がつくし、人って何でもできるのだということがわかるような気がするの」彼女はここで初めて目の前の食事に目を移した。「この七面鳥、おいしいわね！」

「靴の革のように固いけどね」ニールがふざけて言った。「話、続けてくれる？」

「わたし、しゃべりすぎたわ。町から数キロのところに住んでいると、刺激がないから、たまに出てくるとこうなってしまうの。ニール、ほんとうに映画に連れていってくれるの？」

「うん。いちばんいい映画を見よう」

「うーん、ほんとうのデートね」

だが、彼らがパンプキンパイを食べはじめたとき、ニールに電話が入った。

「悪いね」と電話から戻ると、彼は言った。「きみを家まで送らなければならなくなった」

「ううん、そんなことかまわないわ。とても楽しかった」トレイシーが言った。「それに、ここから家までの車の中で、またおしゃべりできますもの」

レストランの人々と感謝祭の祝いの言葉を掛け合い、また必ず食事に来ると約束して、二人は外に出た。

「ほんとうにまたきっとここに食べに来ようね」ニールが言った。「冬はほんとうに厳しいから。厳密に言うと、これでもまだ冬じゃないんだよ」

「ほんとう?」トレイシーが憂鬱な声をあげた。

「だからこそ、ここでは夏が特別なものなんだよ」

キャノン家の納屋の近くまで来たとき、雪がまた降りはじめた。見渡すかぎり真っ白、とトレイシーは思った。一つだけの例外が雪の間から立ち上がっている黒い木の幹で、まるで巨大なクエスチョンマークのよう。真っ青な空が見たいと急に激しく思った。流れるせせらぎの音でも、暖かい陽射しでも、この凍りついた沈黙の世界を破るものならなんでもいい。

ニールが車を止めた。そしてトレイシーの顔を見ないまま言った。

「感謝祭をぼくといっしょに過ごしてくれてありがとう。きみは親切な人だ」

「でも、わたしも楽しかったのよ」トレイシーが伝えた。

彼は手袋をした手を彼女の手のうえに重ねた。そして真剣な調子で言った。

「きみは、ニューヨークの人とつき合っていると聞いたけど?」

「ニューヨークの人、でも世界中どこにでも移動する人」トレイシーが軽く訂正した。「ええニール。そのとおりよ。彼の名前はリッチー・ボーフォートというの」

ニールは皮肉な目でトレイシーを横から見た。

「ぼくたちの友だち、ジェッドは、ぼくがきみに恋していると信じているようだよ」

「ジェッドが？」トレイシーは驚いた。

ニールは彼女の手を離して、車のドアに寄りかかった。そうすると彼女が正面から見える。その顔に面白そうな表情が浮かんだ。

「ジェッドはさりげなく訊いてきた。そしてそのリッチーという男のことを詳細にわたってぼくに話すんだ。ぼくはきみの幸せにとても関心があるけど、彼の話を聞くと、平穏な気持ちではいられない。彼には欠点というものがなさそうだね？」

トレイシーは眉を寄せた。

「わたし、この話、初めて聞くわ。ジェッドはリッチーのことが嫌いだと思ったけど？　夏、リッチーに対してとても敵対的だったもの」

「それじゃ、ぼくが思っていた以上に、彼は礼儀正しい人間なんだ」そう言うと、ニールはしばらく迷っていたが、ようやく感情を押し殺した声で言った。

「トレイシー、ぼくはもうきみに会うのはやめようか？」

「ずいぶん思いきったことを訊くのね」トレイシーは沈んだ声で言った。「そしてあなたは、いまわたしをとても追い込んでいるわ」

トレイシーはニールを見た。客観的になろう、彼はいったい何を望んでいるのだろうか、と思いながら。彼の顔から心を読むのはむずかしかった。リッチーのようによく動き、よく感情を表す顔ではなく、ニールの顔はその眉も口もまっすぐで何も表さない。

トレイシーは正直に言った。

「利己的に聞こえるかもしれないけど、また実際利己的なのだけど、あなたに会えなかったら寂しいわ。とてもいい友だちなんですもの」

彼の細い顔がふっと和らいだ。

「利己的でいいじゃないか。でも、言っておくけど、ジェッドの言っていることは、村中の人が思っていることと同じだと思うよ」

彼の笑いが深まった。謎のような笑いだった。

「だけどそんなことはかまわないだろう、トレイシー。ぼくもかまいはしない。ところでさっき、食事をしているきみを見ながら、きみにキスしたらどうだろうと思ったんだ」彼は腕を彼女の体にまわした。「だから、これからそうしてみる」

トレイシーは硬くなった。ニールは彼女の体を引き寄せると、自分の胸の中に彼女がいるのがいかにも自然なことのように、ゆっくりと、そしてしっかりと彼女にキスをした。終わったとき、彼女は胸がドキドキして、奇妙なショックを受けた。まるで、いま初めてニールを知ったように。

「さあ、これでひとつ経験したね」ニールがほほえんだ。

「ええ。ひとつ経験したわ」

彼女は突然手袋とスカーフをまとめて手に持った。

「それじゃ、さよなら」

低い声でそう言うと、彼のほうを見ないで車を降りた。家の屋根の上に積もった雪は、まるでケーキのうえの粉砂糖のように見えたが、トレイシーはその雪が重くならないように想像上のシャベルで一掻きしただけで、家の中に入った。裏のドアをせわしなく開けると、台所に入り、マットを踏んでブーツの雪を振り落とした。すべてがいつもと同じように見えた。ストーブの中で石炭はいつものように真っ赤に燃えていたし、皿は棚のうえにきちんとおさまっている。そしてタンジーのゴロゴロ声がストーブの近くにあるベッドから聞こえてくる。だが、熱い頬をして流しに寄りかかったトレイシーは、なにもかも以前とはちがうことに気がついた。

「どうしてあの人がリッチーじゃないの？」彼女は苦しそうに言った。「どうして、どうして、どうして？」

ストーブの中で石炭が崩れ、タンジーがベッドの中でかすかに鳴き声を上げた。だが、それ以外は、家の中は静寂そのものだった。

4

「インフルエンザよ」トレイシーが言った。

その顔がすぐ目の前にある。

「うーん」ティナがうめいた。

「インフルエンザなのよ」

ティナは起きあがろうとしてもがいた。トレイシーの言っていることなど、信じてたまるかという気持ちだった。

「大きな声出さないで。耳が聞こえないわけじゃないわ」

そうはっきり言ったものの、すぐに笑い出した。全身が痛い。それなのに頭はふわふわと部屋の中を飛んでいるようだ。まるでソーセージの形をした巨大な風船になったみたいだ。それがベッドの脚にさわり、天井を撫で、タンスのうえに止まった。高くてめまいがする。目を閉じると、すぐに夢を見た。だれかがドクター・コンラッドの声で話しかけ、すぐによくなると言いながら、彼女のももを針でちくちくと刺している。

「もちろんよ」と言いながら、ティナは目を覚ました。驚いたことに、夢を見ているうちにあたりはすっかり暗くなっていた。ドクター・コンラッドはもう帰ってしまったらしい。トレイシーが心配そうな顔で見ている。

「なにがもちろんなの?」

「え? なんのこと? ニールはもう帰ったの?」

「ええ、何時間も前に。ほら、これを飲みなさい。サルファー剤よ。解熱剤ですからね」

「ああ、熱のために変な気分なのね?」

「インフルエンザですって」

ティナがくすくす笑いだした。

「インフルエンザって、一度かかったらもうかからないのだとばかり思っていたわ。今日はまだ火曜日?」

「いいえ、今日は水曜日。水曜日の夜よ。学校から早退してきたのは、きのうの火曜日だけど」

おかしい。何がおかしいのか考えようとしているうちに、ティナは眠りに落ちた。彼女はヘイスティングス・ホール校にいた。いつものように、人にのぞかれないように部屋を出るときに鍵をかけた。そのとき、火事が起きて、彼女は鍵を開けようとした。ところが、一つの鍵を開けると鍵穴はもう一つ、そしてもう一つとつぎからつぎに現れた。目を覚ましたとき、全身に汗をかいていたが、ふらふらした感じはおさまっていた。外は夕方で、太陽が沈むところだった。天井にその長い陽射しが差し込んでいる。窓の外の木にはもう雪が溶け始めている。一滴一滴が落ちる前に震えて、プリズムのように光っている。ティナは長い時間身じろぎもせずにそれをながめていた。トレイシーが部屋に入ってきたとき、彼女は頭を回して、「ハーイ」と言った。

「どう？　だいぶよくなったようね、その声は」

「そんなに悪かったの？　わたし」

タンジーがベッドの上に飛び乗り、ティナの体に沿って歩いて、彼女のあごを舐《な》め、それから気持ちよさそうに腕の下に入り込んだ。

「ハーイ、タンジー」ティナはタンジーにもあいさつした。「治療費は高かった？」とトレイシーに訊いた。

「いいえ、ぜんぜん」トレイシーが明るく答えた。「スープをもってきたわ。飲みなさい。やっと目が覚めたから、トーストでも作るわね」

「このストーブはどこからきたの？」ティナが指さした。「それに石油ランプがどうしてここにあるの？」

トレイシーがやれやれという目つきでストーブを見た。

「これはニールの屋根裏にあった石油ストーブ。借りているの。煙が出るけど、あなたを温めなければならなかったから。ここ二日ほど、停電しているのよ」

ティナが眉をひそめた。

「電気代払っていなかったの？」

「わたしたちのせいじゃないのよ、ティナ。雪のせいで、全州の電柱が倒れてしまったの。吹雪で人が家の中に閉じ込められてしまっているのよ。ティナ、そのスープ、飲みなさい。ミセス・ブリッグスがもってきてくださったのよ。ミスター・ヒースの奥さんはわざわざ子牛の足の料理を届けてくださったのよ。ほんとうよ」トレイシーは笑って言った。「ほんとうにそういう料理があるんですって。ニールはあなたのために雑誌をたくさんもってきてくださったし」

「お料理も雑誌も、どんどんいただくわ」

ティナは感謝を込めて言った。ここではドアに鍵をかける必要がない。なにも怖いものがないから。あれは夢だったのだ。目が覚めて、いまわたしはここにいる。そしてトレイシーがいる。いまの生活がどんなによいものかを見せてくれるトレイシーが。

「そういえば」とトレイシーが言った。「ほら、あなたに見せたあの切手ね」

「おいしいスープ」ティナはスープから立ちのぼる湯気を吹きながら飲んだ。

「あれ、分截切手《バイセクト》と呼ばれているものですって。ニールはもしかすると価値があるかもしれないと言っていたわ」

ティナが目をしばたたかせた。

「まだ耳がおかしいのかしら。いま、お金のことを聞いたような気がするわ」

トレイシーが笑い出した。

「いいえ、あなたの耳がおかしいのじゃないわ。わたしがお金のことを言ったのよ。わたしたちの永遠の敵、ニールの叔母さまのミセス・メレディスから、信用できる切手ディーラーのニューヨークの住所を聞き出したので、わたしは今日一日かかって、その人に手紙を書いていたのよ」

「信じられないわ」

「でもほんとうなのよ。ニールが調べたところでは、一八七〇年ころまで、手紙や小包が、用意した切手の半分しかかからないことがわかると、切手を半分に切って送っていたんですって。いまではめずらしいものだそうよ」

「じゃ、あの小さな半分の切手が十ドルとか二十ドルとかの価値があるというの？」

トレイシーはうなずいた。

「でも、あまり楽観しないほうがよさそうよ」と言って、彼女は首を振った。「骨董家具についてはずいぶん本を読んだけど、小さな切手に、しかも半分に切ったものに、どれほどの価値があるかなんて、どこにも書いてなかった。わたしたち、地下室で見つけた古紙類はほとんど全部燃やしてしまったでしょう？　ネッド叔父さんは古い切手や雑誌のたぐいの価値を知ってらしたのかしら？　もしかするとそうだったかもしれないわね。遠いところまで掘り出し物を探しに出かけてらしたようだから」

彼女は静かに返事を待った。しかし、ティナは温かいスープを飲んで気持ちがよくなって眠りに落ちていた。

「あなたがこのことを知ってこんなに興奮してくれて、うれしいわ」

トレイシーは笑ってそうささやくと、階下へ行き自分の夕食を作り始めた。

つぎにティナが目を覚ましたのは、夜だった。石油ランプに明かりが灯り、黄色い光が揺れて天井に影を映していた。壁に影を映して静かに編み物をして座っていたのは、ミセス・ブリッグスだった。

「お目覚めのようね」低い声でミセス・ブリッグスが言った。「今日はトレイシーが図書館の晩なので、わたしがかわりにベビーシッターをしているのよ」

「ベビーシッターですって？」ティナがふざけて失礼ね、という声を出し、起きあがった。

「わたしが病気になっている間に、この家はまるで中央駅のように人の出入りが多くなったみたいね。インフルエンザは人を呼ぶのかしら？」

「そうかもしれませんね」ミセス・ブリッグスが慰めるように言った。「ここ三日間雪が降りどおしで、もう人の背丈ほど積もっているのよ。社交で訪問するようなお天気とは言えないけど、でも、問題が起きると人は助け合うものですよ。だれかが病気になったり死んだりすると、みんなものすごい勢いで雪かきをするものです。ま、それはわたしが昔から言ってきたことですけどね」

「それじゃうちの前の道は？」

「ええ、それはもう、きれいに雪かきされてますとも」

「まあ、それじゃ、おっしゃるとおりね」ティナはミセス・ブリッグスの言葉に満足したように言った。「でも、歩くのがそんなに大変な日に、わざわざわたしのために来てくださってごめんなさい」

「ぜんぜん大変ではありませんよ。湖が凍っているので、わたしはただ湖を横切ってきただけですもの。湖に積もっている雪をかいて、明日はスケート大会が開かれるそうよ。ドクター・コンラッドがラジオをもってきてくださったわ。もしあなたがなにか聴きたいものがあれば、とおっしゃって」

　ティナはにっこりした。

「わかりました。あなたがここにいらっしゃるのは、そのためね？　わたしのためじゃなく」

「それじゃ、いいこと？」ミセス・ブリッグスはティナの言葉を無視してやさしく言って、ラジオをつけた。すぐに部屋の中にやわらかい音楽の音色が広がった。

「音楽を聴きながら編み物をするのはいいものよ」ミセス・ブリッグスが言った。「お話しするのももちろんですけど」

　彼女は椅子に深く腰掛けた。眼鏡が鼻梁《びりょう》に引っかかっている。そしてやさしい声で話し始めた。初めはまず、彼女がこの土地にやってきたときの湖の様子だった。湖のまわりには十軒ほどのコテージしかなかった。木はまばらで、北側には葦《あし》などの水草しか生えていなかったが、人々は強い風や太陽の陽射しを避けたくて木を植えていったのだった。いまでは家が無数に建ち、ジャングルのように木が生い茂っている。

「でも、もともとはどうしてここに移っていらしたの？」ティナが好奇心をのぞかせた。

「それはミスター・ブリッグスのためですよ」彼女は即座に言った。「あの人ほど夢や計画をいっぱいもっていた人はいなかったわ。マサチューセッツ州のペルーの農家に生まれて、大衆食堂のコックをしてました。その仕事に専念すればよかったのですよ。でもこの湖を見たとき、すっかり気に入ってしまいましてね。すぐ夢を見る人でしたから。何を夢見たかというと、この土地にいままでだれも見たことのないようなパビリオンを作りたかったのよ。もちろん、食事のできるパビリオン。そして実現もしたのですよ」

「まあ、それはすてきなアイディアじゃない!」ティナが叫んだ。「どこにあったの?」

ミセス・ブリッグスは眼鏡を外して窓の外に目をやった。外には暗闇しか見えなかったが、ティナはミセス・ブリッグスの目には何かほかのものが見えているにちがいないという気がした。

「湖の西側の土地にね。そこは素晴らしい、ピクニックにぴったりの土地だったわ。村のだれにでも訊いてごらんなさい。ただ、そこに行くまでが大変だったのよ。当時はいまのように道路がなかったので。それでわたしたちは側外輪船《サイドウイーラー》を買ったの。大きな船だったわ。まるで豪華観光船のような。ポナガヘラ湖には大きすぎたのよ。でもミスター・ブリッグスはなんでも大きなものが好きでしたからね」彼女はここでため息をついた。「みんなはそれを〈ブリッグスの愚行《ぐこう》〉と呼んでました。そのとおりよ。でも見るだけでも素晴らしいものだったわ。まだ当時は馬車の時代でしたから、遠くからこの船を見るために人がやってきたものよ。春になると日曜学校がいつもそこでピクニックをしたのよ。六月には卒業パーティー。

晴れた日曜日の午後、女の子たちが糊の利いた長いドレスにレッグ・オブ・マトン（婦人服の袖が羊の脚形のように肩の部分が膨らんでいて手首のほうへ細くなっているもの）の姿でやってきて、ほんとうに可愛かったわ！　ただ……」ミセス・ブリッグスは淡々と言った。「商売になるほどたくさんの、晴れた日曜の午後はなかったのよ」

「それで、どうなったの？」ティナが訊いた。

ミセス・ブリッグスはため息をついて、編み物に戻った。

「ご想像のとおりですよ。彼は破産しました。その前に彼がコテージを建ててくれて、ほんとうによかった。彼としては夏の家のつもりだったと思うのよ。だって、わたしたちは大金持ちになってピッツフィールドに大邸宅をもつつもりでしたからね。でもとにかくわたしたち、コテージに引き上げて、彼はまた大衆食堂のコックになって働いたのよ、いなくなるまで」

「いなくなるまで？」ティナが訊き返した。

「そうですよ」ミセス・ブリッグスの手の動きが遅くなった。唇が固く結ばれている。「彼は自分の失敗とともに生きるのに耐えられなくなったのじゃないかとわたしは思うの。そういう男たちがいるものよ。人生の谷間のみじめな日々に耐えられないという人たちが」

「でも、ミスター・ブリッグスはもちろん、お戻りになったのでしょう？」

「いいえ、彼は決して戻りませんでした」ミセス・ブリッグスがぴしゃりと言った。

ティナは鋭く息を吸った。

の？」

「ということは、彼は黙っていなくなったの？　その後一生あなたを一人にして？　どうしてそんなひどい扱いに耐えられたの？　あなたはどんなふうにしていままで生きてこられたの？」

ミセス・ブリッグスは驚いたようだった。

「どうしてって？　人はたいていのことに耐えられるものよ、ティナ。わたしには家があったわ。健康だったし、仕事もあった。たいていの女の人よりも運がよかったと思いますよ。その時代、女が一人で生きるのは、並大抵のことではありませんでしたからね。でも、ごらんなさい。わたしは七十五歳よ。いまでもまだお上《かみ》から自由だわ」

「お上《かみ》から自由？」

「ええ、お上《かみ》の貧乏な人のための老人ホームのこと」

「ああ」ティナが納得した。

「それはわたしにとって、とても大きな意味のあることなのよ」ミセス・ブリッグスはゆっくりと言った。「わたしは湖から離れたくないのよ。湖はわたしのものと考えるのが好きなの。わたしとこの辺の山々は、大変な嵐にも耐えていままで生きてきたわ。でもごらんのように、わたしたちはまだ自分の足で立っているのよ」

「でも、ミスター・ブリッグスからはその後一度もたよりがないの？」ティナが憤然《ふんぜん》として訊いた。

「ええ。もし彼が成功していたら、きっと知らせがあったでしょうけど。でも、いまではもう死んでいるのじゃないかと思うわ。でも生きていようが死んでいようが」ミセス・ブリッグスは淡々と言った。「彼はまだ虹のふもとで黄金の壺を探していることでしょうよ」

「ミセス・ブリッグス、こんなことお訊きしてごめんなさい」

「謝る必要はないのよ、ティナ」編み物をする手が止まった。「わたしは一度も彼のことをうらんだことはないの。だからあなたにも彼のことを責めてほしくないのよ。さて、またスープを飲む時間ですよ」

ミセス・ブリッグスが階下に下りていったあと、ティナは枕に寄りかかって目を閉じた。彼女はミセス・ブリッグスの話には霞がかかっているように思えた。もしかすると遠い昔の話だからだろうか？　ミセス・ブリッグスがかつてトレイシーのように若かったと想像するのはむずかしかった。いっぽう、ミスター・ブリッグスのことについては、彼の愚行という言葉だけが記憶に残った。レッグ・オブ・マトンの袖の、糊の利いたブラウスを着た少女たちが日曜日の午後の陽射しをあびてピクニックする様子は夢のように非現実的に思えた。まるで古い色あせた写真の中でポーズしている人々のように。しかし、その人々はまちがいなく生きていたのだ。いえ、もしかするとまだ生きている人もいるかもしれない。糊の利いた、フリルのついたブラウスを着たその女の子たちの心は、ちょうどいまティナが感じているのと同じような感情でいっぱいだったかもしれない。

「なんて悲しいの」ティナはつぶやいた。圧倒的な過去の存在に押しつぶされそうだった。

だが、ミセス・ブリッグスは悲しくもないし、哀れでもなかった。彼女はジェッドの言葉でいえば、昔のグリーンデイルの生き残りだ。その個性を人々はおもしろいと感じたり、怖れを感じたりする。彼女は喜劇的でもあり悲劇的でもある。猛々しくもありやさしくもある。気まぐれで、誇り高い。けれども正直だ。彼女は不思議に不屈なのだ。

いつかトレイシーが本から引用して教えてくれた言葉を思い出す。人生は自然の恵みだが、美しい人生は知恵のたまもの、というような言葉だった。ミセス・ブリッグスの人生は、バークシャーの草地に威風堂々と存在する岩山よりも決して美しくはないかもしれないが、彼女はそれを耕し、種を蒔《ま》き、勇敢な小さな収穫を得たのだ。

そう、生き続けて真っ正面から立ち向かうこと、とティナは自分に言い聞かせた。あなたはもはやミセス・ブリッグスを笑うことはできないわ。彼女をかわいそうに思うこともできない。頭のいい人なら、彼女を尊敬するだろう。だが賢い人なら、彼女が経験したことをうらやましく思うことだろう。

ミセス・ブリッグスの足音が聞こえて、ティナは一瞬、その部屋にたむろしていた過去の亡霊たちを追いはらった。

1　冬

彼女たちはネッド叔父がかつてお気に入りの道具を納めていた棚の上に、ぴかぴかに磨いたガラス瓶に詰めた食糧を並べた。トレイシーには、夏、初心者の熱情をもって夢中になって作った、といってもかなり雑に生産した野菜たちが、冬の食卓を豊かにし、しかも財布の負担を軽くすることになったのは、たいへんな驚きだった。この蓄えのために彼女は温かさと豊かさを感じていた。巣を木の実でいっぱいにしたリスのような気分だった。ビートやインゲン豆の瓶を取りに行くときはいつも、ブルーベリーやブドウのジャムの瓶の前でうっとりし、来年はイチゴのジャムを作ろうと新たな計画を練るのだった。それと、ミセス・ブリッグスのレシピでキュウリの酢漬けも。

一週二十ドルの生活は厳しいけれども何とかやって行けた。歯は塩と重曹で磨き、ミルクは粉のスキムミルクを買って、水に溶かして使った。食事は鍋料理が多く、その中に細かくきざんだ肉を入れた。石炭のレンジには、ほとんどいつもスープ鍋がかかっていて、ハムでも鶏肉でも魚でもジャガイモでも、残り物は何でもその中に放り込まれた。

最初に石炭を買ったときは、貯金から大きな金額を引き出さなければならなかった。しかし、その後、その埋め合わせに彼女たちは一週間おきに一ドル貯金をした。ティナのインフルエンザをのぞけば、二人はすこぶる健康だった。ピッツフィールドを襲ったインフルエンザの流行でティナは一時寝込んだが、長びきはしなかった。ほかのクラスメートがまだ休んでいるとき、ティナは暖炉のためのまきを割り、凍った湖でアイススケートを習っていた。ティナは無邪気にも、冬は静かな季節で、冬眠のときだと思っていた。だがそれは大いなるまちがいと言うべきだった。毎日曜日には教会があったし、トレイシーは日曜学校で教えていた。賛美歌の練習もあったし、ティナには若者の集まりの企画で、月光の下でそり大会をしたり、納屋でのスクウェアダンス・パーティーもあった。冬はグリーンデイルの社交の季節なのだとティナはおそまきながら気がついた。作物を植えたり収穫したり、観光客の世話をしたりすることもない。村人は互いに、雪かきが終わったばかりの道をやってきてはゲームやおしゃべりを楽しんでいた。

ティナがいちばん気に入ったのは、スケートだった。毎日学校が終わるとティナは、アダム・カルホーンの小さくなったスケート靴をはいて、凍った湖面を端から端まですべる。しだいにじょうずになって、クリスマスには8の字が書けそうだった。ティナにはスケートの才能があった。夕陽の名残りが凍った湖面を赤く輝かせるときに湖をすべることほど美しいものはこの世にない、と彼女は思っていた。週末の夜はだれもが湖ですべった。湖畔と島では、〈クーリエとアイブス〉（ともに十九世紀米国の石版画家。クリスマスカードなどで有名）の石版画さながら、スケーターが黒い影に見えるようにたき火を焚くのだ。

　それはまた、クリスマスプレゼントを作る時期でもあった。ネクタイやマフラー、アーガイル模様のソックスなどを編むトレイシーの編み物のスピードは、最高潮に達していた。またティナは、放課後、個性的な形の小石や貝を集めてイヤリングやネックレスやピンを作っていた。今年はすべてが手作りのプレゼントよ、とトレイシーは張り切っていた。

「リンダ叔母さまは決してクリスマスツリーを飾らなかったのよ」トレイシーは思い出して語った。「そのかわりにマントルピースに緑の鉢植えや花や、金色の羽根のある天使のキャンドルを飾ったものよ。そしてパーティー。それこそたくさんのパーティーを開いたわ。わたしがリンダ叔母さまのところに来た最初の年のクリスマスのとき、靴下をぶら下げなさいと言われたのよ。叔母さまは親切でおっしゃったのだと思うけど、わたしはもう十四歳だったので子どもっぽいと思ったものよ」

「わたしはいつも学校に残ったわ」今度はティナが思い出を話す番だった。「家が遠いところにある先生や生徒たちといっしょに。そしてクリスマスツリーを飾ったの。とても憂鬱だったわ。わたしは近くの町に出かけて通りを歩き回って、ショーウィンドーをのぞいたり、人を見たりしていた。去年はだれかがマーサ叔母さまに南に旅行するのをやめて、ティナをクリスマスに呼んであげなさいと言ったらしいの。そう、まるで病気の処方箋のように。だからわたし、フィラデルフィアへ行ったのよ。それ自体はよかったんだけど、ただ叔母さまはわたしのためにダンスパーティーを用意してらしたのね。それはもう、大失敗だったわ!」ティナはうんざりという顔をした。「叔母さまがわたしのために買っておいてくれたドレス、あなたに見せたかった!　真っ白で赤ちゃん色のブルーのサッシュがついているんだから。一人の男の子がやってきて、わたしに『踊ってくれる、可愛い子ちゃん』と言ったのよ。その子が悪いわけじゃなかったのに、わたし、その子に舌をイーッと出してやったわ。そしてずっと足を踏んづけながら踊ったのよ」

「ティナ、ミセス・ブリッグスをクリスマスにお呼びしない?」トレイシーが突然言い出した。「もしかまわなかったら」

ティナは笑い出した。

「かまわなかったらなんて!」ティナは糸を切りながら、姉を見上げた。「わたしもそう提案しようと思っていたのよ」

学校は金曜日で終わった。クリスマスイブの日、ニールが自分の家の裏庭の木を倒して、クリスマスツリーにと持ってきてくれた。枝振りのいいトウヒだった。そのすぐあとにジェッドがカルホーン家のクリスマスのオーナメントを入れた箱を持ってやってきた。オーナメントは古いもので、厚紙で作ったバスケットには白いひげの小さなサンタたちや、ガラスの果物や胸元に飾りをつけた小鳥たち、それにブラスのような低い音を出す重いガラス製のホルンもあった。クリスマスツリーはまるで緑の柱のように部屋の真ん中に据えられて、その枝には左右対称にオーナメントが飾られ、部屋の中はトウヒの葉の匂いでいっぱいになった。

ペーパー・リースやキャンディー・ステッキ、金属のぴかぴか光る飾り物がすっかり飾られると、ティナは感激して胸がつまった。このクリスマスツリーは来年の春の復活祭までぜったいに片付けないこと、と彼女は宣言した。

「枯れた木の葉が落ちてお掃除が大変になったら、それがどういうことかわかるわよ」トレイシーがみんなに言った。

「ミセス・ブリッグスがこっちに来るよ」窓のそばでジェッドが言った。

「ここからが正式のクリスマスの始まりね」ティナはそう言って、玄関に走り、隣人を心から迎えた。

「うーん」ミセス・ブリッグスは居間に入るなり言った。「これぞクリスマスツリー、というものですよ。今晩は、ニール。メリー・クリスマス！　ハロー、ジェッド」

「ぼくには季節のあいさつはないんですか？」ミセス・ブリッグスのコートを受け取りながら、ジェッドがふざけた。

「ペチュニアの花壇を踏んづけた若者は、わたしが目を留めただけでも運がよかったと思うべきですよ。あれは、無力な老婦人にとっては、許せない、悪意に満ちた、不作法というものです」

ジェッドはにやりとした。

「お言葉ですけど、あのペチュニアの花壇は、お宅の敷地の境界線から少なくとも二十メートルは離れたところにありましたよ。それに」と彼はいかにも真実を告げるという素振りでささやいた。「花を摘んだのはテリーとスージーです。でも、もしあなたがほうきを持って追い回さなかったら、あの子たちは決して花を摘んだりしなかったと思いますよ。あんな大騒ぎが、あの子たちは大好きなんですよ」

ミセス・ブリッグスは、正直なところ、自分もまた大騒ぎが大好きなのだと認めざるを得なかった。それからやっと腰を下ろすと、一同を見渡した。

「とにかく、わたくしは来ましたよ」と威厳をもって言い放った。「ナイトドレスも歯ブラシも編み物も持ってきました。あなたがた若い人たちは、こんなに月の美しい晩なのに、なぜスケートに出かけないの？　月を見ましたか？」

「それじゃあ……」とティナが言い、「しかし……」とニールが言った。

「さあ、お出かけなさい。わたしは今晩は遅くまで起きているつもりですよ。たぶん十時か、十一時まではね。だから編み物を持ってきました。トレイシーが台所を見せてくれれば、あなたがたが帰ってくるころには熱いココアを用意しておいてあげますよ」

「いますぐスケート靴を取ってくるわ」ティナが立ち上がった。

「きみはどうするの？」ニールがトレイシーに訊いた。

「わたしはどっちかというと、家に……。いいえ、いっしょに行くわ、わたしも！」急に気持ちが軽くなって、トレイシーは言った。「ちょっとだけね」

みんないっせいにマフラーやセーターを着込み、ミセス・ブリッグスを一人残して出かけた。彼女は老眼鏡をかけて台所の棚の中をのぞき、ココアを探し始めた。

外は月明かりで凍った湖が真っ白い砂漠のように見えた。空気が冷たくパリパリと乾いていて、鼻孔や指先が痛いほどだった。足が凍りつかないように、彼らはその場でぴょんぴょん跳び上がった。

ニールが手を伸ばして誘った。

「それじゃ、行こうか、トレイシー？」

恥ずかしがる理由はなかったのだが、トレイシーははにかんだ。まるで十六歳のときに初めてダンスの誘いを受けたときのような気持ちだった。何も言わずにその手を取ると、彼女は氷のうえにニールといっしょに滑り出した。二人はしっかりと腕を組んでいた。頭上の月に薄い絹のような雲がかかっていて、銀盤に二人の影が灰色に映っていた。それはなんの飾りもない、純粋で繊細な光景だった。トレイシーは自分たちが何もない静かな舞台に侵入してきた邪魔者のような気がした。もしかすると本物の役者たちは島に隠れて彼らが立ち去るのを待っているのかもしれない。月光の銀色に衣装を染めたバレリーナの一群とグレゴリア聖歌を歌う少年たちが待っているのかもしれない。

だが、そこにいるのは彼らだけだった。二人は魔法にかかったように氷のうえを滑り続けた。聞こえるのはただスケート靴が滑る音だけだった。

「あ、彼らが歌っている」ニールが急に言った。

「なに？」

「ジェッドとティナが、島のそばで〈きよしこの夜〉を歌ってる」

二人はスケート靴の先を氷に突き刺して耳を澄ませた。湖一面に澄んだきれいな歌声が響いていた。

「あの二人は、恋人同士だね」

「ええ、わたしもそう思うわ」

「ジェッドはとてもいい人間だよ、トレイシー。彼は決して、若者たちがよくそうするように、ティナを縛《しば》りつけたりはしない。彼はとても賢い子だ。だからきっと彼らの仲は続くと思うよ」

「ほんとう？　ほんとうにそう思う？」トレイシーが彼の顔を見上げた。「ティナは八歳のときからひとりぼっちで、だれにもかまわれなかった子なの。だからあの子が傷つくのは見たくないのよ。少なくともまだ」

ニールは首を振った。

「ぼくの知るかぎり、ジェッドは自分のほしいものが何かをよく知っている子だ。それはまず美術学校。そしていまはティナだよ。あの二人の将来は、彼女次第じゃないかな」

「でもあんなに若いのに、恋に落ちるなんて……！」

「きみだって同じじゃなかった？」ニールがさりげなく言った。

トレイシーは問いかけるように彼を見ると、視線をはずした。二人はまた滑りはじめたが、さっきのムードは消えていた。湖は単に平らな凍った池でしかなかったし、島の近くまで来た二人を吹き上げた風は単に冷たいだけで、ロマンティックなものはなにもなかった。

「寒いわ」トレイシーが歯を鳴らしながら言った。

「それじゃ戻ろうか？」

「寒いとは言いたくないんだけど」トレイシーが不満そうに言った。「歯がカチカチと鳴るのを抑えることができないのよ」

ニールは彼女の手を取って、ミトンをはめた手で握りしめたが、彼女はその手を引かなかった。だれかに一瞬でも寄りかかるのは気持ちがいい、と彼女は心の中でつぶやいていた。半分しか料理してない七面鳥のことも、ポンプで汲んだ水をお風呂のために温めることも、まだ包んでいないプレゼントのことも、みんな忘れてしまいたい。そして、そんな残っている〈しなければならないこと〉の中に、自分とリッチーとの関係も含まれていると彼女は知っていた。しかし、いまはそのことを考えたくなかった。

トレイシーが目を覚ましたころには、ミセス・ブリッグスはだいぶ前から台所でにぎやかな音を立てていた。彼女はベッドに横たわったまま、ぼんやりと、いったいどっちがお客なのかと思っていた。ミセス・ブリッグスは、イベントがあると、そのこと自体よりも準備のほうがおもしろいと言っていたことを思い出した。

それにしても、わたしはもう起きるべきだわ、とトレイシーは思ったが、そのままベッドの中に数分間留まって、自分自身とティナが経済的問題を乗り越えてなんとかクリスマスを迎えることができたことを祝った。

廊下の端の部屋では、ティナがドアの外にいるタンジーの鳴き声に目を覚まし、素晴らしい朝の太陽が窓から差し込んでいることに気がついた。ベーコンの匂いとクリスマスツリーから匂い立つ葉の香りに、ティナはパッと起きあがった。

階下ではツリーの足元に、楽しそうな包装紙に包まれた小さなプレゼントが数個と、叔母たちから郵便で送られてきた茶色い包装紙の二つの箱が積み重ねられていた。朝食を食べ終わると、待ちかねたようにティナとトレイシーは「いま?」と叫んだ。そしてミセス・ブリッグスをロッキングチェアに座らせると、二人とも床に座って、プレゼントを配りはじめた。ティナがミセス・ブリッグスに贈ったのは、花のかたちに糊づけした貝のピンだった。

「でも、これはピンではありませんよ」言葉の正確さにこだわるミセス・ブリッグスが言った。「これはブローチです」

彼女はさっそくそれをシルクのドレスの胸につけ、うれしそうにながめた。

トレイシーからのプレゼントはセーターだった。ミセス・ブリッグスは売り物を編むのに夢中だったので、自分の作品を着たことがないと言い、彼女はミセス・ブリッグスがじつは派手な色が好みであることを知っているので、真っ赤なセーターをプレゼントしたのだった。

「きれいだこと!」とミセス・ブリッグスは頭を下げて礼を言い、いまやトレイシーは自分と同じほどじょうずな編み手となったとほめた。

ミセス・ブリッグスから二人へのプレゼントはハンカチとベッドソックスで、夏のセール品の残りではないことを強調するために、全部に名前が刺繍してあった。マーサ叔母はシルクのハンカチとストッキングを送ってきた。ハンカチはミセス・ブリッグスに厳格なチェックを受けた。パリにいるリンダ叔母からは精巧な細工がほどこされたキャンドルスタンドが送られてきた。

「うーん、すてきね」ティナが一応行儀よくほめた。それから本音を言った。「これ、売ってもいいかしら？」

「トレイシーが希望の箱《ホープ・チェスト》（若い女性が結婚にそなえた品々をしまっておく箱）の中に入れておくのがいいと思いますよ」ミセス・ブリッグスが強く提案した。

「ふん」トレイシーが憂鬱そうに鼻を鳴らした。

「さあ、これはなにかしら？」ティナが首をかしげた。「カードがついていないわ。重そうね。ほんとに重いわ、これ！」

ミセス・ブリッグスが目を伏せて言った。

「それはドクター・コンラッドからのものでしょう。昨夜、わたしのところにおいていったのです。あなたがたの家のため、だそうですよ」

「新しいポンプ？」トレイシーがうれしそうに言って、ティナが包装のひもをほどく間、ミセス・ブリッグスの膝に寄りかかった。ティナは長い間ほしかったものとよく似ている大きさだと思ったが、失望することをおそれてあえて口には出さなかった。包装紙を破いてボックスの片隅が見えたとき、ティナとトレイシーは驚きの視線を交わし合った。

「きっとそうよ」ティナがささやいた。

「そんな。まさか」トレイシーが言った。「わたしは一度もラジオがあったら、なんて彼に言ったことないもの」

「ほかの人が言ったかもしれませんよ」ミセス・ブリッグスがくすくす笑った。

「それじゃ、ほんとうにラジオなの、トレイシー？　ああ、ほんとうだわ！　ほんとうよ、ほんとうよ！」

トレイシーがうれしそうに笑った。

「ああ、電気代が心配ね。きっと一日中つけっぱなしにしているわよ」

「いやな人。どうしてこんなときにそんなこと言うのよ！」ティナがむくれたふりをした。

彼女たちはカルホーン家からのプレゼントを開けているときも、まだ目はラジオに釘付けだった。ビンキーからは二人それぞれにえんぴつ、やわらかいキャンディーはスージーから、テリーからは日記帳、そしてアダムからは春になったらにわとりのひなを二羽あげると書いたカードが入っていた。

「毎朝、新鮮な卵が食べられるわ！」ティナが喜んだ。

トレイシーはカルホーン家の庭が動物園のようになっていることを思い出し、ひな鳥が来たら自分たちの庭も同じようになることを思い、ため息をついて、ジェッドからの平らな包みに手を伸ばした。

「開けて。わたしも見たいのよ」と厳しい声で言った。

「それは……わたしはそれが何か知っているわ。わたしのポートレートなの。ジェッドがわたしにくれるって言ってた。でも春になって、奨学金を申請するときには貸してくれって」

まだ一度もジェッドの絵を見ていなかったトレイシーは、絵が開かれるのを好奇心をもって見守った。ティナが恥ずかしそうにその絵をトレイシーとミセス・ブリッグスに見せたとき、トレイシーは目をみはった。若い芸術家のメッカと言われるニューヨークに住んでいたので、トレイシーはジェッドの野心に疑いをもっていた。彼はニューヨークの画家たちのように長髪でもないし、終始絵のことばかり話しているわけでもない。いま、彼が描いたティナのポートレートは、ここにやってきたばかりのときの、悲しそうで、寂しそうで、すこしおびえているティナだった。それを見てトレイシーは、ジェッドの目にはティナがこわれそうなほど繊細な子に、愛すべき、守るべき人に見えるのだと思った。そして、うらやましいと思った。

「いい作品ね」ミセス・ブリッグスが評価を下した。「よく似ているわ。この頃ではポートレートと言っても、ぜんぜん似ていないものが多いですからね。この絵には、若いということはどういうことかがよく描かれているわ。色も若い。まるで春が近づいているような色だわ」

トレイシーは感謝を込めてミセス・ブリッグスを見た。彼女はいま、ミセス・ブリッグスのことを理解し始めていた。ミセス・ブリッグスは長年一人暮らしをしてきたが、視野を狭めるどころか、反対に広げてきているのだ。だからいまのコメントを聞いてもトレイシーは驚かなかった。それどころか、近ごろでは、彼女のほうからミセス・ブリッグスのコメントを求めることが多くなっていた。ミセス・ブリッグスが意見を言うときは、完全に偏見から自由であると知っているからだった。その厳しさは、彼女の孤高さから来ているもので、高いところから下を見ている鷹のように、厳しいけれども共感をもって隣人たちを見ているのだ。

「うーん。彼ならいつでもわたしのペチュニアの庭を踏んでかまいません」としばらく絵を見てからミセス・ブリッグスは宣言した。「あれは彼がなんと言おうと、わたしのペチュニアですけどね。風が種をわたしの敷地の外まで運んでいったことは、わたしの責任ではありませんよ。でも種にお金を払ったのは、わたしであることにちがいはありませんからね」

これ以上、ミセス・ブリッグスが言いつのらないようにと願って、トレイシーは台所へ行き、ティナはラジオのプラグを電源につないだ。それからマントルピースのうえに絵を飾った。彼女たちはそろってテーブルを緑の観葉植物や赤いキャンドルで飾り、ミセス・ブリッグスのお手製のドイリーを三枚テーブルに敷いた。ドイリーにはミセス・ブリッグスが苦労して刺繍した聖書の言葉がくっきりと見えた。

「すべてがとても美しいわ」七面鳥を運び入れたとき、ミセス・ブリッグスが言った。「これをこわしたくないものね」

「でも、あなたも召し上がるでしょう」ティナが笑いながら言った。「タンジーに骨をあげてもいいかしら？」

「骨がやわらかすぎてのどに刺さります」ミセス・ブリッグスが首を振った。

ちょうどミンスパイを食べ終わったとき、車が庭に乗り入れた音が聞こえた。不思議ね、とティナは感心した。この文明の音に耳がどんなに敏感になったことか。

「ニールかしら？」眉毛をあげて、ティナが訊いた。

「いいえ、彼は今日、叔母さまと過ごしているわ」

ティナは台所へ行って、ドアを大きく開けた。

「えっ！　うそ！　ありえないわ！」と叫ぶと、ティナは笑い出した。

「メリー・クリスマス！」ミスター・オドナヒューが満面の笑顔であいさつした。

「そして幸せな新年を！」と彼のそばで声を上げたのはミス・エンスリーだった。

「驚いたでしょう、ティナ？　お元気、どうしてましたか？」その声とともに、ティナは二人に抱きしめられ、熱烈なキスと抱擁を受けた。濡れた毛皮とウールの匂いがかすかにした。

やっと呼吸を整えると、ティナは家の中に叫んだ。

「トレイシー、こっちに来て！　驚くわよ！」

トレイシーが台所に来て、喜びの声をあげた。

「信じられないわ！　どうぞ、お入りになって。ミセス・ブリッグスがいらしているのよ」

ミセス・ブリッグスは、新しい客を迎えて、控えめに期待している表情を浮かべていた。

そして、それがミスター・オドナヒューとミス・エンスリーだとわかると、ほっとその表情をゆるめた。それどころか、ミス・エンスリーの頬にキスさえしたのである。時間は硬い心までやわらげるものだ。

「これでいつもの面々がそろったわけだ！」ミスター・オドナヒューがコートから雪を払いながらみんなに声をかけた。

ミス・エンスリーの頬はピンクに染まり、目が輝いていた。とてもきれいだわ、とティナは目をみはった。

「ちょうどよかったわ。これからわたしの料理した七面鳥をいただくところだったのよ」ティナが言った。

「まだ台所でいろいろ実験をしているんだね？」ミスター・オドナヒューがうれしそうに言い、みんなはまるで生まれたときからよく知っている間柄であるかのような親しみをもって互いを見つめ合った。

「でも、ゆっくりできないの。それにごめんなさいね、もうクリスマスディナーはいただいたのよ、ピッツフィールドで」

「まあ、だめですよ、そんなことしちゃ！」

「どうぞ、火のそばにお座りになって」

「すばらしいクリスマスツリーじゃない！　チャールズ！」

「ほんとだ。じつにきれいだ」ミスター・オドナヒューがうなずいた。

「おやせになった？」ティナが言った。「体重が減ったのでは？」

ミスター・オドナヒューが赤くなった。

「グレースのアイディアなんだ。このほうが体調もぐんといい」

「グレース？」

ティナはとまどい、聞き返した。それから驚きの目でクリスマスツリーを愛でているミス・エンスリーを見た。ミス・エンスリーは効率を重視する、ひっきりなしに何かしている以前の彼女ではなかった。そのとき初めてティナは、ミス・エンスリーは新しいヘアスタイルで、すてきな服を着ていることに気がついた。

「まあ！」ティナが驚きの声をあげた。

ミスター・オドナヒューがミス・エンスリーに笑いかけた。

「グレース……？」

「あなたから」ミス・エンスリーがにっこりほほえんで言った。「あなたからおっしゃって」

ミスター・オドナヒューが咳払いした。

「今日、わたしたちは結婚した」と恥ずかしそうに言った。「今朝、ニューヨークで、グレースとわたしは結婚したのだよ。それでこれからボストンへ行く途中なんだ」

トレイシーはびっくり仰天、ティナは呆然とした。しばらくして、ミセス・ブリッグスのいる片隅から、くすくす笑いが聞こえ、ティナはそれにもまた驚いた。

「ほんとうに驚いたわ！」ティナがミセス・ブリッグスの笑いをかき消すように、急いで言った。

「いちばん先に、あなたがたに知っていただきたかったのよ」ミス・エンスリーが言った。それから目を伏せて、付け加えた。

「もし、あなたがたがいらっしゃらなかったら……」

ティナは思わずミスター・オドナヒューに目を走らせた。しかし、彼はかつてミス・エンスリーに関して皮肉っぽかったことなど忘れたように、まったく反応しなかった。彼は落ち着いてティナの目を見返しただけだった。ティナは夏の日はもうずっと昔のことなのだと悟った。

「あなたがたは、あのあともずっと会ってらしたのね？」ティナがなじるように言った。

オドナヒュー夫妻はうれしそうに視線を交わした。

「そのとおりだよ」ミスター・オドナヒューが言った。「わたしはグレースのように頭が良くて、しっかりしている女性に会ったことがない。まさに彼女は女の中の女と言っていい」

ミセス・ブリッグスの片隅からは、鼻の先で笑っているとしか聞こえないような音がした。

ティナはかすかに眉をひそめてそちらを見た。

「ハネムーンの旅の衣装は、みんなチャールズが選んでくれました」ミス・エンスリーが打ち明けた。「ボストンに住んでいる、彼のたった一人のお姉さまに会いにいくところなのよ。彼、いい趣味をしていると思いません？」

「お姉さんに関して？」ミセス・ブリッグスが訊いた。これで彼女が少し前の歓迎のキスを後悔し、今までどおり、ミス・エンスリーと角突《つの》きあわせるつもりであることがはっきりした。

「まさか。服に関してよ、もちろん！」

ミス・エンスリーはまったく気がつかないように笑った。

トレイシーはいちばんいいティーカップを出して二人を歓待した。彼らは三十分ほどと言って腰を下ろし、おしゃべりに興じた。ミス・エンスリーがその場の中心人物になったのはもちろんである。一人ひとりに質問し、この夏に知り合った人たちの消息を確かめることも忘れなかった。三十分たったとき、まるで目覚まし時計が鳴ったように、ミス・エンスリーがミスター・オドナヒューを見つめ、片方の眉を上げた。

「チャールズ、もうそろそろ……」

ミスター・オドナヒューがすぐに立ち上がった。

「そうだね。失礼しなければ。今晩中にボストンに着きたいのだよ。ご存じのように、わたしはぜったいに六十五キロ以上は出さないものでね」

そうね、それを知らない人はいないということにしておきましょう、とティナは心でつぶやき、にっこり笑った。

「来年の夏も、いらっしゃる？」ティナが訊いた。

「もちろん、来ますとも」ミス・エンスリーが心から言った。「ただ、今度は一か月だけですの。チャールズがこの近くにコテージを買うつもりで、その一か月でゆっくり物件を見ようと言うんです。もしみつかったら、わたしたち、隣人になりますわね！」と彼女はティナの腕に手をかけた。「ほんとうにうれしいわ。トレイシーとリッチーも……？」

「ほんとうによかったですね、お二人とも」ティナがあわてて言った。

「長い間待ったかいがあったというものだよ」ミスター・オドナヒューが妻の手をとって言った。それから二人は手を振って、風をよけ頭を下げて、あわただしく階段を駆け下りて行ってしまった。

「ああ、驚いた」トレイシーが息を吐いた。

「ミスター・オドナヒューは彼女のこと、ほんとうに自慢に思ってらっしゃるのね」ティナが言った。「この夏、彼がミス・エンスリーのことなんと言っていたか、覚えている?」

「彼女、変わったわ」トレイシーが静かに言った。「いま彼女はほしかったものが手に入ったのよ」

「彼は〈わな〉という言葉を聞いたことがないようね」ミセス・ブリッグスが辛辣な言葉を吐いた。

三人はそれぞれの思いに沈みながら居間に戻った。ティナは雰囲気を変えるために、もらったばかりのラジオをつけた。聖歌が聞こえてきて、ティナが歌い出すと、ミセス・ブリッグスもしゃがれた震え声で歌い出した。トレイシーは立ち上がり、曇ったガラスを手のひらで拭いて、窓から湖を見た。どんよりと曇った空から雪が降り始めた。島の形はすでにぼんやりとしか見えない。入り江の反対側にあるミセス・ブリッグスの家は影になっている。木々は白い雪の中でねじれた骸骨《がいこつ》のようだ。トレイシーは濡れたほおに手を当てた。だが、それは幸せのための涙なのか絶望のためなのか、わからなかった。

2

「Uで終わる三文字の動物はなに?」

クロスワードパズルをしているトレイシーが、えんぴつの端を噛みながら訊いた。

「GNU(ヌー)」とティナが答えた。「先週もそれを訊いたわよ。それで調べてあげたんじゃない?」

「そうだったっけ」トレイシーがぼんやりと言った。「わたし、パズルは苦手なのよ。もしかすると、これは先週のと同じパズルかもしれないわね。『戦争と平和』に戻るほうがいいかも」

ティナは笑って、首を振った。

「『戦争と平和』とはね」と繰り返した。「あなたにはいつも驚かされるわ、トレイシー」

「どうして?」トレイシーが興味を抱いたようだった。

「わからない。でもあなたは軽く生きているように見えて、なんでもできる能力があるように見える。わたしはといえば、いつも本を読んでいる。でもあなたは、ガーデニングについての本以外、読むといえば漫画ばかりだったわ。そのあなたが今度はトルストイを読んでいるんですもの、驚くわよ」

トレイシーは笑い出した。クロスワードパズルを箱の中にしまうと、ストーブの前に足を伸ばした。

「わたし、急にあらゆる種類の本が読みたくなったのよ。わたしが受けた教育は、あまりよくなかったと思うの。うーん、いい気持ち。わたしは寒い気候の中でも二月の北風がいちばんこたえるわ」

「なのに、ジェッドは春はもうすぐそこまで来ているって言うのよ」

二人は黙ってそのまま、暖炉の中の炎が赤から青緑に変わるのを見ていた。わたしがリッチーのことを考えるほどトレイシーは彼のことを考えるかしら、とティナは思った。彼は夏以来、ぜんぜん手紙をよこさない。もちろん、ミスター・ヒースが手紙を配達する時間、わたしは学校にいるからわからないけど。でもリッチーから手紙が来たら、グリーンデイルの人たちのうわさにのぼるに決まっている。

やっぱりトレイシーが正しかったのだわ。たとえ、以前は信じられなかったとしても、とティナは思った。彼はほんとうに魅力的な人だし、わたしは彼のことが大好きだけど、いま振り返ってみると、彼はわたしとトレイシーの仲を悪くしたわ。わたしたちは、彼の注目を引こうとして競争した。それが魅力のなせるわざかしら。いつか〈魅力〉の意味を辞書で見ておこう。一度トレイシーが言っていたわ、リッチーは人をとても生き生きさせると。ニューヨークの町では彼が通ると警官が手を振るし、レストランに入れば給仕長が駆け寄ってくると。

ジェッドはときどき謎めいたことを言う人だけど、リッチーのすることはエネルギーの浪費だと言っていた……。

わたしったら、リッチーの欠点ばかり考えている、とティナは思った。彼のいいところはまったく考えないようになってしまった。それにしても、手紙を書かないなんて最低。

だが、トレイシーは不幸には見えなかった。ティナは最近、トレイシーが変わったように思う。もっとやわらかく、もっと性格が優しくなったような気がする。前は冷たく気取っていたが、いま、暖炉の前に座っている彼女は、日だまりに寝そべっている猫のタンジーのようにリラックスして満足げに見える。トレイシーは最近、古いキルトからスカートを作った。売ろうとしてもなかなか売れなかったのだが、この廃物利用のアイディアが受けたらしく、グリーンデイルの町ではキルトのスカートをはいている人を数人見かけた。いま、いつものジャンパードレスではなく、キルトのスカートをはいているトレイシーはとてもチャーミングに見える。

「だれのことを考えているの？」ティナが突然訊いた。

「だれのことって訊くの？　なにを、じゃなく？」トレイシーは面白そうに聞き返した。

「いえ、いいのよ。だれ、で当たっているわ。ミセス・ブリッグスのことを考えていたのだから」

ほらね、とティナは思った。だからトレイシーって、ほんとうになにを考えているか、わからない人。

「ミセス・ブリッグスのなにがそんなに面白いの？」ティナは唇を尖らせた。「ほとんど毎朝、お茶をいっしょに飲んでいるようね。それに、少なくとも一週間に三回は、わたしたち、彼女とトランプで〈五百〉をして遊んでいる。すごく親しくつきあっているじゃない？　わたしたちがここにやってきたころ、彼女のことをどう思ったか、覚えていないの？」

「覚えているわ。それに彼女がわたしたちのことをどう思ったかも知っている。でもね、ティナ。わたしはいままで彼女ほど面白い人に会ったことがないかもしれない。いっぷう変わった生きかたをしている人よ。ちょっと意地悪なところもあるわ。でも……」彼女は話をやめて、期待するようにティナを見た。

「ドアに人が？」

「ドアに人、ね」ティナはいくぶんげんなりというようにふてくされて立ち上がった。玄関から戻ったティナの手には封筒があった。

「サミー・フーバーが配達してくれたわ。あなたへの電報。中に入って温まればと言ったんだけど、また雪になりそうだからと、すぐに帰った。自転車で来たみたい」

ティナは腰を下ろして、電報を読むトレイシーに期待のまなざしを向けた。

「リッチーからよ」トレイシーはそう言うと、電報をティナへ手渡した。「読みたかったらどうぞ読んで。わたしはもう寝るわ。火はあなたが消してくれる？」

「え？　ああ、わかったわ」ティナは電報を読みながら答えた。「でも、トレイシー」読み終わると、姉を止めた。「どうしてそんなに落ち着いていられるの？　彼、アメリカに帰ってきているのよ。あなたに会いに来ると書いてあるじゃない」

トレイシーは乾いた笑い声をあげた。

「いつ？　細かなことかもしれないわ。でもいつ来るかはそこには書かれていない。彼にとって都合のいいときに、の意味なのよ」

「そうなの？」ティナはなんと答えていいかわからなかった。

トレイシーはあくびをした。

「彼へのクリスマスプレゼント、どこにしまったか覚えている？　明日にでも包んでおくわ」

パチッと手を叩くと、彼女は二階に上がっていった。

ティナはリッチーがまたやってくることを想像しようとしてみた。そして、一つの決心に到達し、辞書を探しに行った。

〈魅力：人を惹きつける力、魔力、魔法〉とあった。

氷と雪が溶け、キャノン姉妹の家の前の道は泥沼となった。洗濯のロープは湖の側に張らなければならなくなった。郵便配達人が車を庭に乗り入れるときに、シーツやブラウスに泥を跳《は》ねさせないようにするために。州のあちこちで洪水が起き、湖の水深が一晩で二十五センチも増えたりした。患者の家を訪ねるとき、ニールは腰までのゴムブーツを車に積み込んだ。ジープのフェンダーは絶えず泥で汚れていた。

そうしているうちに雨は突然やみ、気温が下がって、小川はふたたび凍った。木々はきしみ音を立てる氷の下できらきら光り、枝が垂れ下がり、ハイウェイは通行不能になった。電気が点滅を繰り返したかと思うと、完全に消えてしまった。

リッチーがやってきたのは、そんなときだった。

キャノン姉妹はコーラ・スー・ハゲットに三つ子が生まれたと報告するニールと話をしていた。彼は報告するだけの価値があるニュースだと立ち寄ってくれたのだ。三つ子は彼にとっても初めてのケースだった。彼は親たちと同じくらい興奮し満足している様子だった。コーラ・スーはニールの名を取って、ニール、ネル、ネッドという名前をつけるつもりだと言ったらしい。

「信じられないわ！」トレイシーが首を振った。

ニールが笑った。

「とにかく彼女がそう言うんだ。ぼくは彼女の言うことを信じるよ。でももちろん、これから数日のうちに彼女は後悔するかもしれない。コーラも十分に休養を取れば、かしこい結論を出すだろうよ」

暖炉の前で毛布にくるまってまどろんでいたティナが眠そうに言った。

「明日、学校はお休みよね。ピッツフィールドのラジオ局が不通なのよ」

「やっぱり、ね」ニールがこともなげに言った。「学校はないと思うよ。ハイウェイには置き去りにされた車がゴロゴロしている。あれじゃ通行不能だよ。ジープ以外はね」

リッチーが戸口に現れたのはそのときだった。ノックさえもせずに。トレイシーは幽霊を見ているのかと思った。家の中に入って、リッチーはみんなに笑いかけた。

「ハーイ。ハーイ、そして敬礼、かな？　入ってもいい？」

「リッチー、いったいどこから来たの？」ティナが叫んだ。

「イギリスから。ピッツフィールドに車をおいてきた。タクシーの運転手に大金を払って、ようやくここまでたどりついたのさ。どうしたの、みんな？」

トレイシーがやっと動いた。

「あなたが来るとは思っていなかったのよ」

「そのようだね」リッチーは言って、あんたはだれという目つきでドクター・コンラッドを見た。

トレイシーは突然、嫌気がさした。彼女は感情的にも、いまお客を受け入れる主人としても、用意ができてなかった。その日は一日中、凍りついた水道管を溶かすために働いて疲れていたし、家にはきれいなシーツは一枚しか残っていない状態だった。この吹雪の中にリッチーを追い出すことはできない。今晩彼がここに泊まるようになることは明らかだった。彼がこの家に泊まったら、グリーンデイルでどんなうわさが飛び交うことか。

ため息をつきながら、彼女は言った。

「知らせてくれればよかったのに。どこかのホテルに部屋を予約することもできたわ」

リッチーの声にも角があった。

「きみのような田舎に住む人とちがって、ぼくは計画を立てることに慣れていないものでね、ダーリン。歓迎されると思ったんだけどな」

そう言うと彼は子どもっぽい、芝居がかった動きでドアに向かった。トレイシーはにらみつけながら腕を伸ばして彼を止めた。そして立ち上がって言った。

「こちらはドクター・コンラッドよ、リッチー。こちらはリッチー・ボーフォート。ココアでも作るわね」

「コーヒーにしてくれるかな、ダーリン」リッチーがトレイシーの背中に声をかけた。「ぼくは保育園の子どもじゃない」

「コーヒーはないのよ。高いから」トレイシーのやさしすぎる声が聞こえた。

リッチーは肩をすぼめてティナに話しかけた。

「どう、元気?」

「ええ、おかげさまで」

「よかったら」とニールがパイプを叩いてポケットにしまいながら言った。「うちに来ませんか。三つのベッドルームのどれを使ってもいいですよ」

リッチーはあくびをした。

「これはこれは、ご親切に」明るい声で言った。「だが、遠慮しますよ。トレイシーがほぼ泊まってもいいと言ってくれているのでね。そうだろう、ダーリン?」と彼は押しつけがましく訊いた。

トレイシーは聞こえなかったのか、それとも聞こえたと認めたくなかったのか、なんの返事もなかった。ぎこちない沈黙の中でニールの親切な声がした。

「イギリスに行っていたのですか？」

リッチーの目が輝いた。

「そうです。帰ってきたばかりなんですよ。ぼくは航空会社もやっているもので、チャーター機ですが」ニールからイギリスのことを訊かれたことに気をよくしたリッチーは、イギリスの話をし始めた。ニールは腰を下ろし、またパイプを取りだした。が、パイプはやめて、かわりにタバコに火をつけた。ココアを持って現れたトレイシーは、これは良きにせよ悪しきにせよ、リッチーの独壇場だと思った。彼の説明はウィットにあふれ、知識があって、人まねをしたり、旅行中のできごとをよく覚えているのだ。だが、その晩はすべてが変だった。リッチーはこの話をすでに何度もカクテルパーティーで話しているのだ、とトレイシーは確信した。何度もした話をいまここでさらに警句《けいく》を入れたり、描写を磨き上げたりしておもしろおかしく仕上げているに過ぎないのだ。予期していないときに来たと言って、彼を歓迎しない自分たちに嫌がらせをしているのだ、と思った。

責めるわけじゃないけど、とトレイシーは椅子に深く腰を下ろして心の中でつぶやいた。みんなもう眠いのだ。彼だって、ここに来るために半日旅行してきたはずだ。でもこんな時間に現れるなんて。自分が行けばどこでも人はブラスバンドで歓迎してくれるとでも思っているのかしら。答えは簡単だった。そう、彼はそう思っているのだ。

ティナは隠しもせずにあくびをしていた。ドクター・コンラッドはもはやリッチーの話にあまり熱心にはうなずかず、そのうなずきも機械的になっていた。だがリッチーは話し続けた。その勢いはだれの制止もゆるさないほどだった。トレイシーは彼がココアに触れてもいないことに気がついた。これでとうとう彼女の我慢が爆発した。

「お話し中悪いけど」と彼女はきっぱりと言った。「お話はとても面白いのよ、リッチー。でも、このカウチをあなたのベッドに作るので、ちょっと動いてもらえないかしら」

ニールが立ち上がった。

「ぼくはもう帰ります」リッチーが話の続きを始める前に、ニールは急いで言った。「とても楽しかった」

「いや、こっちも同様ですよ」リッチーは愛想よく応えた。「いつかまた寄ってくださいよ」

そう言いながら、まだニールが玄関にいるうちに、リッチーはトレイシーに向いて言った。

「あれ、だれよ？　この地方のドン・ファン？」

「さっき紹介しました」トレイシーが冷たく言い返した。「彼はお医者さまよ」

「ああ、そうか。親切な田舎医者か。なるほどねえ」

ティナはそっと二階へ消えた。トレイシーはまっすぐにリッチーを見据え、低い声で言った。

「あなたの行儀、最低ね。これ以上、悪く振る舞おうとしてもできないほどよ。子どもじゃあるまいし、冗談じゃないわ」

「なに言ってるんだい」リッチーは軽い調子で言った。「ぼくの行儀など、きみの知ったことじゃないだろう？　お願いだよ、トレイシー、くだらないケンカはやめようよ。きみはぼくに会えてうれしいの、うれしくないの？　どうしてそんなに母親みたいになってしまったのさ。きみに似合わないよ」

「わたしはいつだって、あなたに会えることはうれしいわ。知っているでしょう？」トレイシーは真剣に言った。

リッチーがほほえんだ。トレイシーは彼の魅力にひれ伏しそうな自分を感じて、体を硬くした。彼はさも後悔しているように言った。

「きみは、ぼくがまるで吹雪の中から急に現れた見ず知らずの人のように振る舞ったね。それに、ぼくはあの医者が嫌いだな。彼、きみのことが好きなんじゃないか？」

トレイシーは面白そうに彼を見た。

「でも、わたしはあなたのものじゃないわ、リッチー」

「いや、きみはいつでもぼくのものだ」彼はきっぱりと言った。「いつか、ぼくが飛び回らなくてもいいときが来たら……。おお、トレイシー、ぼくがどんなにきみを必要としているか、わかるだろう？　いつまでもこのままじゃないよ、トレイシー……」

　彼女は肩をすくめて、おだやかに言った。

「もう夜中よ。わたしはもうベッドへ行くわ。もし寒かったら、毛布がもう一枚テーブルのうえにありますからね」

彼は目をしばたたかせ、意外なことを聞くという顔をした。

「だけどぼくは、きみに話したいことがたくさんあるんだ……」

「明日ね」トレイシーが言った。「正直言って、とても疲れているの」

彼女は後ろを振り向かずに階段を上がった。リッチーに必要とされていることは、知っていた。もしかすると彼が自分で思っている以上に。だが、いままでのように彼の杖になることは、なぜか面白くなかった。

翌日、太陽はふたたびまばゆくかがやいたが、気温は相変わらず零下だったので、世の中は依然として万力のような氷の中に閉じ込められていた。三日間というもの、ティナの学校は休みで、家は停電したままだった。凍っていた水道管が溶けたかと思うと、すぐにまた凍ってしまう。トレイシーは一日中、家の下に潜って水道管を温める布を巻き付けるか、水が出る数時間、バケツに水を汲むかのどちらかに追い回されていた。これがリッチーのためでなければ、彼女はそのどちらも喜んでしただろう。

リッチーは最悪の振る舞いをしていた。トレイシーはそのようなわがままな人たちを以前ニューヨークに住んでいたときに見かけたことがあった。ニューヨークは気まぐれな人でいっぱいだったからだ。わがままな俳優、自分のことばかり話したがる作家、買い手のつかない画家などが思い思いに感情を爆発させていた。感じやすい人たちにとっては、わがままはある種の存在証明のようなものだったかもしれないが、いまリッチーのしていることは、その域を超えていた。

何度もお風呂に入りたがる。それに、異常なほど眠そうだった。ハイウェイに砂がまかれ、通行できるようになると、彼は車がピッツフィールドにあることを告げ、この寒さの中、そこまで行けるような衣服がないことを理由に居間のカウチの中にもぐり込んだ。彼はそこで遅くまで眠っていた。とても疲れているので、冬眠が必要だという理由で、ときにはランチの時間までも、カウチを離れなかった。トレイシーは、リッチーがこうやって部屋を用意してくれとせがんでいる、という気がした。

「そうしてあげればいいじゃない？」ティナが言った。「二階の部屋は猛烈に寒いから、明け方には起きるわよ」

「わたしは頑固だから、ぜったいに二階の部屋は使わせない」トレイシーは言った。「彼は一晩だけ泊めてくれ、と言ったのよ。もし彼を二階に上げたら、ずっと居続けるわ。わたしとしては、毎朝早く起きて、やかましい音を立てるほうを選ぶわ」

「これって、恋人同士の冷戦なのね？」ティナが訊いた。

「そう、この種のケンカをするとき、わたしたちはじつはまったく別のことで自分の意志を通そうとして闘っているのよ」

「結婚について？」

「ひどいと思うかもしれないけど」トレイシーがうなずいた。「ええ、そう。結婚のこと。

わたしたち、いっしょにいてとても幸福なこともあるのよ。わかるでしょう？　ほんとうに、そうなの。リッチーはほんとうに優しい人でもあるから。でも、彼は怖がっているのよ」

「なにを？」ティナが訊いた。知りたかった。

トレイシーは肩をすくめた。

「責任を。個人生活を失うのを。だれか自分以外の人間が自分に頼るのを」彼女は苦々しそうに笑った。「たいていの人は、このようなことに結婚の直前に気がついてパニックに陥るものよ。でもリッチーはちがうの。ずっと前からパニックしているのよ」

ティナはため息をついた。

「自分からすすんで独身を通す男の人って、ロマンティックだと思っていたけど」

トレイシーは首を振った。

「そんなこと、思わないほうがいいわよ」

彼女たちはそれからも毎朝早く起きて、リッチーが腹這いになっているカウチのまわり、その下などをかまわず掃除した。彼のすぐそばで火を焚き、台所でにぎやかに皿を洗ったが、それがうるさかったとしても、彼はまったく態度に表さなかった。それどころか、気持ちよさそうに眠り続け、それがまたトレイシーの苛立ちを買った。

ある朝、トレイシーがゴミを焼いて家の中に入ってくると、リッチーが起きていた。彼にとってはまだ早い時間だった。トレイシーはティナを呼び、ランチにしようと言った。リッチーがすっかり服を着て現れたので、彼らはテーブルにスープ皿を出した。

「どうぞ、ご自分でよそって」トレイシーが言った。「スープはストーブにかけてあるわ」

「朝食にスープ？」

「火曜日は忙しいの、ごめんなさい」

リッチーはなにも言わずにこの言い訳を聞いて、席に着いた。

「セーター一枚貸してくれたら、今日は外に出てスケートでもしようか？　どう？」

「悪いけど」とトレイシーが言った。「今日は図書館の日なの」

「今日は何の日？」

「働く日」

「なに言っているんだい」リッチーが言った。「一回ぐらい休んでもいいだろう？」

トレイシーは首を振った。

「いいえ、それはできないわ。もう一人の人が出産したばかりなのよ。三つ子なのよ」

「きみは、図書館がぼくよりも大切だと言っているの？」リッチーが面白そうに尋ねた。

「そうね、そのお金で請求書を払っているから」トレイシーは答えた。「ええ、そのとおりよ」

「なるほど」とリッチーはいかにも寂しそうに言った。彼女が家を出たときも、まだ彼はあわれな笑いを浮かべてスープ皿に向かっていた。だが、彼女は迷わなかった。また戸外に出られてうれしかった。外はなにも変わっていない。彼女を感情的に苦しめるものはそこにはなにもなかった。太陽はまだ輝いていて、木々の枝が風を受けてかすかに音を立てている。

リッチーへの愛をこのように抑え続けるためには、自分は氷のように冷たくなければならないと言い聞かせた。しかし、そう思っても別に心が痛まなかった。自分はひどく疲れているのにちがいない、と彼女は思った。雑貨屋ではいつもの面々がストーブに当たりながらうわさ話に花を咲かせていた。図書館の前まで来ると、ミセス・ガムが待っていた。

「こんにちは」トレイシーが元気なく言った。

「いいお天気ね」ミセス・ガムはいつもよりも陽気な声であいさつした。「また本を借りようと思って」その声が弾んでいる。

「読むのが速いのね」

図書室の鍵を開けながら、トレイシーは同じ言葉をいままで何度、ミセス・ガムに言ったことだろうと思った。ほかの言葉を探さなければ。部屋に入ってみると、管理人がすでにストーブを焚いていてくれた。ストーブのふたを開け、石炭を足すと、机に向かって歩きながら帽子を脱いだ。

「この頃、村の人たちの読書量が増えたみたい」

机の上にたまったカードを見ながら、トレイシーはぼんやりと言った。

「ああ、それはあなたのおかげよ、ミス・キャノン」ミセス・ガムが熱心に言った。「それに、今年の冬は厳しかったから」と、トレイシーの問いただすような視線にたじたじとなってミセス・ガムは小声で言った。

「そうですね」と言って、トレイシーはミセス・ガムが勢いをなくした様子を驚いて見た。

いったい、なにが起きたのだろう、と彼女は思った。いつもならミセス・ガムはおとなしいと言うよりも戦闘的というほうが正しいのに。

　部屋の端のほうから、ふたたび元気を取り戻したミセス・ガムの声がした。

「ミス・キャノン、じつはわたしたち……」ここでまた言葉が切れた。トレイシーは彼女が恥ずかしいのだと初めてわかった。「わたしたち、小さなブック・クラブを始めようかと思っているのよ」

「ブック・クラブ?」

　ミセス・ガムは激しくうなずいた。

「ええ、知ってるでしょう? 本を朗読して、そのあとその本について話し合うの。何人か、そうしたいという人がいるもので。でもわたしたち、どのように始めたらいいのかわからないのよ。だから、もしかしてあなたが手伝ってくださるのじゃないかと思って」

「まあ、でもわたしも知らないわ。その、つまり、どこから始めたらいいか、ということですけど。わたしは正式の図書館司書ではありませんから。みなさんにはなにか考えがあるの?」

　ミセス・ガムはあごを高くもちあげた。

「なにか、ふつうよりもいい本」と言うと、トレイシーの目をのぞき込んだ。「この『帰郷』のような。ああ、とても面白かったわ。最初のごたごたした説明の部分が終わったあとは。お肉屋さんの肉よりも、もっとたくさん肉をもらったという感じ。この中に書かれていることのいくつかは、わたし自身経験していることよ。なんというのかしら、作者のハーディが描く感情のことですけど。それにこの作家がムーアの人々に対してもつ気持ちは、わたしなんかがここの山々に対して感じるものと同じじゃないかしら」

トレイシーはたじたじとなった。そしてごく小さな声で言った。

「わたし、『帰郷』を読んでないのよ。わたしも最初の数章がむずかしくて読み通せなかったという読者の一人なんです」

「それじゃ、わたし、そろそろジェーン・オースティンの『高慢と偏見』を読んでもいいかしら？」ミセス・ガムが張り切って言った。

「ミセス・ガム」トレイシーは正直に言った。「トーマス・ハーディ（一八四〇～一九二八 英国の詩人、小説家）の本を読んでからでは、ジェーン・オースティンの本はとても退屈だと思いますよ」

「そう？」ミセス・ガムは戸惑った。「あれは荒れ野《ムーア》のことが面白かったの。それにあの本に出てくるユースタシア・ヴァイという娘に似ている子が、以前この町に住んでいたもので……」

彼女はここで口をつぐんだ。二人はそのまま、どうしていいかわからず、お互いを見つめたままその場に立ち尽くしていた。突然、トレイシーが笑い出した。

「きっとわたしは、あなたにとてもとても失礼で、スノッブで、横柄だったのでしょうね」

ミセス・ガムは首を振りながら笑った。

「そのためにあなたのことが好きになったとは言わないわ。だって、嫌いでしたから。でも、わたしはだれかに背中を押してもらいたかったのよ、ミス・キャノン。ほんとうに。女はときどきわだちにはまってしまうことがあるものよ」

トレイシーは笑い続けたい欲求をなんとか抑えた。

「トレイシーと呼んでくださる？　わたしもわだちにはまってしまっていたということ、認めます。『帰郷』を返却してくだされば、わたしももう一度挑戦してみるわ」

「もうとっくに書架に戻っていますよ。それじゃ、わたしもジェーン・オースティンをもう一度読んでみることにするわ。あなたが好きな作家でしょう？」

トレイシーはうなずいた。

「でも、好みは人それぞれちがいますから、無理しないで」

二人は握手した。トレイシーはミセス・ガムといい友だちになれそうだと思った。グリーンデイルにティナといっしょに移り住んでから何度も思ったことだが、人は決して分類することはできないものだ、とトレイシーはあらためて思った。みんなさまざまな思いがけない弱さや目をみはるような強さを持っている。水銀のように、止めることも量ることもできない。それは彼女がつまずきながらたどりついた、奇妙に謙虚な事実だった。

3

「親愛なるミス・キャノン」とミスター・マラジティは書いてきた。「あなたからのお手紙によって、わたしはまたまた喜びを味わいました。このおかしな商売ではこのようなことがよくあります。あなたが説明してくださった切手は、もしそれがほんとうなら、分截切手《バイセクト》だと思われます。もしお手元の切手が破れたり汚れたりしていなければ、おそらく四百ドルの価値があるでしょう。できればすぐにでもニューヨークにお持ちください。もしそれが不可能なら、わたしに送ってください。そして確認したうえで委託販売させてください。これを欲しがると思われる顧客がわたしの知るかぎり数名おります」

「信じられないわ」ティナが首を振った。

「わたしも。ぜんぜんピンと来ない。もう一度読みましょうか？」

カウチからリッチーのとぼけた声がした。

「四百ドルあったら、ずいぶん楽しいことができるよ。楽しみを前倒しにして、さっそくパーティーを開こうじゃない？」

「今年一年でわたしたちがなにか学んだとすれば、楽しみのためにお金を払う必要はない、ということだったわ」トレイシーがリッチーに意見した。「わたしたち、お金がなくても、けっこう楽しくやってきたのよ」

彼女はこれをかなり当てつけがましく言った。というのも、リッチーを食べさせるために、彼女たちはすでに貯金に手を付けていたからである。チョコレートを一箱とステーキを一枚。リッチーがキャノン姉妹の家計に貢献したのはそれだけだった。

「トレイシー、すばらしい演説だね。演説台はどこ?」リッチーが皮肉った。「とにかく、四百ドル、おめでとう」

「まだ手にしたわけじゃないのよ」トレイシーが牽制《けんせい》した。だが、彼女はティナとこっそりと喜びの視線を交わし合わずにはいられなかった。

「でも、もしかするとパーティーはいいアイディアかもね?」トレイシーは考え直したように言った。

「まだ確実に手に入るとはかぎらない四百ドルのために?」ティナが訊いた。それともリッチーがここにいるから?　と、彼女は心の中で訊いた。今度の滞在では、わたしたちを魅了しようとさえしないいやなヤツなのに?　彼の魅力に抵抗する苦労など、まったく必要なかった。その態度は目にあまるほどだった。風呂に入るたびに、彼女たちの沸かしたお湯を全部つかってしまう。食事のときは、ほかの人の分があるかどうかも見ずに、さっさと二回目を自分の皿に取り分けてしまう。そしてロンドンとニューヨークの話ばかりしている。

「安く上げることができると思うわ」トレイシーが考えながら言った。「とにかく、ずっと前からパーティーをしようと思っていたのよ」ティナが行儀のよい笑いを浮かべて言った。

「リッチーは日曜日の朝、出発するわ」

「それじゃ、土曜日の夜に開きましょう」トレイシーが言った。それからうれしそうに付け加えた。「さっそくあなたのためにジャンパードレスを作ってあげるわね、ティナ」


初めてのパーティーの日が近づき、忙しくなった。リッチーはピッツフィールドへバスで出かけ、駐車場から車を出してきた。その帰りにティナとジェッドを学校に迎えに行き、彼らを乗せて帰った。彼はまたパーティーに呼ぶ人たちのリストをじっくりと見て、いろいろな人たちが混じっているから出入り自由のオープンハウスのパーティーにしたらいいのではないかと言った。そして、聖歌隊と村の青年組織もみんないっしょに招待したらと提案した。トレイシーはリッチーが小銭を手に公衆電話でみんなを招待するのだろうと思ったが、彼はある日午後中、緑色のインクで招待状を書き、ミスター・ヒースに配達をたのんだ。切手は彼持ちで！　また、居間の床に敷いてあるラグを巻き上げて、ダンスに耐えうるかを確かめ、料理本をめくってフルーツ・パンチの作り方を探したりした。

「この二つのケーキのうち、どっちのほうがきみにとって作りやすいかな？」

計画が形になってきたある日、リッチーがティナに訊いた。

「チョコレートケーキ」と即座にティナが答えた。「わたしはチョコレートケーキには自信があるわ。それになんと言ってもおいしいし」

「ぼくも」と言って彼は笑った。「作り方を教えてくれたら手伝うよ」

「きっとすてきなパーティーになるわ」ティナが目を輝かせた。「わたしたち、このようなパーティーがしたかったのよ。よくわかったわね、リッチー」

「ぼくは人の心が読めるんだよ。今晩三人で映画に行かないか?」

ティナは驚きが隠せなかった。

「いいじゃないか?」とリッチーは言った。「パーティーの準備は十分ととのった。あとは近所の人からプレーヤーを借りて、みんなに好きなレコードを持ってきてくれるようにたのむだけだよ」

ティナは驚きの原因をリッチーには言わずに、うれしそうに三人のコートを取りに走った。それから家に鍵をかけて、リッチーの車に乗り込み、三人でピッツフィールドへ行った。その晩のことはティナの記憶に長く留まることになるだろう。目新しいことをしたからということもあるが、驚きの原因は主にリッチーがふたたび愉快な人になったからだった。彼の青い目は輝き、その笑いはすぐに人に感染した。三人は二本立ての映画へ行き、映画の間ポップコーンを食べ、その後ドラッグストアでバナナスプリッツを食べた。

ドラッグストアでリッチーとトレイシーが手を繋いでいるのを見て、ティナは二人の顔立ちがとてもよく似ていることに初めて気がついた。トレイシーの顔は細くて、顔の骨の形が、とくに今日は髪の毛を高く上げていることもあって、はっきりと見えた。少年のような顔立ちをしていた。リッチーもまた同じように少年のような顔をしていた。ティナはそのはっきりした輪郭を見ながら、この人はきっと年取っても若く見えるだろうという気がした。なぜそう思うのかわからなかったが、急にこの人はずっと同じように見えるだろうという確信をもった。年齢の問題ではなかった。顔の造作の問題でもなかった。それは、その人がどれほど世の中を自分の中に取り込めるか、またどれほど世の中と関わり合いをもつかと関係があるような気がした。リッチーにとって、人生はきっといつでもパーティーなのだろうと思った。だがこのことで彼をうらやましいとは思わなかった。ティナはあまりにも若く、あまりにも貪欲《どんよく》に経験を求めていた。そしていまはまた、リッチーの愉快さに惹きつけられ、ふたたび彼につかまり、魅了されている自分に気がついた。

「どうして？　どうして彼はああなの？」

土曜日の夜、二階でパーティーのために着替えをしながら、ティナは尋ねた。

「どうしてって、それがリッチーだからよ」トレイシーが簡単に言った。

「でも彼、とても不愉快なヤツだったじゃない、ちょっと前まで。同じ人とは思えないわ」

「気まぐれなのよ」トレイシーが軽く言った。「リッチーはものごとが起きるのが好きなの。彼は頂点から頂点へ生きるのよ。あの人を満足させるのはとてもたやすいことよ」

トレイシーは彼を満足させるものを数え上げはしなかったし、ティナも訊かなかった。

「ティナ、とても可愛いわ。ほんとうにきれいよ」

ティナは赤くなった。

「わたし、ドレスアップしすぎじゃないかしら？」ティナは心配そうに訊いた。

トレイシーが古いイブニングドレスから作ってくれた赤いベルベットのシース（細身のワンピース）がよく似合っていることは自分でも知っていた。

「わたし、下でリッチーがパンチを作るのを手伝うわね。何かほしいものある、トレイシー？」

「もしあれば、大きい声で呼ぶわ。ドアを開けておいて」

ティナが下へ行ったあと、トレイシーは鏡の中の自分を厳しくチェックし、鼻の頭から粉を払った。彼女は疲れていた。今日の主役はティナにしてほしいと思った。下の台所から、ティナとリッチーの話し声が聞こえてくる。真珠のネックレスの留め金をとめようとしていたとき、居間へ移る彼らの声が、らせん階段を伝わってトレイシーの部屋まで聞こえてきた。

「……と言うんなら、彼女だってぼくと同じようにこの土地に属していないということになるじゃないか。彼女をここに落ち着かせようとするから……彼女の輝きがこんなやぶのなかで……」

ティナの声は真剣だった。

「そんなふうに彼女のことを思っているのなら、どうして結婚しないの？」

トレイシーは真珠をタンスのうえにおき、寄りかかった。おばかさん。わたしのことをだいじに思ってくれる、忠実な、可愛いおばかさん。

「……じゃないか。パーティーを台無しにしてしまうよ。ここまでは大成功だった……せっかくのパーティーに……」

「でも、ほんとうに、どうして？」

だが、その声は低く、さっきのような勢いはなかった。

長い沈黙が続き、トレイシーはまた真珠をつけようとして手に取った。きっと二人は台所に戻ったのだろうと思った。だが、リッチーの奇妙な、遠くから話しかけるような懐疑的な声が聞こえて、彼女はまた真珠をおいた。

「いまの話、トレイシーにたきつけられたのかい？」

「リッチー、なんて意地悪なことを言うの！」

「いや、ティナ、きみにだってわかるだろう？　これはきみが口を出す問題じゃないよ。ぼくは押さえつけられるのがいやなんだ。男はだれだってそうさ。あんなことを訊くなんて、じつに失礼だよ」

「単なる質問よ。なんと言ってもわたしは彼女の妹なんですから」

「それはそうだ」リッチーの声が落ち着いた。「しかし、考えのない妹だよ。トレイシーはぼくが好きだ。ぼくもトレイシーが好き。ぼくたちはまだ固まっていないだけなんだよ。それだけだ。トレイシーがきみに不満を言っているわけじゃないだろう？」

台所へ移った彼らの声がまた遠くなった。トレイシーは笑いが顔に貼りついたまま、痛みの波が襲ってくるのを待った。が、何も起きない。真珠のネックレスをつけ、口紅をつけ始めた。百冊注文した本はもうじき到着するだろう。明日ミセス・ガムに、いつでも都合のいい日にブック・クラブを作るための会議を開こうと伝えるつもりだった。簡単な本から始めればいい。そしてギリシャの哲学者の本をいちばん最後にもってくるのだ。

トレイシーの想像は膨らんだ。もしあの切手が本物だったら、居間のカーテンを新しくしよう。色のあせたインド更紗のかわりに明るい赤いキャラコはどうかしら。もしあの切手が本物だったら、ほかにもたくさんしたいことがある。トレイシーは口紅をタンスの上におき、服をぴんと伸ばして階下に行った。

「だれかもういらしてる？」トレイシーが声をあげた。

「ぼくがいます」ジェッドがプレーヤーの後ろから立ち上がり、トレイシーを見てピューッと口笛を吹いた。「ウワオ、すごくきれいですよ、トレイシー」

トレイシーは落ち着き払ってジェッドを見返した。

「そういうあなたもとてもきれいよ、ジェッド。これってとても独創的な会話と言えるかしら？」

「うーん」彼は目を輝かしながら、恥ずかしそうに口を濁《にご》した。

台所からティナの声がした。

「みんないっしょに来るらしいわ。家の前の道をたくさんの人がこっちに向かって歩いてくる」

「聖歌隊だよ」ジェッドが言った。「初めて、みんなが歩調を合わせて歩いているんだ」

数分後、キャノン家の居間ははち切れそうにふくれ上がった。ミセス・カルホーンがミセス・ブリッグスの話し相手をするために、アダムとスージーを連れてやってきた。ヒース夫妻はすこし遅れるとのこと、ミスター・カルホーンはあとで来て、みんなを車で送り届けるということになっていた。大部分の客が二十歳以下で、彼らは当然のようにレコード・プレーヤーのまわりと、新しくワックスをかけた床に集まった。リッチーが彼らを取り仕切った。全員を名前で、しかも一人も間違わずに呼び、まもなく彼はパーティーの中心になった。

トレイシーは時計を見て、まもなく九時になることを知り、ティナをそばに呼んだ。

「全員そろったわ。ミセス・ブリッグス以外は」

「ニールもまだよ。オートン家に赤ん坊が生まれるところだって、ジェッドが言ってたわ」

トレイシーはティナの袖を引っ張った。

「ええ、ニールのことは知ってるわ。でも、ミセス・ブリッグスは早めに来る予定だったのよ。彼女はパーティーの準備をするのが大好きってこと、あなたも知ってるでしょう?」

「もちろん、もうじき来るわよ。どんなことがあったって、約束を破るような人じゃないもの」

トレイシーはうなずいた。

「でも、道はまだ氷でおおわれているから、心配なのよ。一人で歩いてくるのは、危険だったかもしれないわ。転んだのかもしれない」

ティナが真剣になった。

「ジェッドとわたしが見てこようか?」

トレイシーはほほえんだ。

「でもダンスしたいでしょう？　ううん、わたしが目立たないようにそっと出かけるわ。あなたにだけ言っておきたかったの」

「うん、わかった」ティナはうなずいた。「ジェッドが彼女と最初のダンスをしたがっているって伝えてね」

トレイシーは台所へ行き、コートを着、ブーツをはいた。裏庭へのドアを開けたとき、彼女を探しにリッチーが台所に入ってきた。

「こんなところにいたの？」とホッとしたように言った。「スクウェアダンスを始めるところだよ」

そう言ってから、彼はトレイシーの格好に気がついた。

「トレイシー、どうしたというんだい？」

「外に出かけるところよ。ミセス・ブリッグスを探しに」

「だれも彼女がいないことなんて気にしていないさ。行かないで、ダンスしようよ。彼女はもうじき来るに決まっているよ」

トレイシーは首を振り、外に出て、後ろ手に静かにドアを閉めた。馴染みの小道を足早に歩き、自分の家の窓からもれる金色の明かりの中を通り抜けた。湖畔まで来ると、いつのまにかタンジーが現れて、うれしそうに先に立って歩き出した。空気は冷たく澄み切っていて、頭上の黒い空はまるで金色の星をちりばめた黒いベルベットのようだった。トレイシーは一瞬足を止めた。リッチーが音頭をとっているスクウェアダンスの音楽がかすかに聞こえてきた。

「まず紳士二人が交差する
相手のご婦人はそのまま
両隣の二人の紳士が交差する
そしてご婦人の手を取る
横のご婦人にあいさつする
全員がそれぞれの相手にあいさつする
横のご婦人をぐるりと回す
そして輪になって部屋をひとまわりする」

トレイシーはほほえんで歩き続けた。ちょっとリッチーから離れていることに奇妙な自由を感じながら。あの人はほんとうに神経に障る人だわ、とトレイシーは思った。自分を元気づけるために人のエネルギーを奪うんだから。砂の地面が終わったところで、後ろから足音がして、ティナが現れた。笑っている。
「あなたも氷に足をさらわれるかもしれないから、いっしょに行くほうがいいと思ったのよ」
ミセス・ブリッグスの家では、上の階にも下の階にも明かりがついていた。トレイシーは台所へ行ってノックした。

「ここにはいないようよ」ティナがレースのカーテンを通して中をのぞいた。

「二階のベッドルームで着替えているのかしら」

「ほら、気をつけて。ミセス・ブリッグスが植えたアイリスの花壇を踏んでいるわよ」

そう言いながらも彼女は眉をひそめた。ミセス・ブリッグスは年取っているといっても、いままで耳が遠いということはなかった。

「わたしは横のドアにまわってみるわ」唇を引き締めてトレイシーが言った。「ティナ……」

「え？」

「いえ、なんでもない」

トレイシーは地面が上りになっているところを黙って歩いた。駆け出したいのを我慢していた。高台のポーチのうえには雪が凍っていた。トレイシーはすべらないように手すりにつかまって、そろそろと前に進んだ。戸口まで来て、彼女は平静な声でティナに言った。

「ドアに鍵がかかっていないわ、ティナ。わたし、入るわよ」

「ええ」

「でも、あなたはここにいて」

ティナが息を呑んだのが聞こえた。彼女の沈黙の問いが聞こえるようだった。

「ここにいるのよ、動かないで」

トレイシーははっきりとそう言いつけてドアを開け、中に入って、閉めた。

家の中の明かりは全部ついていた。トレイシーはミセス・ブリッグスがいつものように、湖のながめが見えるロッキングチェアにいると直感した。ラジオが低くついていた。近づいて、トレイシーはそれがミセス・ブリッグスの好きな連続ドラマで、いま終わるところだということに気がついた。そのとたんにおかしな、狂おしいような痛みを胸に感じた。彼女はプツッとラジオを消した。それからミセス・ブリッグスのほうを向き、やさしく、許しを請うように、彼女の指から編み物をはずした。

「トレイシー、なにがあったの?」ティナが戸口から叫んだ。「教えてちょうだい。いったいどうしたの? ミセス・ブリッグスは……病気なの?」

トレイシーは曲げていた腰をまっすぐに伸ばした。丸めたその手には毛糸の玉があった。そして静かな声で言った。

「ミセス・ブリッグスは亡くなったわ、ティナ」

「トレイシー! たしかなの? ドクター・コンラッドを呼ばなきゃ。いま赤ちゃんを取りあげているところだけど、わたしが行って呼んでくるわ!」

ティナは家の中に入りかけたが、後じさりした。目にパニックが表れている。

「いいえ、彼は呼ばなくても……。いえ、やっぱり呼ばなければ。でも、ティナ」

「はい?」

「うちに寄って、ジェッドといっしょに行ってちょうだい」

「あなたはここにいるつもり？」

トレイシーはうなずいた。

「ええ、ここに残るわ」もちろん、彼女はそうするつもりだった。

「でも、トレイシー……」

「話はあとよ、ティナ。まずドクター・コンラッドを呼んできて」

彼女はポーチに出て妹を送り出すと、暗闇を駆けていく後ろ姿をながめた。自分たちの家からの明かりが湖畔の氷のうえにぼんやりと影を落としていた。ダンス音楽がかすかに聞こえるような気がした。リッチーはあそこにいる、と彼女は不思議に他人《ひと》ごとのように思った。あそこでみんなを魅了し、笑い、ほほえみ、お世辞を言っている。そしてみんなも同じように彼に対して笑い、ほほえみ、すっかり虜《とりこ》になっていることは、その場にいなくても、トレイシーには手に取るようによくわかった。

ああ、それにしても、わたしはなんと彼に疲れていることか！

その思いがじつに自然に心に浮かんだので、彼女はそのことの重大さに最初気がつかなかったほどだった。その思いは、かぎりない解放感をもたらし、もはや彼を愛しているふりをしなくてもいいのだとトレイシーに自覚させた。彼に自分を縛りつけていたのは、愛よりも自尊心だったのかしら、と彼女は思った。いま驚くほどはっきり、自分がずっと前にリッチーを超えていたことがわかった。ここの山々と比べて、彼は単に小さな、ペッタンコな人間にすぎない、ほかの人間を愛することができない自己中心的な人間であることはずっと前からわかっていたのだ。この発見をセイラ・ブリッグスと分かち合うことができない悲しみが彼女の胸を締めつけた。ミセス・ブリッグスもかつて賢いとは言えない愛を経験したことがある。トレイシーは、彼女こそ、正直に自分の心を見つめることを教えてくれた人だということに気がついた。

冷たいポーチで、トレイシーはまる一時間、ミセス・ブリッグスとリッチーのことを考えていた。丘に車のライトが見えたとき、彼女は震えていた。数分後、小道からニールの声がした。

「トレイシー?」彼の声は静かだった。

「ここよ、ニール。ポーチにいるわ」

ドアがきしみ、ニールが現れた。その音で、トレイシーの中のなにかが崩れた。ポーチを歩いてくるニールに話しかけたトレイシーの声は泣いていた。

「ニール、彼女が、ミセス・ブリッグスが、亡くなったの!」

「うん」ニールは彼女を腕に抱きしめて、髪の毛を撫でた。「泣かないで、トレイシー、泣かないで」

「彼女はもう二度と春を見ることは……」

彼は居間のほうを見た。トレイシーは彼の手を離し、ポケットのハンカチを探した。彼といっしょに中に入りたくなかった。が、一人でポーチにいるのもいやだった。

「ニール」と彼女は声をかけた。「ニール、お願い、待って」

彼は居間へのドアを開けて、じっと彼女を待った。「わかっているでしょう、トレイシー？」

「ぼくはいつだってきみを待っているよ」彼の声が静かに響いた。

始まりの終わり

1

ふたたびニューヨークを経験したのは、面白かった。彼女たちはワシントン・スクウェアに座って、春の兆しを感じていた。この空気が北のほうまで広がるにはまだ一か月はかかるだろう。一日はコニーアイランドで遊んだ。水の景色と音がないことが寂しくて、スタテンアイランドにはフェリーで二回も行った。リンダ叔母は面白そうに、トレイシーは観光客みたいだと言って冷やかした。

「でもほんとうに観光客なんですもの」トレイシーは笑いながら叔母に言った。「ニューヨークは一年も離れていると、すっかり変わって見えるわ。まるで外国語を話す断崖の町みたい」

「そうですか」リンダ叔母が皮肉な調子で言った。「わたしは一年近くヨーロッパへ旅行していましたけど、自由の女神を観光しようなどと思いませんね」

「でも、ほんとうに面白いんですもの」トレイシーは言った。「叔母さまは雪に閉じ込められるような生活をしたことがないからじゃありません？」

「そんな生活はしたくもないわ」リンダ叔母は顔をしかめて姪を見た。「あなたはそこでなにをしていたの、訊いてもいいかしら？」

トレイシーはちょっと考えた。それから確信をもって言った。

「『戦争と平和』を初めから終わりまで読みました」

古い切手と古本のディーラーは、一時間以上も自分の仕事の基本について二人に講義した。そして、トレイシーが彼の扱っている古本を一冊買ったことをとても喜んだ。

「だが、初版本でなくて残念でしたな」彼の目が笑っていた。「分截切手《バイセクト》のことはまったく運がよかった。あれはビギナーズ・ラックですな。これからはこんなことはまずないでしょう。しかし賢いお嬢さんがたのことだ。もしかするとおたくの納屋になにか見つけるかもしれませんよ。蒐集《しゅうしゅう》家のカタログを手に入れなさい。それといくつかアンティック雑誌を購入するのですよ。そして、なによりこれからはなにも捨てないことです」

「それはちょっと遅すぎます。もうなにも残っていないわ」ティナが残念そうに言った。

「それじゃオークションへ行くのです。古新聞や雑誌、本、ガラクタを買い集めるのですよ。近ごろの主婦が焚き火で焼いてしまう宝のことを思うと、わたしは頭がおかしくなる」

「でも、ミスター・マラジティ、どうしてそれをご存じなの？」

「そこですよ」首を振りながら彼は言った。「そこが肝心のところです。鋭い観察眼や歴史の知識などよりもあなたがたに必要なのは……」彼女たちは息を呑み、身を乗り出した。

「ガラクタですよ。あなたがたが始めたやりかたが正しいのです」

彼女たちはそのまま、賢い教えを待った。ミスター・マラジティはうなずいた。

「どこにお住まいでしたかな？」

「ピッツフィールドの近くです」

「わたしの記憶が正しければ、ナサニエル・ホーソン（一八〇四〜一八六四。米国の小説家）がたしかその辺に住んでいたことがあるはずです。ハーマン・メルヴィル（一八一九〜一八九一。米国の小説家）も。何か見つかるかもしれませんよ。買い物の受領証、手紙、古い日記、もしかすると破棄した古い原稿などが。サインのあるものにはさらに価値があります。偶然ですが、いまわたしはボストンで一八三七年に刊行されたホーソンの『ピーター・パースリーの世界史』の初版本が手に入るかもしれないのです。しかし」と言って、彼はきらりと目を光らせた。「わたしはそれよりももっとあなたがたに親しみのある本に、高いお金を払う用意がありますよ」

「何でしょう？」トレイシーが訊いた。

「一八六八年にボストンで出版された『若草物語』の初版本です。あるいは一八七六年にハートフォードで出版された『トム・ソーヤーの冒険』の初版本でもいい」

「ほんとうですか？」トレイシーが息を呑んだ。「もし見つかったら、いくらぐらいの価値があるのですか？」

ミスター・マラジティは両手を揉みながら言った。

「本の状態にもよりますが、二十五ドルから七百五十ドル、といったところでしょうな」

「まあ、すごい！」トレイシーが目をまわした。

　彼はうなずいた。

「そうなのですよ。まったく、わかるでしょう。言ってみれば、一冊の本ごときが、ですよ。このような本の初版をあなたがたが見つけられると言っているわけではないのですが、万一見つけたら……。しかし、どれほど多くの人が何も知らずに焼いてしまったり、ゴミ収集人に出してしまうことか！」

　二人は目を大きくしてこの古切手屋兼古本屋を見た。彼はそのやせた指を唇に持っていった。

「パンフレットも見逃してはなりません。角がすり切れたような古いパンフレット、昨日の新聞を読むのと同じくらいつまらない、だれも手に取って見ないようなパンフレットですよ」そう言うと、彼は商売人の目つきで彼女たちを見た。「あなたがたの住んでいるあたりで『オレゴン地区のスケッチ』とか、『移民のガイド』という名前の、一八四二年に発行された二十ページほどのパンフレットがもし見つかったら、もちろん、仮定の話ですが、わたしは千ドル払う用意があります」

「まさか！」トレイシーがあごをがくんと落とした。

「ほんとうですよ」彼はまったく平静に言った。「また『ニュー・イングランド・プライマー』も、この入門書の全部ではないですが、一部に価値があります。もちろん、歴史上の人物がサインしたメモ、手紙、書きものなら何でも、売り物になります。さらに、無名の人でも、歴史的に意味のある時代に生きた人の日記、日誌のたぐいにも価値があるのです。歴史の本を読んですこし勉強なさることをお勧めします」

これを聞いて、ティナの熱心さはすこし冷めたが、トレイシーはまだ帰りたがらず、『貧しきリチャード』と『貧しきウィリアムの暦』のちがいをミスター・マラジティから聞き出そうとした。また、ゴーディー（ルイス・アントワーヌ・ゴーディー。一八〇四〜一八七八。米国の出版業者。初めて婦人雑誌を出版）の『レディーズ・ブック』や、古い新聞の価値についても訊きたがった。

店を出て道を歩きながら、トレイシーは興奮して話した。

「でもティナ、これ、ほんとうにおもしろいと思わない？　わたしにとってはすべてまったく新しいことよ。わたしたち、なにかみつけることができると思う？」

「わたしはあの古切手で四百ドルもらえたことで完全に満足よ」ティナがきっぱりと言った。「なんの知識もなくミセス・メレディスにまんまとただ同然で売ってしまったあのいまいましいテーブルでしくじった分を、これでやっと取り戻したのよ。ほんとうよ、ほとんど同額取り戻したのよ。トレイシー、いまのあなたの目、初版本の話をしたときのミスター・マラジティにそっくり」

トレイシーはうわのそらでうなずいた。

「カルホーン一家はぼろぼろの『若草物語』をもっているわ。覚えている？」

「ぼろぼろで当然よ」ティナがぴしゃりと言った。「なんといっても子ども六人ですからね。

トレイシー、しっかりしてよ。家に帰ったら、春の大掃除、庭の手入れ、それに野菜やベリーの瓶詰の仕事が待っていること、忘れていないでしょうね？」

「もちろん、もちろん」トレイシーはつぶやき、肩をすくめた。「ああ、明日にでも帰りたいわ」

「わたしも」ティナが相づちを打った。「山が恋しいわ」

「あなたが読んでいたあのホレイショー・アルジャーの本だけど」トレイシーはビジネスで頭がいっぱいだった。「あれがもし初版だったら、十五ドルは固いわね」

このコメントでティナは話をやめた。二人はその後それぞれの思いに沈んでリンダ叔母のアパートメントに帰った。

二人がバークシャーに帰る前の晩、リンダ叔母はパーティーを開くことにした。叔母の好意に感謝しながらも、トレイシーは不安だった。リンダ叔母は、トレイシーが一年間も社交界から姿を消していたことを忘れている。以前の知り合いから出席の返事がくるのを見て、彼らが何と言っているか、トレイシーには容易に想像することができた。「トレイシー・キャノン？　もちろん覚えているわ。でも、このところぜんぜん見かけなかったわね。すこし細すぎるけど可愛い子だったわ。彼女が社交界にデビューした年は、どの雑誌も彼女の写真でいっぱいだったわ。あの子、リッチー・ボーフォートにお熱じゃなかった？　どこに姿を隠していたのかしら。行ってみましょうよ……」

わたしはほんとうに、いったいどこに行っていたのか？　リンダ叔母は一年間ヨーロッパに行っていた。でも、それと、バークシャーの山の中にいたというのとは別のことだ。

「でもね」とトレイシーはため息をついた。「リンダ叔母さまはわたしが彼女の巣を飛び出すことに関して、とても寛大だったわ。ほんの数時間、人々の好奇心の対象になることなんて、それを思えば、何でもないわ」

「リンダ叔母さまはマーサ叔母さまよりもずっと頭がやわらかいもの」ティナがうらやましそうに言った。彼女はトレイシーがリンダ叔母によく似ていることに気がついた。ちがいは、すこし年上であることと、トレイシーがソフトなところでリンダ叔母は意外にきついことだけだった。

パーティーは無事に終わり、トレイシーはほっとした。が、二つのことが心に残った。一つは弁護士のミスター・ウェントワースの反応だった。彼はパーティー会場の入り口で、トレイシーにぶつかりそうになり、最初、うわのそらで頭を下げ、それからまじまじと彼女の顔を見た。

「こんばんは、ミスター・ウェントワース」トレイシーはあいさつし、握手の手を差し出した。

彼は顔をしかめた。

「もしかすると……きみはトレイシーかい？」

「イエス、サー、トレイシー・キャノンです」ミスター・ウェントワースの当惑した顔を見て、トレイシーは笑った。「わたし、そんなに変わりました？　おたくの事務所にうかがったのはちょうど一年前ですけど、わたしは……」

「驚いたな」ミスター・ウェントワースは首を振った。「すまなかった。きみだとは気がつかなかったもので。なんだかとてもソフトになったね。前のようにキリキリしていない……。口紅も控えめだし、きみは……」ミスター・ウェントワースは言葉を探した。「人間に見えるよ」

「は？」今度はトレイシーが当惑する番だった。

ミスター・ウェントワースはあわててあやまった。

「いや、頭の中にあることをそのまま口に出してしまった」と両手を揉んだ。「悪い癖だね。しかし、きみたち社交界にデビューするお嬢さんたちは、ほんとうにみんな同じように見えるので、区別できないのだよ。きみはどこかに行っていたんじゃなかったか？　そうだ、マサチューセッツ州だ。妹さんを連れていったのだね？」

「イエス、サー」

ミスター・ウェントワースの目が笑った。

「きみは一年前にはわたしにサーとは言わなかった。なかなかいいよ。うん、いまはっきり思い出した。妹さんはどうしている？　うまくいったかね？」

ミスター・ウェントワースをサーと呼んだのはミセス・ブリッグスのおかげだ、とトレイシーは思った。もし年配者にとって若者が同じように見えるとすれば、若者にとっても年寄りの個性に気づいたり、評価したりするのは簡単ではない。だがトレイシーはミセス・ブリッグスについていまこれ以上考えたくなかった。入り江の反対側にある空き家はいまでも彼女の心を悩ませていた。彼女はミスター・ウェントワースの手をそっと取った。

「向こうに見えるのがティナです。赤いベルベットのジャンパードレスを着ている女の子が」

ミスター・ウェントワースはうなずいた。

「なるほど。周囲のことに興味を持っているようだね。きみはいい仕事をしたよ、トレイシー」

「ありがとうございます」そう言って、トレイシーはミスター・ウェントワースがその場を立ち去ってからもじっとティナを見ていた。

もう一つの心に残ったことは、赤毛の女の子と腕を絡《から》ませて現れたリッチーだった。彼の姿が見えたとき、トレイシーはドキッとした。リンダ叔母は、リッチーを呼ぶことに何のためらいもなかったのにちがいない。リッチーもまたトレイシーとの関係はなにも変わらないと思っていたらしい。スマートなタータンチェックのディナー・ジャケットを着て、彼は魅力的に見えた。そしてトレイシーが目に入ったとき、彼は連れの女性から腕を外し、まっすぐに彼女のほうに来た。

「ダーリン、ニューヨークできみに会えるなんてうれしいよ。うわさは聞いていたけど、叔母さまが電話をくれるまで、ほんとうにきみがここにいるなんて信じられなかった。きみはいままでよりも美しいくらいだ。あ、赤毛の彼女のことは気にしないで、ダーリン。あれはチャーリー・トッドの妹だよ。そう言えば、どういう仲かわかるだろう？」

トレイシーはそれがどういう意味かわからなかったが、追及するほど興味がなかった。

「またお会いできてうれしいわ」と言って、手を差し出した。

彼は信じられないというように彼女の顔をまじまじと見た。

「握手よりキスしたいな」

「わたしはそうは思わないわ」トレイシーはほほえんだ。

「さて、きみが帰ってきたのだから……」と彼は話題を変えた。「ええと、ティナは元気？」

「ありがとう、元気よ」

彼は顔をしかめた。

「さて、きみが帰ってきたのだから、ぼくは滞在をもう少し延ばそう。いっしょに観光するのもいいね、トレイシー。前のようにいっしょにいることを楽しもうじゃない？　あの恐ろしい二月の訪問は、いま思い出しても悪夢だよ」

「ええ、そうね」と彼女は平静に受け流した。

リッチーは彼女の手を取った。

「ぼくに残ってほしいと言ってくれ」

彼女はやさしく彼の手を解き放した。

「とても魅力的なお誘いだけど、でもティナとわたしは明日帰るのよ」

「帰るって?」彼は耳を疑った。「帰るってどういうこと? きみはニューヨークに戻ってきたんじゃないの?」

トレイシーは首を振った。

「わたしたち、古い切手のためにニューヨークに来たのよ。希望どおり四百ドルで売れたわ。それにリンダ叔母さまと片づけなければならない用事があったの」

「だけど、きみはあんなド田舎に暮らす人じゃないよ。そんなことをしてはだめだ。ぼくが行かせない。トレイシー、もしきみがこっちに残ってくれるのなら、ぼくとの婚約を発表してもいいよ」

トレイシーはかすかにほほえんだ。

「それはそれは、ずいぶん寛大ですこと」

彼は赤くなった。

「そんな皮肉言わないでよ。きみが喜ぶと思ったから言ったのに。婚約を発表したら、この先待ってても安心だろう?」

トレイシーの笑いが深まった。

「もちろんそういう意味だと思ったわ。ありがとう、リッチー。あなたのプロポーズをどんなに誇りに思うか、と言いたいところだけど、やめておくわ。とにかく」彼女は少々悪意を込めて言った。「わたし、長い婚約期間なんて信じないのよ」

リッチーは髪の毛の生え際まで赤くなった。

「今夜のきみはとても皮肉屋だね」

彼女は肩をすくめて、その場を離れようとした。だが彼はその腕をつかんだ。

「きみはぼくとの仲は終わったと言おうとしているのかい？」トレイシーは一瞬考えたが、そのままの姿勢でひとこと言った。

「でもわたしたちの仲って、ずいぶん前に終わっているんじゃない、リッチー？」

「トレイシー……」

彼は言葉を探した。トレイシーは、この決定的な瞬間でさえも彼は自由を手放したくないのだと思った。彼の愛が狭くておおらかではないためなのか、それとも彼がまだ成熟していないためなのか。

「トレイシー、きみが残ってくれたらうれしい。ぼくたちはほんとうに楽しい時間を過ごしたじゃないか」

「そうね」トレイシーは認めた。「たしかにそうだったわね。でもわたしがいまほしいのは、幸福なの」

「しかしぼくにはきみが必要なんだ」

その場に立っているのはむき出しの彼で、社交的で魅力的な彼ではなかった。トレイシーは哀れに感じた。彼は何千ものパーティーのための人だ。彼女は彼をそのように記憶することにきめた。

「わたしにもわたしが必要なのよ、リッチー」

トレイシーは小声でそう言うと、その場を離れた。これ以上胸に痛みを感じたくなかった。

家に戻る汽車の中で、トレイシーとティナは静かだった。二人とも黙りこくって、いま別れてきた世界のことを考えていた。ティナは蛇口をひねればすぐにお湯が出てくる暮らしを考えていた。街角にかならずあるドラッグストア、そしてセントラル・ヒーティングのためにうっとうしいほどあたたかいリンダ叔母のアパート……。そんなぜいたくを思い出して彼女はため息をついた。

いっぽうトレイシーは、この一年がどれほど自分を変えたかを考えていた。リッチーによればネガティブに、ミスター・ウェントワースによればポジティブにということになる。目を伏せて、トレイシーは見るともなしに自分の手をながめた。畑仕事と水道管を凍らせないためにひと冬格闘したことが、節が太くなった手に表れていた。着ている服もシンプルになったので、ニューヨークの人たちの目にはエキセントリックなほど質素に映っただろう。ダンスのための衣装をブルージーンズに替え、ベルベットをキャラコに替えたのだ。その代わりに何を手に入れたのだろう？

正直な答えがほしかった。代わりに何を得たかを考えているうちに、トレイシーはいつの間にかほほえんでいた。自分は裁縫ができる、料理ができる、野菜や花を育てることができる、ソックスをかがり、賛美歌を歌い、家事をまかない、納屋でガラクタを売ることができる。それだけじゃないわ、とトレイシーはかたわらのティナを見た。ティナの中に究極の答えがある。ティナの目は輝き、頬はピンクだった。彼女はもはや落ちこぼれではなかった。もう怖がってはいない。属するところがある。彼女には家があり友だちがいる。そしてジェッドがいる。

わたしの価値観が変わったのだ、とトレイシーは思った。

「なにか言った？」ティナが訊いた。

トレイシーはほほえんで首を振った。

「考えていたのよ。わたしたちのこと、そしてわたしたちのまわりにあるものを。戻ること、うれしい？」

「もちろんうれしいわ。家に帰るんですもの。わたしが汽車の中で読もうと思って持ってきたもの、なんだかわかる？」彼女はにぎやかな色がいっぱいの厚い印刷物を取りだした。

「種のカタログよ。納屋の壁にきれいな青いアサガオはどうかしら」

「いいわよ」とトレイシーは同意した。そしてこんなに生きることに熱中しているティナこそ、自分の一年間を示す何よりの証拠だと思った。

「わたしも考えていたのよ」ティナがさりげなく言った。「ミツバチを飼《か》うのはどうだろうかと」

トレイシーはギクリとした。

「ミツバチは刺すわよ」

「知っているわ。でもわたしが育てたハーブとあなたが植えた花をむだにするのはもったいないと思うの。ミツバチが蜜を吸ってくれれば、わたしたち、すばらしいハチミツが手に入るわ。ジェッドが養蜂を教えてくれるって」

トレイシーの顔に笑いが広がった。

「わたしたちの職業範囲がまた広がるのね。まずボートの貸し出しだったでしょう。それから部屋を貸して……」

「ハーブと野菜作り、古い家具の販売……」

「これからは古本や古雑誌、新聞も……」

「そして養蜂も……？」

「しょうがないわね。それじゃ養蜂も、ということにしましょう」

トレイシーは認めた。目を上げると、遠くにバークシャーの山々が見えた。山すそにはもう新緑が輝きはじめている。春はそこまでやってきているのだ。そしてトレイシーは胸の中の幸福の泉から、ニューヨークで過ごしたこの一週間、彼女を支えていた思いをすくいあげた。ニールがわたしの帰りを待っている。

訳者あとがき

久しぶりにドロシー・ギルマン作品をお届けします。昨年五月にはギルマン唯一のエッセイ『一人で生きる勇気』（二〇〇三年　集英社刊）を刊行し、たくさんの方々からギルマンの優しさとたくましさに励まされたとのお便りをいただきました。今回の作品は、ギルマンがあのノヴァスコシアの寒村に移り住む前の、作家としてデビューした二十代後半から三十歳ころのものです。

原題は“The Calico Year”直訳するとキャラコの年、つまり、キャラコ（木綿）の布の服を着るような質素な生活を意味します。離れて暮らしていた二人の姉妹が、いっしょに叔父の遺産の田舎の家に移り住み、季節の移り変わりを経験しながら、さまざまな工夫をして、経済的にも精神的にも自立していく、初々《ういうい》しい日々を描いた青春小説です。

物語はティナ・キャノンとトレイシー・キャノンという姉妹が、マサチューセッツ州バークシャー郡の片田舎の湖畔の家にやってくるところから始まります。季節は二月。ポナガヘラ湖は凍っていて、ひとけのない家の中はしんしんと冷えています。ティナは十六歳、トレイシーは二十二歳です。二人の両親は六年前に突然亡くなり、ティナはフィラデルフィアのマーサ叔母に、トレイシーはニューヨークのリンダ叔母に引き取られましたが、ティナは頑固者のマーサ叔母と折り合いが悪く、この六年間ずっと全寮制の学校を転々と移って暮らしてきました。成績も振るわず友だちもできにくい、気むずかしい子どもに育っています。一方トレイシーはニューヨークに住む金持ちの未亡人のリンダ叔母とうまく行き、上流社会の派手な生活を送っていました。リッチーというボーイフレンドがいますが、金持ちのプレイボーイでロンドン、パリと飛び回り、トレイシーにプロポーズをする様子はなく、彼女は密かに傷ついています。

二か月前、二人の法的後見人だった叔父のネッド・キャノンが亡くなり、バークシャーの片田舎にある湖畔の家が二人の姪に遺産として残されたのです。この六年間、トレイシーは自分のことにかまけていたので、妹が叔母や学校の厄介者になっているとは知りませんでした。叔父の死を機にティナの後見人になったトレイシーは、ティナを引き取ってニューヨークから離れ、湖畔の家に移ることを決心します。いままでの生活は贅沢すぎた、二人で力を合わせて暮らそうと、貧乏覚悟の引っ越しでした。

湖に面したその家は広大な敷地にあり、古いしっかりした建物でした。二階には眺めのいいベッドルームがいくつかあります。二人の所持金合わせても四十ドルしかない状態でのスタートで、トレイシーは夏の客に部屋を貸そうと張り切ります。この作品は一九五三年の作品なので、貨幣価値がだいぶちがいます。一部屋一週十ドルで貸そうとしているのですが、いまなら安くても一日百ドルかもしれません。ほかにも小道具、たとえば電話の代わりに電報などもあり、五〇年前の作品であることがわかります。またテレビのかわりにラジオが楽しまれている様子が、古きよき時代をほうふつさせます。二人ともこの湖畔の家が大いに気に入ります。ティナはこれでやっとマーサ叔母の手を逃れて自由になったことを喜び、トレイシーは空虚に感じていたニューヨークの社交生活とリッチーから逃れてホッとします。彼女にとってここに来たのは「自分を取り戻し、誇りを感じるようになるため」。それは妹のティナにとっても、同じことでした。

トレイシーとティナは、知り合いの一人もいない湖畔の家で、工夫と知恵を働かせて生きる力を身につけていきます。一年のあいだに、二人とも薪割りや作物の作りかたのような実用的なことから、隣人とのつきあいかた、ボーイフレンドを見る目までを、あるときは書物から、あるときは隣人から、あるときは自分の考察から学ぶのです。なにもなくても「ロビンソン・クルーソーのようになればいいの。わたしたちは幸運よ。頭の上には屋根があり、ちゃんとした家がある。これからすばらしい冒険をしようとしているのよ」というポジティブシンキングの姉トレイシーと、なにごとも自信がなく、すぐ自己嫌悪に陥ってしまう傾向のあった妹のティナは、いつのまにか単に姉妹というだけでなく、深く愛し合い信頼し合う、心からの友だちになっていきます。

この本の魅力は、このように姉妹が力を合わせて生き抜く術を身につけていく日々がいきいきと描かれているところにありますが、もう一つの大事なテーマは自分に正直な生きかたの探求でしょう。学校という社会、社交界という社会から出て、だれも知らないところで、育ち、それぞれが誇れる自分を取り戻していたのです。土を耕し、自分の食べ物を自分で作り、日々の生活を一生懸命生きることが、自然やさまざまな機会に感動し、感謝する心を育てたのです。そしてそれは、恋人を見る目にも影響します。自分に正直になること。それができれば、ほんとうに求めている人かどうかを見極めることができる。問題は、見極めても、それが認められるかどうかですね。トレイシーの場合、ニューヨークを離れるときからリッチーとの仲を見極めていたと思うのですが、なかなかそれを認めることができなかった……。

この本はドロシー・ギルマンの初期の作品の一つですが、すでにギルマン作品の特徴である、挫折した若者の苦しみ、自信のない傷ついた若者の心理が描かれています。子どものときに親と死に別れていらい、愛されたことがなかったティナ。その妹を立ち直らせるしっかり者のトレイシーも、実体のない社交界の暮らしに嫌気がさして、やり直そうと田舎に来た苦い思いを持っています。ボートを修繕したり、薪を割ったり、水道管が破裂しないように布を巻いたりする暮らしの中で、自分の力を実感し、そんな暮らしが愛おしくなる……。傷つきやすく、ときには生きていくことに意味があるとは思えなくなる青春時代は、同時に何でもできる、何にでもなれるという無限の可能性を秘めている時代です。そんなわくわくするような気持ちがどのページにも躍動しています。

この本を訳し終わったときは、ほんとうに残念でした。毎日訳している中で、この姉妹の暮らしと思いにすっかり親しみを感じていたからです。ふつう、翻訳をしていると、終わったときは、ああ、やっと終わったとホッとするものです。完了したことがうれしいものです。ところがこの本の場合は、寂しさがありました。こんなことはめったにないことです。でも、訳が終わって、このキラキラ輝く、キャノン姉妹の一年を、読者の皆さんにお届けできるのですから、翻訳者としてはうれしいという思いももちろんあります。

作中の「クーブラ・カーン」の詩は「対訳コウルリッジ詩集　イギリス詩人選（7）上島健吉編」（岩波文庫）を一部引用させていただきました。

この『キャノン姉妹の一年』に続いて、若き日のドロシー・ギルマンの作品をこれから数冊続けてお贈りします。どうぞお楽しみに。

二〇〇四年一月

柳沢由実子

集英社文庫

キャノン姉妹《しまい》の一年《いちねん》

2004年 2 月25日　第 1 刷
2007年 3 月25日　第 4 刷

定価はカバーに表示してあります。

著　者　ドロシー・ギルマン
訳　者　柳《やなぎ》沢《さわ》由《ゆ》実《み》子《こ》
発行者　加藤　潤
発行所　株式会社　集英社
東京都千代田区一ツ橋2—5—10
〒101-8050
(3230) 6094（編　集）
電話　03 (3230) 6393（販　売）
(3230) 6080（読者係）
印　刷　図書印刷株式会社
製　本　図書印刷株式会社

ISBN 4-08-760454-3 C0197